華やぎと哀しみと

葉山弥世

鳥影社

華やぎと哀しみと　目次

華やぎと哀しみと

（一）

うかつだった、ほんとに……。

何度か電話をかけ、メールもしたけど反応がないので、コールセンターで六十人も部下を持つ彼女は忙しいのだろう、と単純に思っていたのだ。

実際、彼女は「うちの会社は人使いが荒くて、ほんとにひどいんですよ。毎週、東京、札幌、博多へと飛び回って、京都にはほとんど帰れない状態で、ビジネスホテルを転々としてますの」と言っていた。でも、夏以来連絡が取れなかったのだから、病気でもしてるのでは……、となぜ疑わなかったのだろう。来るはずの年賀状が正月の三日を待っても来ないので、私もようやく不審に思って電話をかけてみたのだった。

「母は去年の十月三十日に亡くなりました」

「えっ……」

男性の声に、私は驚きのあまり言葉を失った。数刻してやっと「ご病気だったの？」と訊いた。

「はい、急性白血病でした」

不意を突かれた私は、その場に座り込んでしまった。そんなバカな、夏に電話した時は元気な声だったじゃないの。自分より一回り半も若い宮代亜希《みやしろあき》が急性白血病で死んだなんて……。

私はしばらく言葉を失い、うろたえたが、気を取り直して自己紹介をし、宮代亜紀との関係を簡略に述べた。

「今中綾子さんですね。母から広島の方とお知り合いになったと聞いたことがあります。喪中はがきも出さずに、ほんとに失礼しました。ただ、なかなか母の死を受け入れられなくて……、一日一日と過ぎてしまいました。昨年の年賀状を見て、その方々には寒中見舞いのハガキでお知らせするつもりでした」

私は息子だと名乗る男性の口から出た〈喪中〉という言葉が、まだ信じられなかった。

会ったことはないが、彼女には息子が一人いることは知っていた。離婚後、彼女が引き取って育て、高校一年生の夏からアメリカに留学していると聞いていた。おそらく大学もアメリカで学ぶだろう、とも言っていた。それが、この声の主だろうか？　あれから数年たっているから、もう成人して、帰国して仕事に就いているか、大学院にでも行っているのだろうか？　私は遅ればせながら、確認のために訊いていた。

「あなたは、アメリカに留学していたという息子さんですか？」

「はい、そうです」

「じゃあ、留学から帰って、なにかお仕事に就いていらっしゃるの？」

「はい、東京で自動車の販売会社に勤めています。今日は墓参りと、母のものをいろいろ整理するために、正月休みを利用して帰省しておりました」

「片付きました？」

「いえ、まだまだです。休みを利用してぼちぼちですので、はかどりません」

「会社は、日曜日がお休みですか？」

「いえ、月曜日が休みとなっております。でも、イベントや、出張などで、休みが取れないこともよくあります」

「そう、お母さんのお墓は京都ですか？」

「はい、東山区の市営地蔵山墓地に眠っています」

「今度お参りさせてくださいね。あなたが帰省なさる時でいいので、案内役をお願いできます？」

「ええ、いいですよ。ただ、そちらのご都合と私のスケジュールとの調整を図る必要がありますね」

「そうね。私もお母さんのご逝去を聞いたばかりで、ショックでまだ受け入れられないから、もう少し時間がいるわね。また連絡するから、その時はよろしくお願いします。実家には、時々は帰省なさるのでしょう」

「ええ、母のいろいろな物の片付けにまだ時間がかかりそうですし、それに、去年から高齢の祖父母が近くの施設に入ってますので、時々は覗いてやらないといけませんので」

「そう、感心ね。帰ってらした時に私に連絡を取ると言っても、気の毒ねえ。私の方からあなたに連絡しますので、携帯電話の番号かメールアドレスを教えて下さる？」

「分かりました」

そう言って彼は両方をゆっくりと二度繰り返した。私は備え付けのメモ用紙に電話番号とメールアドレスを書きとめ、間違っていないか声に出して確認し、電話を切った。途端に悲しみが押し寄せて、私は泣いた。


宮代亜紀は私の文学仲間で、私たちは二年に一、二回程度、『飛翔』という名の同人誌を発行していた。入賞の年度は違うが、宮代亜紀も私も北陸の新聞社主催の全国版懸賞小説に入賞していて、同じく入賞者の先輩で、地元の梅原邦江の呼びかけで、九年前に仲間になったのだ。こうして広島の私、富山の梅原邦江とその友人の水島貴子、京都の宮代亜紀の四人が中心となって、広域の同人誌仲間が結成されたのだった。

「冊子を発行した時ぐらい、一泊旅行も兼ねて、中間地点の京都に集まろうよ」

そう提案したのは梅原邦江で、二回ほど秋の京都に集まったことがある。その際、京都在住の宮代亜紀が宿や食事処の手配や、見学場所の選定など一切を引き受けてくれた。

私たちはその時まで互いに何をしているか、またどんな家庭環境にあるかなど、ほとんど知らなかった。私たちは書くことだけでつながっていて、お互いの私生活にはほとんどタッチしなかった。

しかし宿泊を伴うことによって、お互いの生活も紹介し合うことになり、それぞれの大雑把な輪郭が浮き上がってきた。

梅原邦江は専業主婦で娘と息子がおり、同じ市内でそれぞれ家庭を築いている。夫は薬品会社と貸しビル業を営み、相当の資産家であるらしい。水島貴子は絵描きで、その地方では結構名の知れた画家だ。宮代亜紀は仲間では一番若く三十代後半で、数年前に離婚して、ひとり息子を引き取っている。私は広島の私立女子高で教員をしていて、婚約者の彼に先立たれて、以後は独身をとおしている。これぐらいの輪郭だった。他にも詩人や俳人が仲間に加わっていたが、これは梅原邦江との個人的つながりで作品の賛助掲載ということで、旅行にまでは参加しなかった。

私が宮代亜紀と個人的に交流を持つようになったのは、二回目の京都行の時からだ。宮代亜紀と旅の連絡を取っていた時に、彼女の家が民宿をしていて、それを彼女が手伝っていることを初めて知ったのだ。それで咄嗟にもう一泊することが閃き、宿をお願いしたのだった。

「もっといい環境の宿の方がいいのでは。うちはほんとに簡易宿ですよ」

彼女は遠慮がちにそう言ったけど、料金の安さと、せっかく友人になったのだからと、私が是非にと頼んだのだった。

旅全体を取り仕切っていたのは梅原邦江だが、宮代亜紀の実家が民泊を営んでいることは彼女も知らなかったので、その夜の宿は九条通りに取ってあった。

もう一泊しよう――それには私の秘めた思いがあったのだ。翌日みんなと別れた後に、ひとりで苔の美しい西芳寺を再訪しようと思っていた。それでネットで調べると、往復はがきで二週間前に拝観願いを出し、その許可を受けねばならないことを知り、まだ間に合うので急遽願い出たのだった。初めは西芳寺を拝観して、その足で広島に帰るつもりだったが、こうして宮代亜紀の民宿にもう一泊することになったのだった。

その日、梅原邦江たちと京都駅の中央口で合流したのは午後一時過ぎで、挨拶もそこそこに宮代亜紀が予約してくれていた駅近くの京料理屋に足を運んだ。個室を取っていたので、作品の感想などを述べ合って、和気あいあいの時間を過ごせた。

翌日はみんなで建仁寺を見学し、十一時半には京都駅に戻った。私はそのまま駅で簡単な昼食を取り、午後一時の開門に間に合うように、タクシーで西芳寺へ向かったのだ。

みんなには、もう一泊するのは取材を兼ねて寺社の見学をするためだと伝えていたが、本当の気持は別のところにあった。

私には婚約していた彼がいて、ガンで亡くなって十六年目が過ぎようとしていた。九月の終りに我が家の庭のもみじが色づき始めたことに気づき、不意に彼とかつて訪ねた秋の西芳寺が脳裏に蘇り、もう一度訪ねてみたいと思ったのだ。

彼と旅したあの日の西芳寺は忘れがたく胸底に刻み付けられていて、行けば涙に暮れるのが判っていたから、これまではとても行く気にはなれなかったのだ。歳月がようやく、切羽詰まった悲しみを懐かしい思い出に変えてくれたのだろうか。

西芳寺を訪れた時は、私はまだ二十代の半ばを過ぎたばかりで、私立の女子高の教壇に立って三年目に入っていた。私は、大学で彼の教え子だった。彼とは卒業が迫った頃に急接近し、結婚を約束した。私の母や姉妹は彼との年齢差があることで反対したが、こればかりは自分を押し通したのだった。

彼の方は同居している老いた両親が病みがちで、父親は入退院を繰り返し、自宅療養の母親には通いの看護婦が付いていた。公務員の妹も同居し、働きながら両親の面倒を看ていた。その中年の妹と私は、いい関係ではなかった。私は仲良くしたかったけど、彼女が私を拒否しているようで、挨拶をしてもまともに応じてもらえなかった。

こんな明らかに難しい家庭状況の中で、彼が家を飛び出して私とすぐ結婚するなど、当分できないことは初めから判っていた。状況が変化することを、私たちは辛抱強く待っていたのだった。

そんなある日、彼が京都へ行かないか、と誘った。東京に用事があるので、途中下車して、半日を秋の京都に遊ぼうというのだ。そんなことは初めてのことだったので、私は親しい同僚に親戚の法事だと偽って時間割を変更してもらって、一泊旅行を決行した。こんな嘘をつくのは初めてのことだったので良心が咎めはしたが、休んで授業を空けるのとは違って時間割を変更するだけだから、つまり生徒には何ら迷惑はかけないのだからと、自分に言い聞かせた。

こうして十月の半ば、私たちは新幹線で広島駅を後にした。当時存命だった母にも、出張だと偽って私は旅に出たのだ。偽りのせいで、少々胸が痛む旅立ちとなった。

列車の中でお昼を迎え、食堂車でカレーライスを食べ、デミタスコーヒーを飲んだ。座席に戻ると私は眠気を覚え、彼にもたれて眠ってしまったらしい。京都で彼に揺り起こされるまで、夢の中にいた。

どこに行きたいという、明確な目的を持っていたわけではない。見知らぬ街で、彼と二人きりの時間をただ過ごせるだけで、十分だった。

「京都の友人によれば、西芳寺の苔がとてもきれいだそうだから、行ってみようか」

そう言ったのは、彼だった。私は母子家庭で育ち、小学校時代から、旅は修学旅行しか知らなかった。京都に旅するのも初めてのことだった。

京都駅を出る前にコインロッカーに荷物を入れ、総合観光案内所で彼がバスの時間を訊いていた。私は知った人がいるわけでもないのに、誰かに見られているような錯覚に捉えられ、恥ずかしくて俯いていた。

「お寺が中心街から外れてるから、便数が少ないらしいよ。タクシーで行こう」

彼はそう言って、タクシー乗り場に誘導した。さすがに京都だけあって、待ち人が列をなしていたが、手際がいいのか、五分もすると乗車できた。

信号待ちや渋滞もあったので、目的地には四十分ちかくかかった。ドライバーはよく心得ていて、車を拝観出入り口の傍に止めてくれた。

受付で彼が拝観料を二人分払い、私たちは手をつないで参道をまっすぐ進んだ。

林立する杉の幹と幹の間に、黄や紅の葉を付けた樹々の小枝が張り出していて、鮮やかなアクセントをつけ、どの根元にも光沢の良い緑の苔がへばりついていた。

しばらく進むと、前方にはどっしりと構える本堂があり、その屋根は檜皮葺ではなく、銅板だった。立派な建物だが近年の再建というので、私たちは中には入らず庭の方に進んだ。途中で彼が立ち止まって、受付で貰ったパンフレットに目をやって言った。

「ここの庭は、上段と下段の二段式になってるんだって。上段は枯山水式庭園、下段は池泉回遊式庭園で、我々はまずは下段の方に進むよ。黄金池と名がつく池が広がっていて、中に小さな島がいくつかあり、上空から見ると心という字を表してるそうだ。通称、苔寺と呼ばれるように、下段は見てのように苔が見事だね。百種類以上あるそうだ」

「えっ、そんなに！　知らなかったな。まるでビロードみたいに光ってる。あの上で寝そべったら、気持いいだろうな」

「そりゃあ、だめだよ。今現在、これらの苔は自然に生えてるわけじゃないから。美観を維持するために、お寺は手入れで大変だと思うな。年々人気が出て観光客が押し寄せ、苔が傷つけられたり、車で来る場合は交通妨害にもなったりして、近隣から文句が出てるそうだ。京都の友人が言うには、これらの観光公害にお寺もいろいろ対策を練ってるけど、あまり効果が上がらないとか。でね、現在は個人が自由に拝観できるけど、近々許可制にするらしいよ」

「そう、じゃあ私たちはラッキーね。こんなに自由に見学できて。許可制になるといろいろ制約があるでしょ。それにしても、今日は観光客が少ないわね。平日だからかしら」

「たぶんね」

「ねえ、見て。樹々の緑に囲まれた池に、黄葉と紅葉が映ってる。ああ、きれい」

私は彼に寄り添って、溜息をついていた。

「ほんとだ。ぼくなんか忙しくて、日頃はこんなにゆっくりと木の枝や地面の苔、池に映える樹々、枝越しの空など見ることないもんね。ほら、あの木の根の苔、厚くて、とくに光沢がいいよ」

「ほんと、ただ、ただ、すてきな光景ね。緑の苔の絨毯の上に紅や黄の落ち葉がちらほら散っている。これも、また風情があるわ」

そう言ってしばらく進むと、枝越しに落ち葉を掻き集めている庭師が見えてきた。

「無粋だな……」私が残念そうに言うと、

「落ち葉が覆うと日が差さないので、苔が傷むんだろうね。光沢のいい苔を維持するためには、時々ああして掃く必要があるんだよ。無粋ではあるけど、仕方がないんだね」と、彼が説得力のある言い方をした。

私たちは身を寄せ合い、お互いの息遣いを感じながら、ゆっくりと足を運んだ。前方の樹々の中に、建物が見え隠れしていた。湘南亭だった。千利休の息子が建てた、曰く付きのお茶室という。

彼がパンフレットにちらりと目をやって、言った。

「秀吉から切腹を命じられた千利休や、明治維新の時、幕府から追われた岩倉具視《いわくらともみ》が、一時期身を寄せた隠れ家でもあったそうだ」

「へえー、静寂な場所とは真逆な、血生臭いお話ね」

「まあ、人間が住む場所は、天国や西方浄土とは違うからね」

彼はそう言って、笑った。

「そうなんだ。ここも人間が生を営む場所なんだよね」と私が呼応して笑うと、彼も「そのとおりだ」と応えて、また笑った。

「この庭園の歴史だけど、聖武天皇の詔によって行基《ぎょうき》が開山したというから、ずいぶん古いね。時代とともに庭も幾変遷して、応仁の乱によって荒れ果てたが、室町時代になって夢窓疎石《むそうそせき》が禅寺として再興した、とあるよ」

「いつの世も、そうした志が高い人がいるのね。人間って、偉いなあ」

私は心からそう思った。

「そうだね。それまでは荒れて放棄された庭だから、苔が生え放題。おまけに低地で、川が傍を流れているので洪水を何度も経験し、苔が繁茂したってことらしい。そんな荒れ庭もその後の管理がよいので、こんなに見事な苔寺になったってわけ。つまり、災い転じて福となったってことかな」

私には彼の言葉が快い音楽のように聞こえ、優しい気持に包まれていた。

夢ではなく、黄金池《おうごんち》の畔をこうして彼と手をつないで散策しているのだ。ビロードのように艶やかな緑の苔、水面に映る黄や紅に染まる樹々の枝葉、そして青い空と白い雲。水面を渡る微風が作るさざ波。頬を撫でる優しい風。すべてが私たちを歓迎してくれているように思えて、

「幸せって、こういう気持を言うのかしら」と彼に伝える。彼は黙ってつないだ手を強く握りしめる。一瞬一瞬が大切で、満ち足りた気持。神仏にありがとう、と叫びたくなる気持を抑えて、私も彼の手を握り返す。

譚北亭《たんほくてい》という茶室の周りは、彩りが特に美しい。紅、黄、緑の葉が織りなす色のハーモニー。お金には代えられない感動のひと時。彼も私もそれらの風景に目をやったまま、しばらく無言の時を過ごす。ここは中に入ることができた。部屋の丸窓から見る景色は、さながら一枚の日本画のようだった。

茶室を出て、また石畳を踏む。森林浴のように樹々に囲まれて一歩、また一歩と。参道はしだいに上り坂になっていた。上段の枯山水式庭園に近づいているのだ。

気が付くと、向上関という門に到達していた。大きな表札には、門なのに関と書いてある。そこ

からはしばらく階段が続く。五十段ぐらいあるのだろうか。

「関は、関所という意味かな？　この関所をくぐると、ちょっときついな。年を感じる」

彼が階段を見上げて、フーッと息をつきながら笑った。しばらく上りの参道を進み、たどり着いたのが西芳寺の一番高い位置にある指東庵《しとうあん》だ。ここには開祖の行基や、その後の荒れ寺を再興した真如《しんにょ》や夢窓疎石が祀られているという。

「この階段じゃあ、上段の庭にはあまり人が来ないようだね。ちょっとこっちへ」

彼に促されて裏側に回る。予感が走る。私たちはどちらからともなく抱き合って、唇を重ねていた。そしてすぐに離れ、また手をつないで歩き始めた。

「お寺で、不謹慎だと、仏様から叱られないかな」私がそう言うと、

「さっきじゃないけど、ここも人間が生を営む所だからね」と彼が笑った。

庭の様子が下段とはだいぶ違ってきた。苔むす石があちこちに置かれ、もう水面に映る風景は見られない。ここは上段の枯山水式庭園なのだ。けれどグラビアで見るような白砂の枯山水ではなく、亀を表すという石組みや、三段の枯滝の石組みで、それらの石にも周りの地面にも苔がへばり付いていた。これら上段、下段ともに高僧の夢窓疎石の作で、金閣寺や銀閣寺をはじめ、室町時代の枯山水式庭園の祖形となったという。

もう見るものはほとんど見たので、私たちは階段を下り、帰路に就いた。ゆっくりと散策したので、一時間半を過ぎていた。

帰りは急ぐこともないのでバスにした。停留所で三十分待つようだったので、隣接する池大雅《いけのたいが》美術館に入った。江戸時代のこの画家を私は名前も知らなかったが、苔寺の余韻が残る中で観た水墨画は違和感なく、いいなと思った。小さな私設美術館だからすぐ見終えて、バス停に戻った。数分もするとバスがやって来た。

「京都駅まで乗車時間は一時間というから、居眠りできるな」と彼が笑った。その言葉通り、彼はよく眠っていて、何度も私の肩にしなだれかかった。私は外の風景が気になり、ずっと車窓に目を向けていた。

京都駅に着くと四時半を少し回っていた。まずまず予想通りの運行だから、このルートのドライバーはしっかり者なのだろう。

駅のコインロッカーから二人分の荷物を取り出して、京都駅から百メートルばかり離れたホテルに向かった。街に出る前に、チェックインしておこうということになったのだ。

フロントで手続きを済ませ、部屋に入るや否や、私は彼に抱きしめられ、キスの嵐が吹き荒れた。私たちは理性を失ったかのようにお互いを求めあい、心はぐっと接近した。

ようやく平常心を取り戻したのは、一時間もしてからだ。外は真っ暗になっていた。

「夕食、どうする？」

「食べなくてもいいわ」

「そうはいかないよ。ちゃんと栄養取らなきゃあ、エネルギーが出ないよ。四条烏丸《からすま》あたりまで行って、食事をしよう」

「仰せに従います」

私が笑いながらそう言うと、彼は、

「よし、これから市電で行こう。京都は観光客や車の増加で最近は交通渋滞が激しくなって、市電も廃止の方向で議論が進んでるらしいから、今のうちに乗っておこう」と促した。私は服装を整え、化粧をさっと直して、彼と手をつないで部屋を出た。

街は明かりが灯り、変貌していた。私は心がふわっと膨らんでいて、足も宙に浮くような感じだった。人通りは昼間と同じくらい多かった。

駅前の市電乗り場に電車は停車していた。待つほどもなく、すぐ発車した。四条烏丸通りで下車し、彼についてて歩いた。

「何が食べたい？」彼が訊いた。

「にぎり寿司でいいわ」

あまり料理の種類を知らない私は、彼とよく食べていたそれを所望した。

「じゃあ、にぎりと天ぷらにしよう。京都の友人と行ったことがある店が、この通りにあったはずだが」

彼はしばらく周りを見回して「ここだ」と言うと、引き戸を開けた。

「おいでやす」

優しい声に導かれて、座席に着いた。彼がメニューを見ながら、「これでいい？」と指で差した。食べ物に好き嫌いのない私は、いつも通りに「いいわ」と応じた。

エビ、イカ、小魚の天ぷらに、茄子や玉ねぎなどの野菜の天ぷらもあり、塩と天つゆで美味しく食べた。その店には一時間もいなかったように思う。お腹いっぱいになり、少し通りを歩こうということになった。

「お土産は買わなくてもいいの？」と彼が訊いた。そうだったと私も気づき、土産物店に入った。和菓子が中心の店のようだった。時間割を変更してくれた同僚たちには納豆菓子を四箱、自宅には生八つ橋を買った。

それらが入った紙袋を店員が陳列台に差し出すと、彼が「ぼくが持ってあげよう」と引き取った。私たちはもうしばらく通りをぶらぶら歩いて、古風な喫茶店に入った。コーヒー好きの私たちは、またコーヒーにした。

テレビがついていた。音声が小さく抑えてあった。

「あれっ」と彼が小声で言い、画面に見入っていた。映像は去年のクアラルンプール事件など、ここ数年の日本の新左翼武装組織、日本赤軍などが世界のあちこちで起こしたテロ事件を特集していた。

「十年前の全共闘運動から暴力肯定の考えが続いてるんだねえ。戦争が終って三十年以上も経つと、世界的に経済は高度成長し、一応社会は落着いたように見えるけど、ロッキード事件のように首相が収賄事件を起こしたり、経済その他の格差からいろんな問題が起こってきて、若者は正義感に燃え、また権威主義に反発して、それに毛沢東の〈造反有理〉にも刺激されて、彼らなりに世直しをするぞ、と気色ばんでるんだろうけどね。でも、手段がよくないねえ」

「私も若者の一人だけど、問題を早急に解決しようとしてああした行動に走るのね。気持は判らないでもないけど、テロや暴力を肯定することにはついていけないわ」

「それでちっとも悪くないよ。ただ、フランス革命も中国革命も暴力を否定すると成り立たないけどね。でも革命の中で、たとえば敵と見なした者の首をギロチンで切るのが正しかったのか、どうか。最近の研究では革命を肯定しながらも、その中で起きた暴力はきちんと直視しよう、と見直されつつあるよ」

「そうよね、無謬の革命なんてないのよね」

そう言った後、私たちはしばらく黙って画面を見ていた。やがて映像は〈秋、寸描〉というのに変わった。観光客たちが散策する嵐山の川辺で、薄《すすき》の穂が風になびいていた。ピンクと白のコスモスも、ゆらゆらと揺れていた。その映像にほっとしながら、私たちは店を出てホテルに戻った。

お風呂は私が先に済ませた。ホテルの浴衣に着替えて八階の窓から夜景を見ていると、湯上がりの彼が後ろから私の肩を抱きしめた。

「ライトアップされた京都タワーも、なかなかいいね。そのずっと向こうのかがり火のような明かりは、比叡山かな。夜景は郷愁をそそるね」

二人でしばらく夜景を見ていた。バスも電車も昼間と同様に走っていた。往来には人々が忙《せわ》しなく行き交っていた。みんなどんな夜を過ごすのだろうか。そう思うと、私は胸がいっぱいになり、涙ぐんでしまった。

「どうしたの……」

彼がそう言って袖で涙を拭いてくれた。そしてまた唇を重ねた。

私たちは激しく愛し合った。気づいた時には、すでに日付が変わっていた。


目覚めたのは八時前。慌てて私は顔を洗って、身づくろいをした。彼はまだ寝ていた。初めて見る彼の寝顔。どこか夢見ているようなその顔。可愛い人だと思い、私の方からそっと唇にキスすると、彼は起き上がって私を抱きしめた。私たちはまた愛し合った。

朝食はホテルのレストランで済ませた。十時にはホテルを出た。これから彼は会合のある東京へ、私は広島へ戻るのだ。私の乗る新幹線が二十分ほど早く出る。いいからと言うのに、彼はホームまで見送ってくれた。しばしの別れでも胸がじんとして、私は目頭が熱くなるのを覚えるのだった。

（二）

あの頃が懐かしい。戻れるものなら戻りたい。もはや、あの世の彼とは手を繋ぐことさえ不可能なのだ。可愛そうな私……。唇からそんな言葉が漏れる。でも、あの素晴らしい時が持てたのだ。だから十分だよ、と言うもう一人の私。西芳寺へ行けば、あの頃の彼と私に会えるかしら……。そう思って私は仲間と別れて、一人で西芳寺に向かったのだ。

入口の門の位置は、少し変わっているような気がした。全く変わっていたのは、往復はがきで許可された拝観証を必ず受付で見せ、結構高い冥加料を払ってから本堂に入り、そこで〈般若心経〉を写経することが義務付けられていたことだ。

本堂には座卓と洋風のテーブルが設置されていて、座卓の方には墨や筆が用意されていた。拝観者の大多数は座卓を選んでいるようだったが、正座が苦手な私はテーブルの方を選んだ。こちらは墨など用意されておらず、はがきにあったように、持参した自分の筆ペンを使えということらしい。五十人ぐらいの大人の拝観者はわざわざ許可を得てやって来た人ばかりで、ここが禅寺だとわきまえているのか、静かに、姿勢を正して、僧侶が来室するのを待っていた。

その時が来た。僧侶が用紙を配り、それにはうっすらと〈般若心経〉が書かれていて、拝観者がこれをなぞる、つまり写経するというのだ。その前に僧侶が説教をし、拝観者とともに〈般若心経〉を唱和した。

私は勤めている学校がキリスト教主義だから聖書には親しいが、仏典は葬儀や法事の時の僧侶の読経でしか知らない。しかも音読のために意味はさっぱり解らなくて、違和感を覚えた。ただ一ヵ所、「色即是空」という言葉だけは見覚えがあった。〈色〉は目で見て手で触る物質や事象のことらしく、人間はそれらに執着するが故に煩悩《ぼんのう》に苦しむが、〈色〉はやがて〈空〉、つまり無になる。だから、執着や煩悩から解放された生き方をせよ、ということのようだ。つまり諸行無常を自覚して生きよ、ということなのか。

僧侶から渡された薄書きの〈般若心経〉を最後までなぞるには、かなりの時間がかかりそうだ。ある男性が遠くから来ているので、帰りの時間を考えると全部写していては庭が見られなくなる、半分で許してもらえませんか、と申し訳なさそうに問うた。僧侶はできるだけ完成してほしいが、やむをえない場合は、それでも仕方あるまい、と答えた。

私には時間はあったが、彼と来た時とこうまで違ってしまった現実に、やはり戸惑っていた。お堂の御仏には悪いが、中途で出て行く人に私も連なって出ようと思った。

十五分もすると、その男性が立ち上がって深々とお辞儀をしたので、気配を感じて、私も同じようにお辞儀をして本堂を出た。少々気が咎めはしたが、それを振り払って、私は池泉回遊式庭園の方へと直進した。

参道の両側の樹々はあの日と同じように常緑の枝を伸ばし、そのまにまに黄葉、紅葉が彩りよく顔を覗かせ、地面は緑の苔で覆われていた。黄金池に映るそれらに心を洗われながら、私はゆっくりと足を運ぶ。けれど、何か淋しい。隣に彼がいない一歩一歩は、力が入らないのだ。

それでも、千利休や岩倉具視が追手から逃れて、身を隠したという湘南亭に到達していた。あの日、私が——閑静な場所とは真逆な、血生臭いお話ね、と言うと、彼は——人間の住む場所は天国や西方浄土とは違うからね、と言って笑ったっけ。彼の言葉を声に出してみて、懐かしさで胸が締め付けられ、私は度を失いそうになった。

三十年も経つのに、鮮やかに蘇ってくるあの日。私はあの日をなぞって歩いているのだった。上段の枯山水式庭園への入り口である向上関に達すると、私はもうそこから先へは足が進まなくなり、出口へと急いだ。

西芳寺からの帰りもタクシーにした。まだ現役なので、タクシー代は惜しくなかった。それよりか、切ない思いが胸いっぱいに膨らんでいたので、大勢の人と一緒にバスに乗りたくなかったのだ。


民宿に着いたのは三時前だった。切なすぎて、そのまま部屋で過ごすのも辛かった。どうしたものかと逡巡していると、宮代亜紀が親切な情報をくれた。

「うちの近くに夢窓疎石を祀る臨済宗の相国寺があります。水墨画で著名な雪舟が修行僧だったというお寺です。そこに行かれるのもいいかなと思います。ただ拝観は四時半までですが、閉門はきっちり四時ですから、少し急いだほうがいいですね。由緒ある大きな禅寺で、秋に見学できるのは、法堂と開山堂と方丈だけです」

今日はお寺漬けだなと苦笑しながら、私は彼女のアドバイスに従うことにした。

「私はお客様の夕食の準備がありますので、申し訳ありませんが、相国寺の見学はおひとりでお願いしますね」

彼女が気の毒そうな表情で私を見た。相国寺の見学は私にとって言ってみれば付録のようなものだから、案内なしで十分と思い、「もちろんです」と即答した。

相国寺までの道順を地図で教えてもらい、そのとおりに行くと、赤レンガの建物群が現れ、信号を右折した。左に著名な同志社大学の正門が見え、キャンパスが奥に広がっているようで、先ほど宮代亜紀が簡単に説明してくれた言葉を思い出した。

「相国寺は同志社大学のキャンパスと隣接してるんです。信号を右折すると右に同志社女子大、隣に同志社女子中・高が連なっています。私が十年間、夢多き時代に学んだ懐かしい校舎です。家が近かったから、徒歩で通いましたの」と、彼女は誇りをちらりと見せながら、言った。私は宮代亜紀がその中・高や女子大を出ていることも、この時初めて知ったのだった。

彼女は「万一迷われたらいけませんので」と言って、地図が印刷された民宿の名刺をくれた。

相国寺は見るからに大きな禅寺だった。総門をくぐり、受付で拝観料を支払い、しばらく石畳をまっすぐ進んだ。並木のように植えられた松が天に枝を広げ、この界隈は紅葉よりも緑が目に付く。

まずは左手にある法堂に入ることにした。このお堂は他の寺院の講堂に相当する所のようで、僧たちはここでお経を唱え、仏事を営んだのだろう。

薄暗い堂内に足を踏み入れると、天井で龍が白い腹を見せて渦巻いていた。昨日建仁寺で見た龍の絵は現代の日本画家、小泉淳作氏の「双龍図」で、二頭の龍が顔もすさまじく躍動していて、新しいだけに全体の輪郭もくっきりとして圧倒された。こちらは狩野永徳の息子、光信が描いた「蟠《ばん》龍《りゅう》図」で、色調はさすがに歳月を感じさせるが、いぶし銀のような渋いオーラを発していて、禅寺にはよりふさわしいと思った。

この「蟠龍図」の真下で手を打つと龍の鳴き声がするというので、私も試しに手を打ってみた。かすかに鳴き声が聞えたような気もするが、思いの方が先走ってそう聞こえたのかもしれない。閉門が近いせいか、他に人は二人いるだけ。もう一度手を打つ。手拍子が響き、その残響に龍の鳴き声を聞き取ろうとする自分がおかしくもある。

パンフレットによると、この法堂は豊臣秀頼が寄進したという。応仁の乱などで焼失したものを再建し、以来焼けることなく、オリジナルで残っているそうだ。秀吉が死ぬが死ぬまで秀頼の安泰を願って五奉行や五大老の制度を作ったのに、大阪冬の陣、夏の陣を経て豊臣政権は儚くも崩壊し、徳川家康に取って代わられたのだ。

でも、こうして文化財を残すことにより、その思いは後世に伝えられて、文化の保護者としての名は長く覚えられるのだろう。そんなことを考えながら開山堂へと進んだ。

開山堂は開祖が祀ってあるお堂で、あの西芳寺と同じ夢窓疎石を祀っているという。寺では一番大事な場所らしいが、あまり時間がないので室内は素通りし、私は縁側に出て枯山水の庭を眺めた。

修行僧が掃いた箒《ほうき》の跡がくっきりと残る白砂。その白砂の庭を縁取るようにもみじが紅に映え、背後の松の緑の隙間にほんの少し黄葉が混じって、鮮やかさをいっそう際立たせている。昨日もみんなと建仁寺の白砂の枯山水式庭園を見たが、何度見てもいいものだ。私はしばし目を奪われる。この自然と人間の意志の見事なまでの結合。静謐な時間と空気が流れていく。その中にもう少し居たいという気持を抑えて、方丈へと足を運ぶ。

方丈は住職が生活する場所という意味のようで、いくつかの部屋があって、襖絵の「老梅」や杉戸絵の「白象図」などを見た。僧たちの日常生活は簡素だが豊かだ、と感じさせてくれる場所だと理解できたが、閉館時間が迫っていたので室内はさっと見て、縁側に出て庭を眺めた。表の方丈庭園は白砂を敷き詰めただけの何の変哲もない庭だが、これこそ禅宗の僧侶が心を空にして、日々を過ごすのにふさわしい場所だと思った。

視線を上げると、白壁と屋根の反りが美しい学びの場所である法堂が見える。これで、少し揺れる日常生活が引き締まるのだろうな、なるほどね、と寺院の設計者の意図を読みとって、感心する。

北側の裏方丈庭園に廻ってみると、表とは別世界のように感じた。細長い敷地に沿って掘り込み状の涸れ川が左から右へ流れ、その斜面には苔が広がり、そして背後にはもみじの紅と松の緑が鮮やかな彩りを成している。その一角に滝石が組まれ、風情に変化を与えている。重なり合う樹木が壁のように立ちはだかり、向う側の建物を見えなくしている。まるで現世を遮断して、内面世界へ立ち戻れと言っているかのようだ。ふと苔のついた石組に、彼と見た西芳寺の上段の枯山水式庭園を想い出して、胸が疼いた。

腕時計を見ると、すでに閉門時間を過ぎていた。もう敷地内の承天閣美術館の見学は無理だと思い、引き揚げることにした。総門近くまで戻り、振り返って見ると、さっき見た法堂や開山堂が、黄昏時の空に色を失いながらも存在感をくっきりと示していた。

夕食にはまだ早いので、鴨川の岸辺に出てみた。二つの川が合流しているあたりに賀茂大橋という名の橋が架かっていて、中ほどに立ち止まって上流に目をやる。北に向かって大きな中洲が広がっていて、手前の南端は公園になっているのだろう。帰りそびれたのか、幼子と母親がまだベンチに座っていた。だが私の視線を感じたのか、ようやく立ち上がって歩き始めた。

橋を渡りきると、道の両側には交番やコンビニ、お食事処やマンションなどの建物が連なり、学生風の若い男女や勤め帰りなのか、急ぎ足の人々が行き交っていた。

確か、京都大学はこの近くではなかったかと思いながら通行人に所在を訊くと、あの辺りですよ、と手で示してくれた。私は高校生の一時期、自分の学力も考えずにこの大学に憧れていた。けれど母子家庭の家計を考えると、県外などとんでもない願望だと悟り、諦めた。しかし未練がましく、その大学を地図上で探して赤丸印をつけたことがある。

それにもう一つ、この大学には漠然とした思いがあった。その昔彼と苔寺に遊んだ日、彼と一緒に暮らす妹が急用で連絡を取らねばならなくなり、大変困ったという。その日、彼は京大の友人の研究室を訪ねると言っていたので、そこへ電話してもまだ来ていないということで、あちこち電話をかけて右往左往したそうだ。後になって、彼が笑いながらそう言ったことがあった。

そんなこともあって、せめて大学の門まで行って引き返すつもりだったが、すでに秋の陽は薄墨の世界を呼び込んでいたので、残念ながら手前で引き返したのだった。

（三）

食堂には、すでに数名の泊り客が座っていた。家族連れのような四人組、若い恋人らしい二人組、三人の熟年の女性グループなどに私は黙礼し、自分の席に着いた。この人たちも寺社仏閣を訪ね、疲れた足でこの民宿にたどり着いたのだろう。

夕食は京風ちらし寿司と焼き肉、海鮮サラダ、豆腐の和え物と赤だしだった。どのテーブルも缶ビールをオーダーしていたので、私も真似て小さい缶を頼んだ。

家族連れの父親らしい男が立ち上がって、グラスを持ち上げ、声を張った。

「みなさん、今日、こうして夕食をご一緒するのも何かのご縁だと思って、さあ、乾杯しましょう。カンパーイ」

みんなも私もグラスをかざして、「カンパーイ」と声を上げた。

最初の一口が喉を通る時の、何とも言えない感覚！「幸せって、こういう気持を言うのかしら」と思わず胸の内で呟いて、この言葉はあの日も西芳寺の庭で彼に言ったな、と胸がキュンとする。

いい雰囲気で、それぞれのテーブルでおしゃべりが始まった。私はこんな光景を見るのが好きだ。見知らぬ人々となんとなしの連帯感が湧き起こって、気づかぬうちに慰められている。民宿は初めての経験だが、これもいいなと思った。


食事が済んで部屋で休んでいると、ドアが叩かれた。宮代亜紀が「お休みのところ、すみませんね」と言って入ってきた。手には二人分の湯飲みとポットが載ったお盆を抱えている。

「まだ八時前ですから、どうぞ、どうぞ」

私がそう言うと、

「温かい生姜湯《しょうがゆ》をお持ちしましたので、どうぞ」と、テーブルに置いた。彼女も椅子に座って対面した。

「明日の午前中は休みをもらいましたので、ご一緒できそうです。どこか行きたい所がありましたら、ご案内しますよ」

私は「そう、午前中をご一緒してくださるのね。甘えてもいいかしら」と応じた。

「すぐ裏手に北村美術館っていうのがありまして、古美術や茶道具などに興味がおありでしたら、結構いい美術館ですよ。鑑賞時間は三十分程度でいいと思いますが」

「お茶は若い頃習ってて、道具は一応揃えましたけど、忙しさにかまけて今はやってませんのよ。でも、雅の京都に来たんだから、その美術館に行ってみてもいいですね」

「じゃあ、お連れしましょう。他にどこか行ってみたい所がありますか？」

彼女がまた訊いてきたので、私は昨夕、京都大学の門までたどり着けなかったことを未練がましく述べると、

「この際ですから、美術館の後で散策のつもりで京大に行きましょう」

彼女はきっぱりと言った。そして続けた。

「でも、門だけではつまんないので、そうですねえ、百周年時計台記念館に入るといいかな。あそこの一階には〈ラ・トゥール〉というフランス料理店がありますの。記念館がちょっとした塔になっているので、店の名前はそんな意味のようですけど、国立大学としては驚くほどゴージャスで、評判がいいんですよ。予約を取らないと随分と待つようです」

「そう、それ、ぜひ行ってみたいですね」

「それでは今から予約を取りますね。十時頃まで営業してますから」

そう言って宮代亜紀は部屋の電話をプッシュし、話し始めた。

「ああ、その時間で結構どす。キャンセルが出たんどすか。ラッキー。二名ほどお頼みします。確認します、明日、十一時半ですね」

電話を切ると、彼女は「何とラッキーなんでしょう。予約なしだと列をなして並んで、一時間待

ちは当たり前なんです」と、笑顔を向けた。

生姜湯を飲みながら、宮代亜紀が不意に尋ねた。

「今中さんは、お子さんは？」

「私、独身だから子供はいないのよ。婚約していた彼と長く付き合ってたけど、十六年前にガンで亡くなったの。あの時はほんとに辛かったな……。この気丈な私も、当分は夢遊病者のようだった。今から思えば、子供だけでも作っておけばよかったかな……」

自分でも歯切れの悪い言い方だと思いながら、私は無理に微笑んだようだ。宮代亜紀の表情が急に曇り、慌てて言葉が飛び出した風だった。

「わっ、ごめんなさい。プライベートなことは聞いちゃいけなかったのに……」

彼女は傍目にも狼狽しているのが判り、何度も頭を下げ、気の毒な状態だった。

「いいのよ。友人なら、これぐらいのことはお互いに知ってて当たり前だから。気にしないで」

私は、彼女をなだめるのに気を使った。

彼女はもう一度、「ほんとに申し訳ありません」と詫びて、深く頭を垂れた。そして一呼吸おいて、言葉をつないだ。

「いいお仕事に就いていらして、ずっと順風満帆でやって来られた方だとばかり思ってました。けど、人知れず悩みぬかれた時がおありだったんですねえ。何だか、今中さんと急に近くなれたような気がします」

「そう、ありがとう。あなただって離婚して、独りでお子さんを育ててらっしゃるんだもの。きっと山あり谷ありで、他人に言えない悩みや苦しみを乗り越えて、今に至ってらっしゃるのね」

「ええ、まあ……」

そう口ごもりながら、彼女は頷いた。私は湯飲みを持ち上げて、口へと運んだ。

「生姜湯、体が温かくなりますね。冷気が忍び寄る秋の宵の口には、いい飲み物だわ」

飲み終えて私がそう言うと、彼女は、

「生姜って血流を良くするので、お疲れの旅人には喜ばれますね」と応えた。

「こんなにいいおもてなしを受けて、私、民宿が大好きになりそう。ほんとに、ここに泊まってよかったわ。次に京都に来る時も、またお願いしますね」

「ありがとうございます。そのお言葉に両親も喜ぶでしょう。ただ、あのォ……」

宮代亜紀は少し逡巡しているのか、言葉を詰まらせた。

「とても申し上げにくいのですが、実は、民宿、二年後に廃業することにしてますの」

「まあ、どうして……」

びっくりして、私は言葉を失った。

「父も母もすでに七十代の後半に入ってまして、健康に自信がないみたいです。それに最近は大手のモダンなホテルが次々と建てられて、こんな零細な民宿がいつまで続けられるか……、父は先が見えていると言いますの。だから、お前は受け継がなくていいから、まだ体力があるうちに別の仕事に変わった方がいいと奨めまして。で、来年の一月から、通信販売会社のコールセンターに勤めることになりました」

「そうですか。新しいお仕事が決まったことは、おめでとうございます。けど、廃業を突然お聞きして、驚くばかりです。この居心地のいい民宿が無くなるなんて、やっぱり残念だなあ……。でも、ご両親と熟慮の末に出された結論ならば、仕方ないわね」

そう言うことで、私は未練がましい自分をやっと納得させたのだ。

「驚かしてほんとに申し訳ありません。それじゃあ、明朝はごゆっくりなさってくださいね。美術館は歩いてもしれてますから。開館は十時なので、五分前に出掛ければ十分間に合いますから」

そう言うと宮代亜紀は、湯飲みをお盆に載せて出て行った。


快い目覚めだった。小鳥たちがさえずっていた。周りに樹木が多いから、鳥たちがやって来るのだろう。歌うようなさえずりを心地よく聴きながら、今日も晴れだなと呟く。旅の三日間が晴れるとは、やはり自分は晴れ女なのだ。

食堂では昨夜の面々がすでに食事をしていて、互いに「おはようございます」と声を掛け合った。

座席につくと、年配の女性がお盆に載せた食事を持って来てくれた。そして小声で、

「亜希の母です。娘がお世話になっております」と囁いた。私も慌てて立ち上がって、「こちらこ

そ、この度はお世話になっております」と頭を下げた。

朝食は和食で、ご飯とみそ汁、塩鮭と野菜サラダ、キュウリとわかめの和え物、卵焼き、それに海苔、蜜柑一個。平素はパンと牛乳とサラダの簡単な朝食だから、昨日今日と朝の和食は珍しくて、全部平らげた。

厨房との境の出入り口から、宮代亜紀の父親らしい人が覗いた。目が合うと黙礼をしてくれ、優しそうな人だった。七十代後半というが、まだそんな年には見えない。

私の父は小学校四年生の時に、母も十四年前に鬼籍に入っているので、両親が健在の亜希を羨ましいと思う。今、私が一緒に暮らしているのは二十年前に未亡人となった姉で、時々二人きりの女所帯の心細さを感じることがあるから。

食事を済ませて部屋に戻り観光案内書をめくっていると、宮代亜紀がやって来て、「そろそろ出かけましょうか」と誘った。


北村美術館は亜紀が言うように、ほんの数分の所にあった。樹々に囲まれた赤レンガ造りの落着いた雰囲気の建物で、二階が入り口となっていて、階段を上がって行った。

茶道の茶碗や菓子器や壺、それに唐三彩の馬や景徳鎮の染付の壺など異国のものも展示され、一人の趣味人、北村氏がよく集めたものだと感心しながら見て回る。

縁遠くなった茶道具にはそれほど興味が湧かなかったが、姿勢を正し、坐して抹茶を飲んだあの頃を懐かしく思い出した。今の自分の生活に足りないものは、そうした余裕の時間だなと反省した。

茶道具が並ぶ中で、思いがけず与謝蕪村の二枚の掛け軸に出会い、興味を惹いた。一枚は、木の枝に止まって強風に耐えている一羽の鳶《とび》の絵で、もう一枚は、吹雪の岸辺で寄り添っている二羽の鴉の絵だ。墨絵だからなのか、孤独に耐えている人間の姿に思えて、私の胸を打った。

私たちは約三十分で一通り鑑賞を終えて、京大へと向かった。

正門には歩いて二十分で到着した。亜希の案内で百周年時計台記念館にまっすぐ進み、レストラン、ラ・トゥールに入った。予約している旨を亜希が伝えると、すぐセットされた席へ案内された。

本当に驚いた。高い天井、そこからぶら下がる瀟洒な電球、縦長の大きな窓、豪華なカーテン、テーブルクロス、格調高い家具調度品など、まるで高級ホテルのレストランと見紛うような雰囲気なのだ。

三十数年前に自分が通った国立大学の食堂はさて置いて、今現在の国公立の大学で、こんなにゴージャスな食堂があるだろうか。

食事の内容も豪華だった。まずはアミューズといって一口サイズのケーキ風のものから始まり、オードブル、カボチャのスープ、ビフテキ、野菜サラダ、そしてデザートにマスカット味のアイスゼリー、コーヒーで締めくくるという流れで、給仕をする人の態度もよく、自分が丁寧に扱われているようで、気分がよかった。

「私、実は結婚して五年間、広島の祇園という町に住んでいましたの」

突然、宮代亜紀が言った。

「えっ……、じゃあ、ご縁があったのねえ」

私が驚いてそう言った時、ちょうどデザートが運ばれてきた。宮代亜紀がおいしそうと言いながら、続けた。

「驚かないでくださいね。子供も広島で生まれましたの。夫の会社の病院で。でも、今年かな、その産婦人科は閉鎖になったって、知り合いから聞きました」

「そうですか。あの会社は大企業だから、立派な総合病院を持ってますからね。お住いは祇園ねえ、あの地域はよく知ってますよ。じゃあ、お子さんも広島のこと少しは分かってるかな」

「幼稚園の年長組でしたから、少しは覚えてるようですね」

そう言って宮代亜紀は一呼吸し、「そうそう」と続けた。

「広島じゃあ八月六日は特別の日ですよね。京都育ちの私には、ほんとに驚きでした。その原爆の日ですが、式典が終り、静かな時間が戻った頃、夫はよく私たちを平和公園に連れて行ったものです。小さい子をわざわざこんな所へ連れて来なくてもいいのに、と私が不満を漏らすと、そうでない、これは人類全体にかかわる問題だから、小さい頃から馴染ませていた方がいいと主張しましてね。きっと、夫が正しかったのだろうと思います。私が見識不足だったんでしょうね。息子は広島の思い出として、原爆慰霊碑にお参りしたことをよく覚えてるんですよ。現に、中高生になっても八時十五分には、自主的に黙禱してましたから」

「そうなの。感心な息子さんねえ。うちも一番上の姉が女学校の建物疎開の作業中に、被爆死してますの。爆心地の近くで作業してたらしいから、遺体も判らないの。で、拾った校章を娘だと思って、母は死ぬまで肌身離さず大切にしてましたね」

「そうですか……。知らないということは、怖いですね。恥ずかしいです」

宮代亜紀はいかにも申し訳ないという風に頭を下げた。

「ともあれ、坊やが五歳頃まではご家族ご一緒で、お幸せだったのでしょうね」

「ま、初めのうちは。でもだんだんお互いに生地が出てきて……」

「まあ、誰しも自分を装って生きてるから、時には素の顔を出すんでしょうね」

「今にして思えば、あの人ばかりが悪かったんじゃあなかったんでしょうけど。当時は許せなかったんです」

彼女がこんなことを話してくれるとは思いもしなかったので、私は少々動揺し、聞き役に徹した。

ことの発端は、家庭に対する考え方の違いだったという。夫は付き合っていた頃は自信家ではあったが大らかで、ユーモアもあり、何よりも優しかった。今の時代、女も結婚後も生涯の仕事を持つことは素晴らしいことだと自分は思うので、共働きには反対しない、と寛容さを示していたという。それで彼女は大手商社の広島支店に転勤する形で結婚後も勤めていたが、子供の誕生で悩んだ挙句、仕事を辞めたという。本当は続けたかったが、自分も夫も京都生まれの京都育ちで、実家は遠く、親戚もなく、乳幼児を預かってもらう適切な所が見つからなかったので、仕方なしの結論だった。

そうなると、夫はそれまでは潜めていた、元来の考え方が浮上してきたのだろうか。

「やはり家事や子育ては太古の昔から女の得意芸で、男が立ち入るべきではないな」と言い出したのだ。

彼女が食事の準備で忙しく立ち働いていても、知らん顔でソファーに寝そべって新聞を読んでいたり、テレビのスポーツ戦に興じていたりするのだった。むろん食事の後片付けも、子供のおしめを替えることも、泣く子をあやすこともしようとしなかった。

彼女が少しは手伝ってよと苦情を言うと、

「俺は外で十分に働いてきたんだよ。家の中のことはお前の仕事だろ」と居直って、手伝う気など毛頭見せなかった。こうしたことが続くと彼女も嫌気がさし、売り言葉に買い言葉の連発になってしまい、挙句の果て、夫は殴りかかるようになったという。

「そりゃあ、つらかったわねえ」と、私は同情した。宮代亜紀は私には親切ないい人で、こんな女なら離婚は当たり前だなど、とても思えなかったのだ。

「私も言葉が強すぎたかな、と時には反省したのですが、こんな生活が三年も続くと、先が思いやられて、離婚という言葉が頭をよぎるようになりました」

「辛かったのねえ。私があなただったとしても、同じような気持になったでしょうね」

「ええ……、辛かったです」

亜紀は俯いて涙ぐんでいるようだった。数刻して顔を上げ、元気そうに言葉を継いだ。私には無理にそうしているように思えた。

「彼はこの大学の工学部を出て、広島の自動車会社の研究開発部の研究員でしたので、高給を貰っていました」

「あら、この大学の出身なの。じゃあ、ここに来るのは、本当は嫌だったんじゃない？　知らなかったもので、ごめんなさいね」

私は慌てて詫びを言った。

「いえ、それは構いません。でね、私との関係が悪化するにつれて、夜遊びでお金も使うようになって……。でも好きで一緒になった人だし、婚約時代はほんとに優しい人だったから、と私は何度もその頃のことに思いを巡らせました」

「恋愛結婚？」

「はい。大学二年生の時、合ハイ（合同ハイキング）で工学部の人たちと伊吹山に登ったことがありますの。その時、上り坂を遅れがちの私を、彼が傍に付き添ってよくフォローしてくれたんです。山頂に着いた時は本当に嬉しくて、妙に気が合い、住所と電話番号を交換しました。外観が恰好いいだけでなく、優しいし、社会問題にも関心を持ち、志が高くて、私はたちまち虜になりました」

「好きだったのねえ、愛してもいたのね」

「ええ、ほんとに好きでした。だから卒業と同時に結婚し、就職もして、てんやわんやで大変でしたが、愛していたので、当時はちっとも苦になりませんでした」

彼女の瞳が一瞬、輝いた。

「それなのにねえ、人生って、なぜにうまくいかないのかなあ……」

そう言いながら、私は自分の過去を思い出していた。彼の妹との確執や、高齢で病弱な両親のこともあって、条件が整わないために結婚にこぎつけなかったけど、現実の生活がなかった分だけピュアで、胸の内で愛は今も生き続けているのだろう。離婚をしたと言っても、彼女だって過去の愛は純粋で、消せるものではないはずだから、時には愛の欠片が心を疼かせることもあるのだろうなと、胸が痛んだ。

「でも、会社の女の子といい関係になっていると判り、本気で悩みました。ただ、別れようと決めたのはそのことよりか、泣いてむずかる息子を宥めるでもなく、やかましいと本気で叩いたことでした。私が叩かれるのは我慢もできましたけど、幼い我が子に感情任せの暴力を振るうなんて、絶対に許せなかったんです」

「そうだったの……」

私はもはや慰める言葉がなかった。

「あら、ごめんなさい。自分のこと、しかも楽しくないことをしゃべり過ぎました。今中さんの優しい雰囲気に、つい甘えてしまいました。ほんとに、ごめんなさい」

亜紀は大恐縮している風だった。

「いいのよ。優しいかどうかは判らないけどね、本音を言ってもいい人だと思ってくださったことが、嬉しいわ。誰にだって、時には心に沈殿した諸々を吐き出したい時があるのよね」

そう言いながら、私は亜紀の心にぐっと接近したような気持になった。これまで書くことだけでつながっていた関係、ある意味で合理的で冷たい関係が、私的な事情を知らされたことによって、並ならぬ絆で結ばれたような気がしたのだ。

亜紀は長年の鬱積していた辛い思いを吐き出して胸のつかえが多少下りたのか、晴れやかな顔をしていた。そして腕時計に目をやりながら、

「一時半ですね。そろそろお帰りの新幹線の時間のことも、気になりますね」と促した。私がどの交通機関を使ったら効率よく駅まで行けるかと問うと、

「そこの正門前にバス停があって、京都駅行きが停まりますよ。そうですねえ、駅まで二十数分はかかるかな」と親切に教えてくれた。

亜紀とは正門前で別れた。時刻表を見るとバスは十分後に来る予定だったので、私が亜紀を見送った。去っていく後ろ姿に、あなたと友人になれてほんとによかったよ、と私は声にならない言葉をかけていた。

（四）

あの二度目の京都行から、もう六年が経とうとしている。彼と西芳寺に行った時からは、三十八年が過ぎたのだ。一番苦しい時には、歳月は遅々として進まず、もどかしい限りだが、過ぎ去ってみれば、意外に早く経ったようにも思える。人間の感覚なんて、あてにならないものだ。

それにしても、直近の宮代亜紀の死は本当にショックで、私はまだ信じられないし、受け入れ難いのだ。あんなに元気で、離婚の苦しみも乗り越え、ひとり息子をアメリカに留学させて、その成長を楽しみにしていたのに……。新しい仕事にもチャレンジして、六十人の部下を持つコールセンター長にもなっていたのに……。なぜなの……、なぜ、真面目に生きていた彼女が、急性白血病などで死ななきゃあならなかったの……。

私は神仏に堂々巡りの問いかけをしていたが、答えなど貰えるはずもなく、意気消沈するばかりだった。彼女が言っていたように、やはり働き過ぎだろうと思ってもみたが、世間にはもっと重労働に明け暮れている人もいるのだし、考えても、考えても、納得できる答えは出なかった。

同人誌を率いていた梅原邦江に宮代亜紀の死を知らせると、彼女も「嘘でしょ、あの元気だった人が……」と絶句した。画家の水島貴子も「信じられない」と繰り返した。

その夜、落ち着きを取り戻した梅原邦江から電話があった。

「ねえ、彼女への追悼号を出さなきゃいかんと思うのよ。それぞれの作品はすでに取り掛かっていると思うけど、それと彼女への追悼文、一人原稿用紙十五枚程度でどうかしら？　発行があんまり遅くなっちゃあ、間延びしちゃうから、四月の後半でどう？」

「それで結構です。ただ、私は民宿にも泊めてもらったりして親しくしてたから、追悼文は少しオーバーするかもしれないけど、いいかしら？」

「オーケーよ。で、締切は二月末でどう？」

「それでいいと思います」

そう答えながら、私は宮代亜紀の死に動転するばかりで、追悼号にまで考えが及ばなかったが、梅原邦江はさすがに年の功だけあって、次に何をすればいいかを心得ていた。彼女は本当に頼りになる人だ。彼女と話していると、私の気持も幾分鎮まった。私は宮代亜紀との友情を、心を込めて書き残そうと心に誓った。

それから数日後のことだった。宮代亜紀の息子から思いがけず封書を貰ったのだ。急いで開けてみると、手紙と一枚のコピーが入っていた。椅子に座って、私はまずは手紙に目を走らせた。

先日はお電話ありがとうございました。母の死に大変驚かれているご様子がよく分かり、申し訳なく思います。母は息子の私にも弱音を吐かず、独りで頑張り抜いた人生のように思います。

母は、離婚後は祖父母の民宿を手伝いながら、私が高一の途中から大学を卒業するまでの七年間、乏しい財力の中からアメリカ留学を支えてくれたのでした。母の、思う存分好きな場所で好きなことを学びなさいという言葉に、私は甘え過ぎていたように思います。

私は今現在、仕事に就いてようやく三年目を迎えておりますが、こんなに早く、親孝行の一つもしないうちに、永遠の別れがやって来るとは思ってもみませんでした。ほんとに悔やまれてなりません。

母はこれまであまり病気もせず、見るからに元気でした。だから調子が少々悪くても市販のビタミン剤など飲んで、仕事を休むことをできる限り避けていたようです。病気が判明しても、二、三ヵ月も入院して治療したらよくなると、信じていました。

母が入院したのは、去年の八月四日でした。私の休みの日を選んで、その日にしたのでした。私は母に付き添い、いろいろな手続きを済ませて東京に戻りましたが、その夜の電話では医療スタッフがよく、この病院に入院してよかったと、と満足しておりました。

そんなわけで体調のいい日には、これまで忙しくて遠ざかっていた読書をしていたようです。日誌にも看護師の検温や注射、薬剤、食欲不振のこと、医師の励ましの言葉、読書の感想などを簡潔に記しているのみでした。日誌を見るのは怖くもありましたが、母の気持が詰まっているのだからと、勇気を出して読みました。時には私への願望や励まし、養護施設に入っている祖父母のことを心配していましたが、あまり深刻なことは書いておりません。

その後も電話で二、三日おきに連絡を取り合いましたが、母はいつも明るい声で小康状態だから案ずるなと言い、私もその言葉を真に受けて、それほど悲壮感を持ちませんでした。必ず回復する、と愚かにも信じていたのです。仕事が忙しかったこともあり、私は母を月に一度しか見舞っていません。もっと面倒を見てやるべきだった、と悔やまれてなりません。

十月に入ると、良い医療体制にもかかわらず病状が急に悪化し、さすがに母も不安を覚えたようです。私もようやく深刻さを実感し、週に一度は休みを取って母に寄り添いましたが、遅すぎたようです。

今また母の日誌を読み返しております。今中様のお名前が出てきた日がありましたので、ここにコピーして送らせていただきます。他の日より、ずっと長い日誌です。心に思うことがあったのでしょう。お読みいただければ幸いに存じます。

母は、今中様たち同人誌仲間との交流が心の大きな支えだったのでしょう。これまでのご厚情、ありがとうございました。

追伸、

墓参の件、京都の冬は底冷えがしますので、暖かくなった三月の終り頃にでも、と思っておりますが……。近くになりましたら、またご連絡します。

宮代祐平

二〇一五年一月十日

今中綾子様

読み終えて、私は若いのにしっかりした息子だな、宮代亜紀はこの子がいたから、どんなに辛いことがあっても頑張れたのだろう、と改めて思った。離れて暮らしていても、分身である息子の存在が、どんな時も心のよりどころになっていたに違いない。

私はといえば、覚悟の上とはいえ、分身はいない。後悔先に立たずではあるが、愛する人の子をどうして産まなかったのだろう。仕事をしながら彼の諸状況が好転するのを待っていて、一日一日が、そして一年一年が知らぬ間に過ぎ去り、そのうちガンに侵された彼は、苦しみながらあの世へと旅立って行ったのだった。

私はもう一度、文面を目で追った。こんな文章が書ける息子をもった宮代亜希を、やはり羨ましいと思う。そうではあるが、耳の奥で別の声も聞こえてくるのだ。——そんな風に思わなくてもいいんだよ、と。

そう、人それぞれの人生があるんだもの。私はこれでよかったのよ。好きな仕事に就いて、その上、思いを小説という形に紡ぐことができ、その仲間もいる。そして何よりも、愛する彼が今も心の奥にどっしりと住みついているのだもの。

私は目をつぶって頬杖をついたまま、そんな自問自答を繰り返していたが、コピーがあることを思い出して、それを広げた。

八月七日　午後二時
入院四日目。今日は、調子はまあまあ。

昨日は今中さんの住む広島で、原爆の日の式典が行われた。一番上のお姉さんが被爆死しているという今中さんは、この日をどんな思いで過ごしたのだろうか。

私はこの日をすっかり忘れていた。テレビのニュースで平和公園が映し出され、広島市長が慰霊碑の前で平和宣言を読み上げている姿を見て、そうだったとやっと気づいたのだった。

夫が毎年、式典が終って静けさを取り戻した公園に私と息子を連れて行き、慰霊碑の前で三人で手を合わせた日が昨日のように蘇る。でも、私はなんでこんな小さな子供を連れて来るのかと、文句を言ったのだった。

今、急性白血病で病室のベッドに臥す身となって、これまで私は被爆者の不安な心をほとんど理解していなかったと思う。ほんとに、申し訳ない気持でいっぱいだ。

夫は内面的なことで妻に思いが伝わらないことに失望し、腹を立て、暴力的になったのだろう。暴力そのものは今も受け入れ難いが、私が内面的にもう少し寄り添ってあげていたら、私たちは別れなくても済んだかもしれない……。そう思うと、父親を奪ったことを、息子に心から詫びたい。

私は若すぎたのだ。そして愚かだったのだ。失った時は戻らないが、私が傷つけた人が幸せであることを、せめて祈ろう。思慮深い、本当の大人になるってことは、なんと難しいことだろう。

コピーを読んで、私は複雑な思いに取りつかれた。八月六日を、私もそれほど深刻な気持で過ごしたわけではないのだ。八時十五分に黙禱し、長女を失って悲嘆に暮れた母のことを思い出し、テレビニュースに目を留め、新聞の関連記事を、いつもより時間をかけて読んだだけだ。現役時代は教室で平和教育に臨み、生徒と一緒に諸種の行事に参加したけど、退職後はせいぜい静かに祈るだけの、平凡な生活をしている自分なのだった。

小半時もした頃だろうか。梅原邦江から電話がかかってきた。

「ねえ、彼女は学校も中高大とキリスト教主義で、社会人になってから洗礼を受けたと、いつか聞いたことがあるのよ。離婚などで苦しい時があったからとは思うけど。だから葬儀は教会でしたんじゃないかな。でね、亡くなって二ヵ月以上たってるけど、お供えというか、お花料というか、そういうのをしないといかんのじゃないかしら？　水島さんも同感なの。ご両親は介護施設に入ってらっしゃるでしょ、だから息子さんに……」

「そうねえ。お墓参りの時のお花代に使ってと言って、熨斗袋《のしぶくろ》を郵送しますか？　先輩と水島さんと私の連名で。早速、私が立て替えて送っておきましょうか」

「そうしてくれる。それからねえ、『飛翔』ができたら京都に集まって、私たちもお墓参りしましょうよ。息子さんに場所を教えてもらっといて。キリスト教のお墓かしらね？」

「息子さん、お骨は市営地蔵山墓地に眠ってると言ってたけど……。市営墓地だから、宗教的なことは自由じゃないかしら。そのへんのところ、よく判らないわ」

「宗教のことは微妙だから、不問に付そう。私たちは、お墓の前でただ手を合わせればいいのよ。じゃあ、お花料の件、お願いね。私と水島さんの二人分の代金、あなた宛てに郵送するから」

そう言って梅原邦江は電話を切った。

私は早速熨斗袋を用意してお花料を入れ、筆ペンで三人の名を連記して茶封筒に入れた。そして便箋用紙に三人の思いを簡潔にしたため、四月末には同人誌が発刊される予定だから、代表の梅原さんが五月に三人でお墓参りしたいと言っている。三月末に私をお墓に案内してもらえたら、五月の時は私が責任を持つので、あなたは関わらなくてよいと記した。


百十枚の自分の作品を書き上げ、宮代亜紀の追悼文ができあがったのは、三月三日だった。庭のリラの枝にふっくらとした新芽がたくさんついて、春の息吹を感じる頃だった。

その夜、私は九時を待って宮代亜紀の息子に電話した。その時間だと帰宅しているだろうと判断したからだ。

やはり彼は帰宅していた。二ヵ月ぶりの声は、心なしか前の時より元気そうだった。仕事は相変わらず忙しく、母親の物の整理がまだ終らないと言っていた。

「断捨離って言葉がはやってますが、自分はそれができない、優柔不断だってよく分かりました。

全ての物に母や祖父母の思い出が籠っていて、これはあの時の洋服だとか思い出して手を止めると、ついつい時間が経っていて、整理がはかどりませんね。それに、毎週帰省するのはやはり無理ですから。二、三週に一度ですね」

彼はそう言って笑った。私もつられて笑いながら、自分の考えを述べていた。

「それでいいのよ。整理整理と言って、なんでもポンポン捨てたら、想い出が可哀そうじゃないの。だって、その物はただの物じゃないんだもの。それを通して、共に過ごした時間が籠ってるわけでしょ。懐かしみ、愛おしみ、捨てるのを躊躇ってくれる者がいなきゃあ、その物は浮かばれないじゃないの」

私の言葉に気圧《けお》されたのか、彼は「そうですよね」と言葉少なに応じた。私が墓参の件を切り出すと、

「三月三十日の月曜が休みなので、前日の夕刻、帰省しようと思います。三十日でよろしければ、墓地にお連れしますが」と応えた。

「その日で結構です。まだ先のことですが、民宿だったお宅で待ち合わせしません？　京都駅でもいいけど、あなたのお顔を知らない上に、人の往来が多くて判りにくいのではと思うの。それに、民宿、懐かしいから」

「そうですか、お墓には京都駅からの方が近いのですが、そんなにおっしゃるのなら、それで構いません」

「勝手を言わせてもらえば、午前十一時に民宿で合流し、タクシーでお墓に行って、帰りにお昼をご馳走したいのよ」

「お言葉に甘えていいのかなあ……」

「お母さんやお祖母さんにお世話になったんだもの。これしきのこと、させてもらわなくちゃあ」

「申し訳ありません」

「じゃあ、前日にまた確認のお電話をしますから、よろしくお願いしますね」

受話器を置くと、私はフーッと溜息をついていた。思いが具体的に成就しようとしているから、ほっとしたのだろうか。私の人生から大切なことが一つ無くなっていくようで、寂寥感に取りつかれたのだろうか。上手く説明できないけど、なぜか淋しいのだ。

こんな時はお助け音楽の出番だ。モーツァルトのバイオリン協奏曲をかける。しばらく目をつぶって聴いていると、幾分気持が穏やかになっている。

モーツァルトの音楽は、彼がガンに侵されて入退院を繰り返し、もはや一緒に食事にさえ出かけられなくなって以来、絶望的な私を助けてくれた。心の琴線に触れ、慰められ、少し元気にしてくれるのだ。

第四楽章の途中で、電話が鳴った。十年前の教え子、橘幸代《たちばなさちよ》からで、東京の大学を卒業すると、そのまま東京で就職していた。年に何度か帰省し、その度に連絡をくれ、時には会って食事もする間柄だった。

「先生」と言うや、彼女は声を上げて泣き崩れたのだ。

「どうしたの」と問いかける私に、

「すみません、泣いたりして」と詫びながらまた嗚咽し、私は彼女が落着くのをじっと待った。

「失恋しちゃった。今、別れて来たところです。私は好きだから、別れたくなかったのに……」

「そう、そりゃあ悲しいよね。わかる、わかる。でもね、あなたみたいに滅多にいない素敵な女性を振るなんて、バカな男だ。ぶん殴ってやりたいわ。あなたの良さを分からない野郎は、こっちから願い下げだよ。そいつよりもっといい男が、きっと現れるから」

そう言って私は慰めた。それで彼女の悲しみが鎮まるとは思わなかったが、そう言うしかなかったのだ。

「先生、夜分にほんとに、ごめんなさい」

幾分落着いたのか、彼女はまた詫びた。

「いいのよ、この時間は起きてるんだから。何かあったら遅くても、電話かけてきていいのよ。あのね、失恋は人を大きくするのよ。たまに発作的に死にたいなんて思う人もいるけど、ゆめゆめそんなこと思わないでよ。生きていてこそ、もっといいことに出会えるかもしれないでしょ。ともかく、今日は早く寝なさいね。今度帰省した時に、リーガロイヤルでご馳走してあげるから」

そう言って、私は受話器を置いた。

若い日に大恋愛をした私には、彼女の喜びと悲しさがよく分かる。相手のことがまだ好きなのだから、しばらくは忘れることはできないだろう。耐えるほかないのだ。可愛そうに……、私も泣きたい気持だが、どうしてあげることもできない。一日も早く、元気になってほしいと祈るような気持だった。

宮代亜紀の息子からお花料のお礼状が来たのは、それから数日後だった。とても恐縮していて、梅原様、水島様にくれぐれもよろしくお伝えください、と締めくくられていた。今時の若者として基本の礼儀をわきまえていて、宮代亜紀がちゃんと育てたのだなあ、と私は感心した。

お金のことだから私はすぐ、梅原邦江と水島貴子に電話した。二人とも私と同じように、いい息子さんがいたので、宮代さんは幸せだったのね、と納得した風だった。作品と追悼文が完成したので、もう一度読み直してメールで送るからと言うと、

「水島さんも今日中に原稿を送って来るそうだから、一応目を通して、明日にでも印刷屋に届けるつもり。私たちは校正が早いから、予定通り、四月末の発刊は大丈夫よ」と、自信ありげに言った。

自分の作品も追悼文も送って、私は久しぶりにほっと一息ついて、庭に出てみた。つぼみを膨らませたリラの木の下で、黄色い猫がこちらを窺っていた。首輪をつけてないし、痩せているから、捨て猫だろう。ミーちゃんと呼んでみた。以前飼っていた猫の名前だ。不思議にも猫はこちらに向かって来たので、「ちょっと待ってね」と言ってキッチンから鰹節を持ってくると、猫は行儀よく

待っていた。そして皿を目の前に置いてやると、皿が音を立てて揺れるほどがつがつ食べ始めた。

猫は以前飼ったことがある。彼が亡くなって淋しさに耐えかねていた頃、白黒の猫が同じように庭に来て、鰹節をやると同じようにがつがつ食べたのだ。私はその時初めて猫を飼い、ミーちゃんと名付けた。性格のいい雌猫だったので、私はすっかり猫好きになり、可愛がって、私のベッドで一緒に寝ていた。でも五年前、耳のガンで亡くなって愁嘆したので、こんなに悲しいのなら、もう生き物は飼わないと決めていたのだ。

それにもかかわらず、この気品ある顔をした黄色い猫を見た途端、私は飼うことに決めた。一緒に暮らす姉も猫は嫌いではない。

「おいしかった？　こっちにおいで」と手招きすると、猫は素直にやって来たので、私は抱き上げた。雄猫のようで、しかも去勢がしてある。引っ越しで、置き去りにされたのだろうか。それとも育てるのが面倒になって、捨てられたのだろうか。可愛そうに……。その顔を見ていて、名前もすぐ決まった。

「ぼくは今日からここの家の子だよ。とてもいいお顔をしてるからバロン、つまり男爵様だよ」

私はそう言ってバロンを強く抱きしめた。庭に出て来た姉も、飼うことを了解した。私はバロンをすぐ風呂に連れて行き、シャワーをしてやった。姉が、バスタオルを持って来て、言った。

「私がこれから、獣医さんの所に連れて行って、ワクチンを打ってもらうわ。それと回虫の薬も飲ませてもらおう。帰りに、餌やウンチ砂を買ってくるね」

「私が行けばいいのに、すまないね」と詫びると、「あんたはこのところ書き物で疲れてるようだから、休んでて頂戴」と、姉はこともなげに言って、物置からケージを持ち出して来た。バロンはおとなしくケージに入り、間もなく姉は車を発進させた。

自室に戻る前に私は郵便受けを覗いた。カタログやはがきに交じって、橘幸代からの大判のハガキがあり、私は目を走らせた。

先生、先日はほんとにゴメンナサイ。いくら私は好きでも、相手が心変わりしたのなら、仕方ないですよね。どう努力すればいいか分かりませんが、ともかくも忘れるよう努力します。私のようないい女に今後出会うものか、このバカヤロー、とマンションの屋上で大声を張り上げると、少し気が晴れました。お電話した時よりも元気になっていますので、ご安心とまではいかないけど、会社には毎日出ていますので、ご報告します。

五月の連休の時、帰省するつもりです。お会いできれば、幸いです。

橘　幸代

私は胸を撫でおろしながら、二階の自室に戻った。悲しみをじっと耐えている橘幸代を思うと、切なさで胸がいっぱいになった。この世はいいこともあるが、それを上回って、哀しいこと、辛いことがあるのだと、改めて思うのだった。

深呼吸して私は机に着き、パソコンをオンにした。旅のメモ帳を頼りに、忘れぬうちにエッセイを書いておこうと思ったのだ。

（五）

一月はいぬる、二月は逃げる、三月は去る——とはよく言ったものだ。宮代亜紀の死に衝撃を受けた日から、もう三ヵ月が過ぎようとしている。

我が家の庭の風景もすっかり変わった。リラは萌黄色の葉の中に白い花を無数に咲かせ、ハナミズキの枝も若葉で覆われ、レンギョウは黄色の蕾をたわわにつけて、数日もすれば満開となるのだろう。この庭で拾った猫のバロンもほどよく太って、今中さんちの幸せそうな猫に変身している。

いよいよ明日は、宮代亜紀のお墓参りの日だ。先ほど亜希の息子に確認の電話をかけ、出発を待つばかりとなった。明日は日帰りするので、宿は取っていない。

新幹線のホームに立つ時は、いつも切ない思いに包まれる。彼と京都に旅した日も、この同じホームから出発したのだ。忍び逢いゆえに、列車の前と後の入口から別々に乗車したことが鮮やかに蘇って、胸が疼くのだ。でも、これを不幸とは思うまい。胸が疼きながらも、私は甘美な想い出のメロディーに浸っているのかもしれない。

列車が京都駅に近づいた時、私はハッとした。その昔、彼と泊まった八階建てのホテルが二年前までは確かに在ったのに、なくなっているのだ。というより、別のさらなる高層ホテルに建て替わっていたのだ。自分と深い因縁のあるものが無くなっていく。それは大きな衝撃だった。三十数年も経てば、なんだって変わるのだ、と自分に言い聞かせながら、私は京都駅に降り立ったのだった。

時計を見ると、十時を少し過ぎていた。すぐ地下鉄八条東口のホームに移動して、烏丸線に乗った。今出川駅で下車し、そこからは歩いた。和歌で有名な藤原定家の子孫が住む冷泉家の白壁の塀をやり過ごし、同志社大学や宮代亜紀が卒業した同志社女子高や女子大も通り越して、二つ目の信号を右折した。

目当ての民宿が見えて来ると、宮代亜紀と過ごした時間が偲ばれて、懐かしさに胸が熱くなった。およそ見当をつけて歩いたので、道に迷うこともなく、時間は二十分もかからなかった。

民宿の玄関の前に、一人の背の高い青年が立っていた。私を見ると黙礼し、「今中さんですか」と呼び掛けてきた。

「はい、今中綾子です。あなたが亜紀さんの息子さんなのね」

そう言うと私は自然に手を出し、握手を求めていた。アメリカで七年も過ごした彼は、慣れた手つきで応じた。

「初めまして。お母さんによく似てらっしゃるわねえ。すぐ判りましたよ」

私は興奮気味に彼を見上げて「ほんとに目元口元がそっくり」とまた言った。彼は照れ気味に「よく、そう言われます」と笑った。

「ここ、今はだれも住んでいないの？」

「ええ、無人の館です。母には兄妹がいませんし、親戚もみな高齢で、ここを継ぐ候補者が今のところいないんです。私たちが住んでいた離れの方は帰省した時に風通しをするんですが、こちらの方までなかなか手が回らなくて……。祖父母の代に始めた民宿ですし、それに祖父母はまだ介護施設で暮らしていますし、母も私もここで育ったものですから、やはり愛着があって、なかなか処分する気になれないんです。ただ、私も将来、ここに住むかどうか判りませんので、しばらくはこのままで、と思っています」

「そう、勿体ないわねえ。初めて民宿に泊まって、おもてなしもよかったし、食堂でご一緒したお客さんの雰囲気もよかったので、民宿が大好きになったの。食堂にだけでも入れていただける？」

「それはいいのですが……、ただ長いこと風も入れてないし、掃除もしてないので、見たら失望なさるだけではと……」

彼は困惑したような顔で、口ごもりながらそう言った。私はその表情から察知した。

「ごめん、ごめん、閉鎖してからだいぶ経ってるのよね。あなたが言うとおりだわ。無理なこと言ってごめんなさいね。ここから眺めただけで、いいことにする。目をつむると、あの日がはっきりと蘇るわ」

私はしばらく目をつむって、空気や風を感じながら、胸の内にあの日を再現していた。

「さあ、それではお墓に行きましょうか」

そう言って私は思い出を断ち切った。

彼は玄関の前に用意していたバラの花束を持って来て、

「いただいたお花料の一部で買いました。母の好きだったバラの花です。ありがとうございました」と、花束をかざして見せた。

「タクシーで行きますか？」と私が問うと、

「交通のアクセスはいいので、地下鉄を使いましょう。これから最寄りの出町柳駅まで行き、京阪鴨東線《おうとう》で三条まで行き、そこで京阪本線に乗り換え、七条で下車します。そこから地蔵山墓地は、徒歩で十五分程度です」

彼はもう、そう決めているようだった。

「じゃあ、お任せするので、よろしくね」

そう言って、私たちは出町柳駅に向かって歩き始めた。

私たちは京阪七条駅で下車して、地蔵山墓地を目指して歩いた。見知らぬ街は好奇心でいっぱいになる。七条通りをまっすぐ進み、右側に三十三間堂、その隣のハイアットリージェンシーホテル、左側に風格のある国立博物館を通り過ごして、交差点を左折し、すぐ右に曲がって直進した。由緒ありそうなお寺の長い塀沿いに歩いた。桜が満開の時期を迎え、花弁が微風に乗って私の頬に当たった。

「ご存じかもしれませんが、右は真言宗の智積院《ちしゃくいん》です。国宝級の障壁画をたくさん持っているそうです。私はまだ見てませんけど」

彼は笑いながらそう言った。お寺の他にもレストランや書店があり、学校らしき建物が前方に見えて来ると彼は、

「あれが京都女子大です。この道は豊国廟《ほうこくびょう》の参道でして、あの突き当たりの駐車場で右折して女子大沿いに進むと、すぐ墓地です」と指さした。私はこの通りの古風でアカデミックな佇まいが好きで、そんな中で暮らす京都人を羨ましいと思った。

緩やかな上り坂を彼の後について歩きながら、私の口から言葉が零れ出ていた。

「お宅を出てから合計三十分弱、歩きましたわねえ。どこも桜、桜で、春をたっぷり味わえた上に、いい運動になりました」

「適度なウォーキングは、健康にいいそうです。母は短い生涯でしたが、今中さんには母の分まで健康で、長生きしてほしいですね」

彼は振り返って真顔で言った。そして立ち止まって「地蔵山墓地に着きましたよ。そこが北の入口です。ところどころに階段がありますから、足元に気を付けてくださいね。ここも桜ですね」と言って、続けた。

「この墓地は明治時代に造られ、ひい爺さんが一区画を購入したと聞いています。まだ敷地に余裕があったのか、墓の中の通路も、一区画分の面積も、よそよりも広いようです」

彼は歩きながら説明した。緑に囲まれた大きな墓地だが、樹々の枝越しに民家が見え隠れし、これなら一人で来ても淋しくないないと思った。墓参にやって来た家族連れが、ちらほらと見えた。黄色い猫と白黒の猫が前を走り抜けて行った。

「あっ、猫……」私が小声で叫ぶと、

「民家も近いし、捨てられた猫を不憫に思って餌をやってくれる人が何人かいるらしく、数匹見ますよ」

「そう、よかった。この世は鬼ばかりではなかったのね」

私は我が家の猫、バロンに思いを馳せ、野良でも餌を貰えるのなら、不幸中の幸いだ、とまずはほっとした。

お彼岸の名残なのか、あちこちの花筒に季節の花が活けてあったが、中にはナイロン製の造花が差してある墓も目につき、嫌だなと思った。誰もお参りに来ないのか、草茫々の墓もあった。無縁墓なのかもしれないと思うと、苔生す墓石に哀切を感じた。

階段を上がってしばらく前へ進み、右に折れると眺望が開けた。そこに宮代家の墓があった。

「ちょっとここでお待ちください。薬缶に水を入れて来ますから」と言って、彼は持ってきたバラの花束を墓前に置き、水汲み場へ行った。間もなく水の入った薬缶を下げて戻って来た。

「心ある人々が薬缶を置いて行ってくれ、それをみんなで利用させてもらっています」

そう言いながら彼は花筒に水を入れ、バラを差して言った。私も片方の花筒にバラを入れた。

「母は洗礼を受けていましたので、この墓の横にキリスト教式の、十字架のついた墓を来春までには建ててやる予定です。小さな墓ですけど」

彼はそう言って墓前に座り、線香に火をつけた。私も隣に座って合掌し、頭を垂れた。そして胸の内で彼女と話していた。

――宮代さん、闘病生活を全く知らずに、呑気に暮らしていた私を許してね。毎日がどんなにか苦しく、不安だったことでしょう。心配かけまいと思って、私に連絡して来なかったのは頑張り屋のあなたらしいけど、何もしてあげることができなくて、本当にごめんなさい。息子さんに初めてお会いしたけど、立派に育ってらっしゃるわ。この母にして、この子ありだと思いますよ。四月の末にはあなたを追悼する『飛翔』が出ますからね。それを持ってまた来ますから。

内心でそう呟いて、私はようやく墓前から立ち上がった。彼も気配を感じたのか、すぐ腰を上げた。私は言おうか、黙っていようかと逡巡したが、やはり言うことにした。

「お手紙に書いたと思いますけど、五月の初め頃に、梅原さん、水島さんと私の三人でまたここに来ますけど、前にも言ったように、その時は私が案内役をするので、あなたは関わらなくて結構ですからね」

「でも……、それでいいのかなあ……」

「いいのよ。私たちが勝手に来るんだから」

「じゃあ、お言葉に甘えます。母も喜ぶことでしょう。みなさんのご厚意には感謝の言葉もありません。お二方によろしくお伝えください」

そう言って彼は深々と頭を垂れた。

――為すべきことをなした――私はそんな気持で満たされると同時に、少々寂寥感も感じていた。

「お昼だけど、来る時に三十三間堂の隣にハイアットリージェンシーってホテルがあったでしょ。ロケーションがよさそうだから、あそこのレストランにしない？」

私は緑樹の中に見えた上品なレンガ調のホテルを思い出し、ぜひここで彼にご馳走をしたいと思った。

「ああ、いいですね。素敵な外観で、いつか入ってみたいと思っていました。喜んでご馳走をお受けします」

彼の素直さが、私は気に入った。

来た道を引き返しながら、私たちはそのホテルの自動ドアを通り抜けた。ドアボーイが丁寧にお辞儀をした。フロントでレストランのことを訊くと、和風、イタリアンなど、三店あると教えてくれた。彼に何がいいかと訊くと、「イタリア料理がいいかな」と言うので、教えられた二階に上がり、トラットリアセッテという店に入った。案内された窓辺の席に着くなり、彼が興奮気味に言った。

「わあ、目の前が国立博物館だ。噴水の飛沫が光を浴びてきれいだな。樹々も桜もすべてよし。明治時代に建てられた煉瓦造りの本館と、去年建てられたガラス張りの新館が対照的ですね。今日は休館日だから、折角いらしたのに残念ですね」

「いいのよ。今日はお墓参りが本命だから。私、古い方しか知らないけど、新館ができたのねえ、また今度にしますわ」

「ただ、隣の三十三間堂は、確か年中無休だったな。お帰りまでにそこは見られますよ」

「そうねえ、見てもいいかな」

ウェイターが待ちかねた様子で「何になさいますか」と問うたので、私たちは慌ててメニューを見て、シェフのお奨めのコース料理を選んだ。

ローストビーフと野菜の前菜、パスタ、スープなどが次々出され、彼も私もよく歩いたせいか食欲は旺盛で、どの皿も残すものは何もなかった。デザートのババロアも平らげ、コーヒーをすすっていた時だった。彼が突然神妙な顔で言ったのだ。

「ぼくは親不孝者でした。離婚した母が一生懸命働いてぼくを育て、留学させてくれたことに感謝しながら、どこか母を避けたい気持があって、それで遠くアメリカを選んだような気がして……。地元の学校へ行けばいいものを、お金がかかる留学などして……、経済的な負担をかけてしまい、すまなかった、という思いに沈み込むことがあります」

彼は胸のつかえを吐き出すように言った。私は一瞬どう応じたらいいか言葉が出なかったが、何か言わざるを得なかった。

「そうなの……、ただ、親は我が子の望むことは何だってしてあげたい、と思うものじゃないかしら……、たとえ苦労したとしても、それを苦労と思わないのよ。つまり、無償の愛ね。子どものために頑張ることで、お母さんは生きがいを感じていたと思うな」

「そうだとしても、ぼくは親心に甘えすぎでした。死を早めたのも、ぼくのせいだと思えて……、取り返しがつかないですね」

「そんな風に言うと、きっとお母さんは悲しむと思うな。あなたが元気で、充実した日々を送ることが、今は供養だと思いなさいな」

私は自分でも説教がましいことを言っていると思い、いささか居心地が悪かったが、他に言いようがなかったのだ。

二つ向うのテーブルの若い二人は、雰囲気からすると、恋人同士のようだ。私の心の奥に刻み付けられた、懐かしい思い出がひょっこり浮き上がってきて、一瞬胸が痛くなったが、微笑《ほほえ》ましいな、いいなあとの思いがひたひたと押し寄せてきた。

ふと、失恋したと泣きながら電話をかけて来た、橘幸代のことが偲ばれた。あんな風に彼女にもいい時間があったのだろうに……。手紙では元気になったと書いていたが、一日も早く、もっと素敵な恋人に出会えるようにと、私は心から祈った。

そして対面している彼には、恋人と呼べる女性がいるのだろうか、とふと思った。生きることは愛することでもあるのに、それがうまくいかない。愛が永続しないことで人は呻吟するのだ。そう思うと、人間という存在が愛しくて、私は何か叫びたいような思いに取りつかれるのだった。

コーヒーを飲み終えると、彼が言った。

「ほんとにご馳走さまでした。久しぶりに美味しいものにありつき、胃袋がびっくりしています」

彼は笑いながら腕時計に目をやり、「もう二時ですね。これから三十三間堂へ行かれますか？」と訊いた。

「そうですね、仏様のお顔を拝見して、邪悪な心を払い除けてもらいましょうか」と私がおどけて言うと、「邪悪ですか」と彼は声をたてて笑った。

「じゃあ、ぼくはここでお別れしましょう。これから養護施設に祖父母を見舞い、今日中に東京へ帰らなきゃあなりませんので」と言って、付け加えた。

「京都駅へはあそこ、東山七条のバス停から乗車します。駅行きのバスが度々来ますよ。ただ、駅まで歩いても十五分程度ですから、お疲れでなかったら、それもいいですね。タクシーを利用されるのなら、ホテルの玄関で拾えますから」

「ご親切にありがとう。あなたもお母さんの後片付けだけでなく、お祖父さん、お祖母さんのこともあって、大変ですねえ。そんな中で、今日は付き合ってくださって、ありがとう。玄関まではご一緒しましょうね」

そう言って私は支払いを済ませると、彼と連れ立って玄関へと向かった。自動ドアの玄関を出ると、私は、「お元気でね。ほんとに今日はありがとう。また、いつかお目にかかれる日を」と言って握手して、彼を見送った。

別れはいつも切ないものだ。そんな感情を抱えて、三十三間堂へと足を運んだ。ここも庭の池の周りに春が押し寄せていた。桜は何度見ても美しい。

拝観料を払って中に入った。その昔、このお堂には生徒たちを引率して入ったことがあるが、仏様の数に圧倒されたことを記憶している。今日もまた、御仏の数に圧倒されながら順路に従って、足を進める。

御仏と目が合うたびに、じっと見詰められているようで、もう隠し事は通用しない。邪悪な心、胸の痛みや疼きが見透かされ、私は立ち止まっては手を合わせ、頭を下げるばかりだった。

やはり足が相当疲れていた。私は御仏に詫びてお堂を途中で引き返し、ホテルの玄関に舞い戻って、タクシーに乗った。

車窓から通り過ぎる街並みを見るともなく見ながら、宮代亜紀のこと、彼女の息子のこと、橘幸代のこと、亡くなって久しい彼のことや母のことが走馬灯のように脳裏をかすめて行った。

そして、家で待っていてくれる姉と猫のバロンに思いを馳せると、私の心はいつになく和んでいるのだった。

マイ　レスト　タイム

（一）

平和大橋に差し掛かると宮地早苗《みやちさなえ》は車の速度を落とし、窓から左をちらりと見上げた。

――あの明かりの中に私もいたのだ。

九階建ての中央病院のほとんどの窓には、明かりが灯っていた。

入院中は夕刻になるといつも、あの窓の一つから、早苗はこの橋を眺めたものだ。ちょうど六時になると橋の欄干に一斉に明かりが灯り、橋を通過する車のライトと重なりあって、そのエリアだけは特に明るく、別世界をつくっていた。

七十五歳になるまで入院というものを経験したことがない早苗にとって、リハビリも含めてひと月半の入院は気が遠くなるような長さなのだ。一日が終るとカレンダーの日付にペンで斜線を引き、退院まであと何日、と数えることが日課となっていた。そんな日々だったのに、こうして病室の明かりを見上げると、懐かしさで胸が熱くなるのだった。

早苗は股関節の人工置換手術でひと月半ほど入院をし、十月の末に退院した。すでに一週間が経っている。広島市西部の住宅団地に住んでいる早苗は、退院時の注意事項を守って、まずは自宅の周りを用心深く歩くことから始めた。

病院からはしばらくは杖をついた方がいいだろうと言われていたが、リハビリで意外に太腿の筋肉ができていて、ふらつくこともないので、退院の初日から杖なしで近所を歩いてみた。歩けるじゃない！　ハンドバッグなどを持って杖をつくことはかえって歩行の妨げとなるので、早苗は早々に杖を仕舞い込んだ。

ただ、都心の繁華街を歩く時だけは杖を持ち出した。杖が目印となって他者も配慮してくれるだろう。ぶつかられて転倒でもしたら、脱臼する恐れがある。そうなると再手術になるかもしれない。早苗は見た目にも普通の歩行を取り戻していたので、せめてそうすることで足に障害のある人だと見てもらえる、と思ったのだ。だが街中での杖も数日で止めた。早苗の術後はきわめてよい状態なのだ。

手術前は家の中でも壁や家具を伝い歩きするほど状態が悪く、嘘のような嬉しい現実だった。術後の早苗が歩く姿を見て、家族は無論、友人や近隣の人々もひたすら驚き、現代医学のすごさに畏敬の念を抱いたようだ。だから早苗の長かった入院生活を深刻に受け止めて、同情してくれる者は家族以外にはほとんどいなかった。

「大変な手術をしたのに……、もっと労《いた》わりの言葉があってもいいのに」と早苗は内心で淋しい思いをしたが、それほど回復状況がよいことをむしろ喜ぶべきなのだ。

そもそも股関節が痛み始めたのは二年ばかり前の二〇一四年の二月、友人の葬式に参列した時だった。斎場までの十分程度の道のりで、突然左の股関節に刺すような痛みを感じた。これはおかしいと思いつつも、少し様子を見てからと思い、病院には行かなかった。そればかりか、毎日三十分の散歩も続けた。痛みは感じるが我慢できないほどではなかったからだ。ひと月後にやっと手遅れになってはいけないと気づき、股関節治療では評判のいい中央病院に行ってみることにしたのだ。

上田医師はパソコンのレントゲン画像を見せながら説明した。

「右は正常ですね。左はご覧のように軟骨がだいぶ擦り減ってますでしょ。ただ、まだ完全に擦り減ってはいないので、しばらく様子を見ましょう。半年後に来てください」

言い終ると上田医師はパソコン画面のカレンダーを示し、早苗の都合のいい日を訊いた。

こうして次回は十月四日を予約した。この日が来るまで、早苗は毎日三十分のウォーキングを真面目に実行した。痛みはあったが動かさないと筋肉が固まってしまい、本当に動かないようになるとの通説を信じ、痛みを堪《こら》えて歩くことを日課としたのだ。

旅好きの早苗は、その一年は痛みを我慢しながら東京や京都などを旅し、美術館巡りで股関節をさらに傷めてしまったのだった。

そして翌年の四月、痛みがあまりに激しくなり、予約なしに中央病院に行った。その日は上田医師の診療はない日で、水野医師に診てもらった。まもなく上田医師は転勤したので、以後は四十代半ばの水野医師が早苗の主治医となり、レントゲンを撮り直した。そこで左股関節の軟骨がほぼ無くなっていることが判明し、半年などと悠長なことを言っておれず毎月の予約通院に変更したのだ。

ＣＴスキャンやＭＲＩで精密検査をし、腰も傷んでいることが判明した。初期の脊椎管狭窄症《きょうさくしょう》、すべり症、椎間板ヘルニア、と診断された。そのころ坐骨神経痛も起こり、お尻から太腿の後ろ側を電流が走るような痺れと痛みが始まった。痛み止めを貰って飲んでも効果がなく、早苗は絶望の淵に立たされた。

この間、主治医には内緒で股関節関連の医療雑誌やビデオテープ、高価な漢方薬など買い漁り、東京の有名人も通う治療院にも足を運び、針治療も受けてみた。温めるとよいというのでホカロンという名のカイロを大量に買い込み、腰に当てた。そのせいか坐骨神経痛の痺れだけは何とか治まったが、股関節の痛みは進行するばかりだった。

そのころ新聞の広告に、股関節の痛み止めの新薬が大々的に紹介された。三ヵ月で痛みが消えるとまことしやかな説明があり、早苗は藁をもつかむ気持でそれに頼ってみたが、これも効果はなかった。

こうして一年少々、今から思えば無駄な努力をしたことになる。

二〇一六年の四月下旬には痛みが限界に達し、日常生活もままならない状態で、もはや手術しかない、と早苗もようやく思うようになっていた。水野医師も手術をすると痛みはすぐとれると言った。だが、ギリギリのところで早苗はやはり逡巡した。金属が体に入ることが怖かったし、もし失敗したらどうしよう……などと、堂々巡りをするのだった。

本気で決心したのは、オバマ大統領が来広した五月下旬だった。室内でも壁や家具などを持たねば歩けないほどに痛さが激化したことと、その少し前に整形外科の待合室で隣り合った女性が言ったことに気持が動いたのだ。

——あと二年で小学校の教師を定年なので、夏休みに手術して何とか頑張ろうと思ったんですが、もう我慢ができないほど痛くて、三月に急に辞めることにしたんです。活動的な子供たち相手の仕事ですので、こんな体ではね。それに旅行に行っても、徒歩見学する所は私だけバスに残ってるなんて、面白くないでしょ。

——一年間、あらゆることを試みました。こうしたら治る、ああしたら痛みが改善する類の本や薬を買い漁り、評判のいい治療院があると聞けばそこにも通ったけど、全部だめでした。もう手術しかないと結論を出したんです。オバマ大統領が来広される、その二十七日に手術することになりました。

彼女は自分の結論を良しとして、晴れ晴れとした表情で言った。

早苗も少しでも良くなりたい一心で彼女とほぼ同じような行動をとり、結果は少しもよくならなかった。だから彼女に強い共感を覚え、自分ももはや手術しかない、と気持が急転回したのだった。ほどなく早苗は水野医師に「もう限界ですから、手術してください」と願い出た。

「そう、じゃあ、カレンダーを見てみよう」

そう言うと水野医師はパソコンの画面にカレンダーを引き出した。

「そうだねえ、六月は詰まってる。七月も八月も、空きはないな。困ったなあ……、今年はだめかも……」

カレンダーを行ったり来たりさせながら、水野医師は早苗のほうを向いた。

「そんな……」早苗は泣きそうになった。この痛みを数ヵ月も耐え切れそうもない。

「待てよ」

パソコンに目を戻した水野医師がそう言って、カレンダーを覗き込んで指差した。

「あった。ここ、九月十六日が一つだけ空いていた」と、声を力ませた。

「それ、私に下さい、お願いします」

早苗は即決した。他の都合があったとしても、それを反故《ほご》にしてでも、手術を優先させようと思ったのだった。


三ヵ月以上待って、ようやくその日がやってきた。手術するには、その三週間前から輸血用の自己血貯血などの採血やリハビリ科の検査があり、準備態勢に入った。

手術の前日は、午前九時に家族同伴で病院に出向くことが義務付けられていた。独り身の早苗には、同居の八十九歳の姉が付き添った。本来は婚約者と結婚しているはずの早苗だが、結婚を待っている間に相手が肝臓ガンに罹り、長患いの末に亡くなった。もう三十年も前のことなのに、早苗の心には今も彼が棲みついて、人生を共に生きているのだ。

姉は日本画を本格的に描いていて、頭もしっかりしており、まだ車も乗り回している。二人で入院に関する諸手続きや、麻酔科の説明を聞き、必要物品で不足するものを売店で買い揃えた。

夕刻には個室、八一〇号室に食事が運ばれた。手術後の五日間はみな個室を与えられるが、その後は保証できないという。次々と手術する人がいて、その人たちに五日間は個室を優先しなければならない。平等の原理はよく解る。だが患者として大勢で暮らした経験がない早苗は、不安だった。それで、もし余裕があった場合、もう五日間ほど個室にいさせてもらえまいかと願い出て、確約はできないけどという条件で、一応了解を得ていた。

夕食はレストランで食べる定食のようなもので、明朝は絶食となっているので全部平らげた。姉もコンビニ弁当を買って来て、一緒に食べた。その後はスーツケースの中からさし当たって必要なものを取出し、明日からの入院生活が困らないよう備えた。

午後七時に家族同伴で会議室に行くよう看護師から伝えられていたので、早苗と姉は少し早めに行った。その日は最後の手術が少し長引いたようで、水野医師が入室したのは三十分後だった。早苗は我が目を疑った。診療室では座ったままの姿しか見ていないので、こんなに背が高く、大柄な体軀をした人だったのか、と。これまで早苗の眼には、どう見ても風采の上がらない男にしか見えなかったが、ある男らしさを感じて驚いたのだ。

水野医師はテーブルに着くと遅れてきた理由など言わず、単刀直入に手術や麻酔の同意書などを示し、同意するなら氏名を記入するよう促した。もはや同意するほかなく、早苗と姉は氏名を記入した。

そして水野医師は箱の中から人工股関節の実物を二種類取出し、それらを持ち上げて説明した。

「この骨盤側の丸く凹んでる部品をシェルといい、チタンの合金でできています。凹みの内側はポリエチレンです。大腿骨側の細長い部品をステム、これもチタンの合金。その先端の球状はヘッド。これはセラミックでできてて、シェルの凹みにヘッドが入ってくるくる動くようになってるから、立ったり座ったり、しゃがんだりできるようになっています」

よく解る説明だった。水野医師は続けた。

「こちらは最近改善されて、ステムとヘッドをつなぐ部分がわずかながら動きます。あちらは従来型で固定されています。触ってみてください」

そう言って渡された両方を早苗は代わる代わる持ってみた。重さはほぼ同じだが意外に重く、これが自分の足に嵌め込まれるのかと思うと、また怖くなった。が、もう後には引けない状況だった。

「どちらにされます？」

「もちろん少し動くほうです」

それで、決まった。説明も終った。八時をかなりすぎていた。姉にはこれにて帰宅してもらい、早苗だけが病室へ戻った。

明日、すべてが始まる。経験したことのないことが自分の身の上に起こるのだ。

手術は三人の医師で行うという。その一人は全国的にも知られた名医で、病院長でもある。この地方の股関節の専門医のほとんどが、この名医の下で研修しているとも聞いていた。だから大丈夫。心配ない。そう思うのに、やはり心の奥底には不安がある。平素は大きな口を叩くのに、自分は案外小心者だ、と早苗はこの期に及んで思い知らされる。

朝の九時から病院にいて、いろんな手続や説明を聞き、相当に疲れているにもかかわらず、なかなか眠れない。終ってみれば杞憂にすぎなかったと、笑って言えるようになるのだから、と自分に繰り返し言っていると、早苗もいつしか眠りに落ちて行った。

目覚めたのは八時過ぎ。個室には温水の出る洗面台がついており、洗顔を済ますと素顔に近い基礎化粧をするのみ。身支度を整えて一瞬朝食をと思うが、今朝は絶食だったのだ。お茶も水も飲んではいけない。全身麻酔で受ける手術だから、胃が空になっている状態がいいのだ。

準備から手術が終るまで約三時間半だという。歩行も困難なほどの、この股関節の痛みとも、今日でオサラバだ。頑張るぞと早苗は胸の内で己を鼓舞する。だが、すぐに不安が忍び寄っている。これからまな板の上の鯉になるのだと思うと、やはり怖くて不安なのだ。

手術室には十二時半に入るよう指示されていて、病棟の看護師が迎えに来るという。それまで時間はたっぷりある。病室で手術のためのパンフレットを読み直したり、退院までの行程表を繰り返し見たりして、気持を落ち着かせようとするが、やはり不安を消すことができない。この歳まで手術などしたことのない身だから、それは当たり前なのだ。神様、仏様、無事に手術が終りますように——と、にわかに神仏にすがる姿は、平素の自分を知る者からすると滑稽に違いない。不安と恐怖で堂々巡りしているその時、ドアの前で男性の声がした。

「失礼します。森川です」

エッ、まさか、あの名医の院長先生？　早苗は予期せぬ名医の訪問にひたすら驚き、ベッドから飛び起きて姿勢を正した。病院を紹介するパンフレットで見知った、メガネをかけた白髪の男性が——あの名医と言われる院長先生が——にこやかな顔をして、そこに立っていた。

「宮地早苗さんですね。今日は左股関節の手術でしたね。手術は主治医と私と高木医師の三人がチームを組んで行いますので、怖いことは何もありませんから。頑張りましょう」

力強い言葉を残して、森川院長は風のように部屋を出て行った。たったそれだけの言葉が、早苗の不安を取り除き、どれほど励ましとなったことか。手術を担当する三人の医師の一人に名医が加わってくれるというだけでも心強かったのに、部屋まで出向いて励ましてくれるとは、想定外のことだった。主治医の他のもう一人は高木医師といって、ベテラン医師だ。これで早苗も医師たちに全幅の信頼を寄せ、手術は必ず成功すると思えるようになったのだった。

人間は心理的な存在だ。自分の状況は何も変わらないのに、名医のたった一言で気持がずいぶんと変わるものだ。窮地に立つ人間は、というより自分は、案外、催眠術にかかりやすい部類かもしれない、と早苗は改めて思った。

十二時二十分になった。その時までには病室に来てほしい、と姉には伝えてあったのに、まだ来ない。イライラしながら家に電話をかけてみるが、コール音が鳴り続けるばかり。出かけた後なのだろう。往々にして時間の約束が守れない人だから、仕方ないと諦める。

看護師が車椅子をもって迎えに来た。

「これから三階の手術室に参ります。ご家族は？」と言って、部屋を見回した。

「それがまだ来ませんの。時間はくどいほど言ってますので、もう家は出てるはずですが……。たぶん渋滞に引っかかったんでしょう。私一人で参ります」

早苗は内心で今日ぐらい時間厳守してくれたらいいのにと苦々しく思ったが、現実を受け入れるしかなかった。

「どうぞお乗りください」看護師はそう言って車椅子を差し出した。早苗は今現在、寝たきりの重病人ではないので、そんな丁寧な扱いを受けなくてもいいと思い「杖があるので自分の足で歩けます」と遠慮がちに言うと、看護師は「乗せてお連れすることになってますから」ときっぱりと言うので、早苗も従わざるを得なかった。

手術室の前で、ふっとテレビや映画などで見て、大脳にインプットされている場面が浮かんだ。誰かが手術をする時は、家族が手術室まで付き添って、「立派な先生方が執刀してくださるから、大丈夫よ。頑張ろうね」と励まし、そして医師たちに「お願いします」と、深々と頭を下げる場面だ。自分にはそれが叶わなかった……。

ドアが閉められた。三時間半は、外界とは遮断された時空だ。全身麻酔を担当する医師を含めて四人の男性医師と看護師たちが待っていた。早苗は靴だけ脱いで、着衣のまま手術台に仰向けになるよう指示された。そして、麻酔の医師から、

「どんな曲をかけましょうか？」と問われ、予期せぬ質問に驚きながら、答えた。

「モーツァルトの曲なら、何でも」

麻酔の医師が早苗の右手首に注射する。モーツァルトの曲が鳴り始める。自宅でも毎朝聞きながら目覚めるモーツァルトの曲に、早苗は心地よい気持になり、そのまま深い眠りに落ちていったようだ。

（二）

目が覚めた時は八一〇号室のベッドの上だった。どうしてここへ？　自分は手術室にいたはずではないの……。着て行った服ではなく、病院が用意した手術服を着ていた。そしてT字帯をつけていた。

部屋には看護師と姉がいて、手術が無事終ったことを告げた。手術室まで病室のコロ付のベッドが運ばれ、早苗を乗せてベッドごとこの部屋に戻って来たのだそうだ。病院のエレベーターは大き

いので、早苗はそれも可だとすぐ悟った。腕時計を見ると四時を過ぎていた。

姉の頬に数センチほどのガーゼが貼り付けてある。「どうしたの？」と訊くと、約束の時間に遅れたので、急いでエレベーターを降りたところで滑って転倒し、頬をひどく打ち、しばらく立ち上がれなかったそうだ。ちょうどナースセンターの前だったので、看護師が駆け付け、治療してくれたのだという。

早苗が手術室にいる時、姉も大変だったのだ。もう少し早く家を出て余裕の時間を過ごしていたら、こんなことにはならなかったのに……。姉は呑気な父の血を受け継いだのだろう。どこかへ出掛けるとき、父はいつも遅刻しそうになり、あるいは遅刻して、母はイライラしたというから。

手術した左股関節から太腿にかけて腫れているので湿布がしてあり、見た目にも異様に大きくなっていた。その脚は丸められたもう一枚の布団の上に載せられ、高くなっていた。部屋付の二人の看護師が、代わる代わる布団をめくって脚の状態を看てくれた。太腿からお尻にかけて十四センチも切り開いて人工股関節を嵌め込んだのだから、麻酔が解けると少々痛みがあるのは仕方ない。患部が熱を持つと痛みが倍加するので、看護師が氷嚢のような熱冷《さ》ましを取り付けてくれる。そして言った。

「折に触れて、足首を動かしてくださいね。今は体を動かせないので、血栓ができやすい状態にありますから。予防が肝心です」

右腕と右手には痛み止めや栄養剤、自己血貯血の血液など数本の点滴の注射針が刺され、人差し指には血液中の酸素量を調べるための器具が取り付けられている。患部には血抜き用の管もついている。左の手の甲には、点滴の針の痛みを楽にするシールが貼ってある。

スタンドからぶら下がっている点滴の管の中で、それぞれの液体がポタッポタッと落ちて早苗の血管に注入される。だから針が外れたら大変なことになるので、あまり体を動かすこともできない。

それに、三日間は尿も管を通して出るようになっている。まるで体じゅうが管で生かされている感じだ。こんなに水分が体に入っているのに、看護師はなお「水をよく飲んでくださいよ。血栓ができたら大ごとですから」と警告した。枕辺のテーブルにはストロー付のペットボトルが置いてあり、早苗は手を伸ばしてはストローを口に入れた。

夕食は点滴の栄養剤で取るので、なし。もっとも、食欲は全くない。身動きの取れない体となり、自分であって自分でないような、不思議な感覚だ。頭のほうも麻酔が解けてほぼ常態に戻り、大変な手術をしたのだと改めて認識する。三人の医師が大工さながらに鋸《のこぎり》やメスで骨や肉を切って金属の器具を嵌めこんだのだろうが、全身麻酔のおかげで何の苦痛も味わわなかった。早苗は近代医学の力にただ感謝するのみ。

この日は、夜勤の看護師が一時間ごとに病室に来てくれ、脈や熱や血圧や血液中の酸素の量、体温などをチェックし、下着をずらしては手術の傷口も看てくれる。点滴液がなくなるとまた次の点滴液と差し替え、尿の状態を調べ、痛いところはないかと、たびたび訊いてくれた。

十時ごろまではそれなりに順調に過ごしていた早苗だが、ずっと仰向けの状態で寝ているので腰が痛くなり、ナースコールのボタンを押した。看護師はすぐ来てくれ、枕をもう一つ持って来て腰の下に入れ、しばらく摩ってくれた。痛みは和らいだが、三十分もするとまた激しい痛みが戻って来たので、看護師を呼び、摩ってもらった。

この痛みから解放されるためには、体を動かして血流を良くしないとだめなのだ。しかし今は管に取り巻かれて、寝返りさえ打てない状態。まるで小人国で全身をくくりつけられて身動きができない、ガリバーなのだ。朝が来れば、少しは体を動かせるだろう。ああ、朝よ、来い、来い、早く来てくれ。早苗は呪文のようにそう唱えて、遅々として進まぬ時間を、なんとか耐え抜いた。この時の苦しさ、辛さは生涯忘れることはない、と思った。

目をつぶっていても、窓辺が白んで来たのが判る。やっと朝になったのだ。なんと待ち侘びたことだろう。

ふっと、長い闘病生活をしていた彼のことが偲ばれた。彼も苦しさと不安に取りつかれて、辛い夜が幾度かあり、朝を待ち望んだことだろう。あのころ彼が苦しまぎれに、何度か早苗に暴言を吐くことがあった。闘病中にもかかわらず多くの人々の協力を得て、数年がかりで彼が学術書を上梓した時のことだ。

「とにもかくにも、本が世に出てよかったわね」と早苗は喜びを共にしたつもりだったが、即座に「なんだ、その言い方は。とにもかくにもとは、失礼極まるじゃないか。ぼくは命がけで書いたんだぞ」と彼は怒りの言葉を早苗に投げつけたのだ。多くの人が協力してくれたことはそれだけ問題も起こり、それらの事情が分かっていただけに、問題を乗り越えて本ができたことを喜んだのに、こんな言葉はとても理解できないことだった。敬愛する彼がどうして……と早苗は陰で泣いたが、自分も苦しい状況に陥って、暴言を吐いた彼の気持が心底で解るような気がした。

六時に看護師がパソコン付の医療用カートを押してやって来た。早苗は腰が痛いことをまず伝えると、ベッドを少し起こしてくれた。姿勢がぐっと楽になり、昨夜の苦しさが嘘のように思える。早苗は、これが電動式ベッドだと初めて気づいた。手術前はそこまで調べる余裕がなかったのだ。

看護師は点滴の状態をみて脈や体温などを測り、血液検査のための採血をした。検温は六時、十時、十三時、十五時、十九時の五回という。そして下着をずらし、傷口のガーゼを取り換えてくれる。ちょっとでも脚を動かすと、痛みが走る。

「点滴に解熱薬が入ってますが、熱は三十七度八分あります。ま、手術後はこんなものです。じきに下がりますから。尿もたくさん出てますよ。七百CCありますね。色も薄くていい色ですよ」

看護師が透明な排尿袋を持ち上げて見せた。

「へえ……そんなにたくさんの尿が……」

早苗には自分が排尿したという自覚がない。管で尿をするということは、こういうことなのか。そして男性の褌《ふんどし》のようなT字帯を身に着けていることを改めて思い起こし、恥ずかしさが立ち上ってきた。が、どんなに有名だろうが身分が高かろうが、この種の大手術を受けたら、みなこの恥ずかしさという関所をくぐり抜けねばならないのだ。早苗は自分にそう言い聞かせた。

「じゃあ、安心してペットボトルの水を飲んでもいいんですね。無自覚のうちに尿が出てるんですから」

そう言うと、早苗はおかしくなって笑った。

「そうそう、安心して飲んでください。たびたび飲まないと、血栓ができますからね」

看護師も笑いながら応じた。

もう一人の看護師が歯を磨くための器具を持ってきてくれ、口の中がさっぱりして気持よくなった。

廊下に動きが生じた。朝食が各病室に運ばれているのだ。早苗の八一〇室にも食事係がトレイに載せた食事を持ってきて、テーブルの上に置いた。

早苗は電動ベッドをさらに立ち上げ、テーブル板をベッドの上に方向転換した。点滴の管や尿管に取り囲まれ、歩けない体では、まだベッドの上での食事しかできない。

添えられたメニューには《貧血食・中》となっていて、食パン二枚、マーガリン、みかんジャム、ロールキャベツのウスターソースかけ、牛乳、バナナとあった。昨日来、いわゆる食事は丸一日食べていないので、食欲は戻っていた。

早苗は食パンにマーガリンとみかんジャムを塗り、頬張った。紙パックの牛乳をストローで飲み、こんなにこくがあって、口の中にうま味が広がっていくものかと驚いた。平素は当たり前のこととして朝食を食べていたので、幸せとは案外こんな身近なところにあったのだと、気づかせてくれた。

朝食が終ると、新しい看護師が二名やって来て、「本日の担当の丸木美知です」「神田洋子です」と名乗り、同時に「よろしくお願いします」と頭を下げ、壁に名札を掛けた。お願いしますと言うのは、こちらのほうではないか。その丁寧な対応に早苗は驚いていた。公立病院ではこうはしないだろう。大病院であっても私立だから、営業という面があるのだ。患者は顧客ということになり、数ある病院の中からよくぞうちを選んでくれた、ということなのか。そういえば、受付でも「患者様」とサマをつけて呼んでいた。

電動式ベッドを適宜上下に動かすことができるので、管に取り巻かれているとはいえ、体を多少は動かせる。それで血流もよくなったのか、腰の痛みは消えた。が、脚の血栓予防のため、足首をたびたび動かす。かつて糖尿病の同僚がヨーロッパ研修旅行に参加し、機内での同じ姿勢が祟ったのか、到着したロンドンで見学もせぬままバスの中で倒れ、不帰の人になったことがあるので、早苗は〈血栓〉という言葉には敏感に反応する。気が付けば足首を何回も動かしている。

「それぐらいしたほうがいいんですよ」

看護師にそう言われると、ますますやる気になる。管でつながれた体は寝返りも打てないのだから、せめて足首を動かすほかない。

病院のルールでは電灯もテレビも夜の九時には消すようになっているが、個室だから十一時ごろまではつけていてもよいと、看護師が耳打ちした。テレビは無論レシーバーで聞くようになっているが、個室だから小さければ音で聴いてもよいということだった。まだテレビを見る気はしないが、早苗にはルールが多少ルーズであることがむしろ嬉しい。

八時過ぎ、若い橋田医師が巡回し、傷口を診てくれたが、触ると思わず「痛いっ」と声が出た。

「大丈夫。ちゃんとくっついてるから」

そう言うと、橋田医師は素っ気なく病室を出て行った。

なぜ水野主治医は来てくれないのか。早苗はやや不満を持った。

看護師は入れ代わり立ち代わり様子を見に来てくれた。三交代制で、手術後は夜中でも一時間ごとに様子を見回る仕事なので、若くて体力がないと務まらないのか、みなまだ二十代、三十代前半といった感じだ。

痛み止めのせいか、よく眠る。時計を見ると十二時前。昼食の配膳が始まっているようだ。廊下の動きが手に取るように判る。配膳係が朝と同様、トレイに載せた昼食を持ってきてテーブルに置き、テーブル板をベッドの上に回してくれる。早苗は電動式ベッドのボタンを押して体を起こした。

メニューにはやはり《貧血食・中》とあり、一週間はこれでいくという。おかずは牛肉の鉄板焼き、青菜の胡麻和え、胡瓜のポン酢和え、栄養補助飲料（鉄）とある。ご飯は半分しか食べられなかったが、そのほかは美味しく平らげた。ごはんは、次回から小にしてもらうようお願いした。

痛み止めの薬を飲む。そのせいか、またうとうとする。起きているのか寝ているのか、自分でもよく判らない状態だ。

看護師が二人やって来て、体を拭いてくれる。お風呂が許可されるまでの数日間、毎日拭いてくれるという。早苗はこれまで他人に下半身を拭いてもらったことがないので、羞恥心が這い上ったが、ミス・ユニバースでも女王陛下でも、手術後はこうせざるを得ないのだから、と念仏のように唱えて乗り切る。

明日からベッド上でのリハビリが始まるという。天井に物々しい器具が取り付けられ、吊り輪がぶら下げられて、説明があった。手術したほうの足を看護師に吊り輪に入れてもらい、紐を引っ張って上下、左右に動かし、さらにそれらを組み合わせた運動をそれぞれワンセット三十回、朝昼晩の三回行うよう指示された。


姉が三時ごろやって来る。下着類や家で取っている定期便のヨーグルト、黒酢などと、新聞や郵便物を持って来てくれる。

「調子はどんな？」

「夜中に腰が痛くてすごく辛かったけど、今はいい状態。脚も動かしたら痛いけど、先生が回診され、傷口もよくついていると言われたから、順調に回復してるんでしょ」

その言葉を聞いて姉はほっとしたような顔をして、言った。

「今朝、愛ちゃんは一人でまあまあ食べてくれたよ」

室内飼いの雌猫、愛の様子を知らせてくれたのだ。我が家で飼っている猫は十一匹。みな捨て猫だったが、今はれっきとした飼い猫だ。その中でも愛は名のごとく、とくに可愛い顔をした美人猫だが、少々我儘でもある。缶詰もいいものしか食べない。公園で拾った時は生後半年ぐらいの子猫で、右腹部に大怪我をしていた。すぐ動物病院に連れて行き、四回の手術で何とか元気になったので、不憫に思って特別扱いし、他の猫とは違う高価な缶詰を与えた。

言ってみれば飼い主が甘やかして我儘になってしまったのだが、あまりに愛らしくて、早苗も姉も我儘を受け入れている。いつもはまるで召使いさながらに早苗が抱いて手ずから食べさせているので、不在中をどう過ごすか気になっていたのだ。

「で、ジャンと愛ちゃんはどこで寝てる？」

「いつも通り、あんたのベッドの上よ」

ジャンも愛と同じころ、つまり十六年前、同じ公園から連れ帰った雄猫で、皮膚病に罹っていて、動物病院に通って治療した。早苗がこまめに薬を飲ませ、硫黄の溶液を塗り、ひと月ほど六畳の洋間に閉じ込めて完治させたのだ。聡明な顔をした美男猫で、ドアのノブも開けることができ、人間の言葉もある程度理解できる、犬並みに賢い猫なのだ。

そんな懐かしい話をしていると、看護師が検温にやって来て、三時を過ぎていることを知らされる。病院でも時間は意外に早く過ぎていく。最近は一年があっという間に去って行くように感じるが、これは歳のせいらしい。

体温計がピッと鳴ったので取り出して看護師に渡すと、彼女はそれを見ながら言った。

「熱は下がっていますね。ジャスト、三十七度五分ですよ」

まだやや高い熱があるのだ。早苗の平熱より一度も高い。気怠《けだる》い感じはそのせいなのだ。看護師は「まあ、昨日の今日ですからね。こんなもんです」と言うと、笑顔を残して隣の病室へ向かった。

「そうそう」

姉がバッグから熨斗袋を二つ取り出して、「これは早坂さんと松井さんから。こちらは悠木さんと田丸さんからのお見舞い」と言って早苗に見せた。どちらも近所の人たちで、早苗は恐縮した。早苗が住む地域にはこうしてお見舞いをする習慣があり、退院したら内祝いとして半分程度お返しするのも習慣となっていた。

「私の口座に入れといて。内祝いに使うから」

姉はそれらをまたバッグに仕舞った。手紙類は教え子からの封書や、投資信託の分配金のお知らせなどだった。

「大変な手術をして辛い思いをしたんだから、この経験を作品化しなくちゃあね」

姉はそう言って笑った。しばらく雑談をしていたが、一時間たっていたので帰り支度をした。

「高齢者の車の事故が多いから、気を付けて帰ってね」

「気を付けますとも。事故を起こしたら第一巻どころか、全巻の終りだからね。ま、高齢者免許試験でもいい点だったから大丈夫よ。今日は持って帰る洗濯物はまだないね」

「ない。一時間後に家に電話かけるから」

「二時間後ぐらいにして。晩のおかずや猫の餌など、いろいろ買い物があるのでね。じゃあ、また明日来るから」

そう言って姉はドアの向こうに消えた。

一人になってまた足首の運動をする。そしてストローで水を飲む。血栓の予防。これが今の早苗には一番大事なことなのだ。

四時半にこの部屋担当の二人の看護師がやって来て、「今日はありがとうございました。夜勤の人と交代します」と言って、壁に掛けた名札を外した。

「その言葉はこちらが言わなくちゃあ。いろいろありがとうございました」と早苗も頭を下げたが、先を越されて何だか変な気持になった。そう言うことが病院の決まりでもあるのだろう。しばらくすると交代の夜勤の看護師が二人やって来て、同じような挨拶をし、自分たちの名札を壁に掛けた。

他にすることもなく、いろんなことを考える。管に取り巻かれている間は空想しかできないが、数日後にはあれこれの管も抜かれ、病状もずっとよくなっているだろう。そうしたら創作活動を開始しよう。病室にパソコンを持ち込むことを願い出て、可能な限り書いていこう。電気料金は自分が払えばいいのだ。そう思うと心が躍る。明日姉が来た時、数日後でいいからノートパソコンを持って来てくれるよう、頼もう。

亡くなった彼の時代はまだパソコンは一般に出回っていなかった。理系の大学で八畳の部屋全体がコンピューターという、大きな機器の時代だったのだ。NHKで〈われらワープロ作家〉といってわざわざ番組を組み、曽野綾子や森本哲郎が脚光を浴びていたころのことだ。大学で歴史を教えていた彼は理系的機械には弱く、ワープロもまだ打てなかった。病室に小さな机を持ち込み、幾分体調のいい日に、ペンで論文を書いていたのだ。しだいに痩せ細ってきた彼の後ろ姿が目に浮かんできて、早苗は胸が疼いた。

夕食はご飯、煮しめ（竹輪と高野）、シルバーサラダ（錦糸卵）、吉野鶏の漬け汁。食欲は平常通り回復しているが、まだおやつなど食べたいとは思わない。食事を運ぶ人たちは介護サポーターと呼ばれていて、挨拶もよく、親切だ。病にある時、優しさや親切がどれほどありがたいか。早苗は初めての入院で痛感している。

食事が終って時計を見ると、六時四十五分になっていた。姉に電話をかけようと思ったが、平素のこの時間帯を思うと止めた。いつも夕食を作り、猫に餌をやると七時を過ぎていた。わざわざ忙しい時に電話などしないほうがよい。七時のニュースが終ってからにしよう、と思い直した。

七時過ぎにこの日最後の看護師の検温があり、熱は昼間と同じ、三十七度五分。点滴も液体が少なくなっている分を、取り替えてくれる。傷口のガーゼも替えてくれるが、触られると思わず「痛いっ」と声が出る。

結局、姉に電話を掛けたのは八時過ぎだった。猫たちの様子と、同じ学校に勤めていた職員の笹井さんから電話があり、病院名と病状を訊いてきたとのことだった。笹井さんはどこで入院したことを知ったのだろうか。

まだテレビは見たいと思わない。痛み止めを飲んでいるので、いくら寝ても眠気が襲ってくる。看護師が一時間おきに来ては状況を観察している。便は出たかと訊くので、三日ぐらい出ていないと応じると、下剤を飲むかと問うので、そうまでしないでもよいだろうと答える。いつもは快食快便だが、手術日に丸一日絶食だったこと、管理された食事だから余分なものは食べないので、直腸に排泄物がまだ届かないのかもしれない。

眠っていても夜勤の看護師は見回りをしてくれる。若いのにほんとに大変な仕事だ。尊敬の念さえ湧く。そんな思いを抱きながら、早苗は深い眠りに落ちて行った。

（三）

毎朝、看護師による最初の検温が六時。早苗の目覚めはその時と重なる。

体温は三十七度三分。昨日よりは少し下がっている。看護師は血圧や脈なども測り、カートに設置されたパソコンに入力している。

もう一人の看護師がやって来て、顔を拭いてくれ、歯を磨くための器具を用意してくれる。顔を洗い、歯を磨くなど、平素は何でもなくできることなのに、今はそれさえ人様の世話にならねばならない。病を得、手術し、入院するという非日常の生活は、何と不自由なことだろう。健康な時には分かっているつもりでも観念で捉えていただけで、実際には何も分かっていなかった。自分が弱い立場に立って、身に染みて分かることなのだ。

看護師が部屋を出て行くと、早苗はまた足首の運動をする。血栓、血栓、血栓。心に貼り付いていて、いつも忘れることのない言葉が足首を突き動かすのだ。

退院まであと四十三日。気が遠くなるような日数だ。これまでの人生で、こんなに自分の意志によらない生活をするのは初めてだ。ままならないことばかりで溜息が漏れるけれど、あの、まともに歩くことができないほどの痛みを思えば、そしてこのままだと近い将来、車椅子の生活に、あるいは寝たきりの生活になるかもしれない、という恐怖感から解放されるために選んだ手術なのだ。

手術後一ヵ月半もすれば、ほぼ普通の生活に戻れるという。だから、こんな無為な暮らし方にも耐えねばならない。いや、そうは思うまい。これまで頑張ってきたから、しばしの休憩の時なのだ。そう、神様が与えてくれたマイ　レスト　タイムなのだ。――マイ　レスト　タイム。早苗は声に出して言ってみる。いい響きじゃないの。かの革命家レーニンが言った言葉を思い出す。「一歩後退、二歩前進」なのだ。

朝食を済ませ、痛み止めを飲み、しばらく電動ベッドを上げたままの姿勢で、目をつむる。

早く健康を取り戻し、自由の身になりたい。彼だって、そう思ったに違いない。でも彼の時代、ガンは死に至る病だった。病巣の転移もあり、希望などもてなかったに違いない。自分の場合、今の苦痛は外科的な苦痛で、死に直結する病ではない。自由で快適な生活を取り戻すための、産みの苦しみなのだ、と早苗はまた自分に言い聞かせながら、可哀想だった彼をしばし偲ぶ。

八時過ぎに、若い髭面の瀬川医師が回診に来る。看護師が左腿の下着をずらし、瀬川医師が傷口に触れると、思わず「痛いっ」と声をあげる。

「大丈夫、ちゃんとくっついてるから」と、瀬川医師は不愛想な顔に少し笑みを浮かべて応じる。本当に大丈夫なの？　術後は大切なんでしょ……。二日間、二人の若い新米《しんまい》医師の回診でいいの？　中心となって執刀してくれた主治医、水野医師はなぜ来てくれないのか。疑問というより不満が早苗の喉元まで出かかっている。

でも、ここが我慢のしどころだ。医師や看護師に〈文句たれ〉と陰で綽名をつけられるようでは、これからの長い入院生活が不快なものとなってしまう。それに、これから執刀するのならともかく、ただ傷口を見るだけだから、若い医師でもいいのだろう、と早苗は何とか気持に折り合いをつける。

この日、血抜き用の管が抜かれた。体から一本管が減っただけでも気持がずいぶん楽になった。

新しいこととしては、ベッドの端に座って足を下ろす、〈端座位〉が始まった。こんなことまで訓練しなくてはならない身になったか、と少々情けなくなる。でも人生の原初に戻れば、つまり幼児だったころは、こんな風に一つ一つ生活で必要なことを習い、覚え、自分のものにしていったのだ。人間は時としてこんな風に原点に立ち返って、傲慢になりがちな己を見つめ直す必要があるのだろう。

　吊り輪運動も始まった。これは十日ぐらいで終るらしい。ベッドに寝たまま、手術した左脚を看護師に吊り輪に入れてもらい、三十回ほど紐を引っ張って上下させ、次にその脚を振り子のように左に三十回動かす。さらにそれらを複合させて、これも三十回。この運動を最低でも午前と午後の二回義務付けられる。早く退院したいので三十回は四十回というように、早苗は積極的にこの運動に取り組む。ただ、吊り輪に足を入れる作業だけはまだ自分でできない。その都度ナースコールして、足を入れてもらわねばならない。

　こんなふうに不如意なことだらけだが、今は仕方ないと自分に言い聞かせる。こんな状況に置かれると、食事が楽しみになる。昼はご飯、鶏肉や穴子《あなご》やエビなどが入っている茶椀蒸し、焼き茄子、キャベツのソテー、白菜漬け、鉄分補助飲料、デザートにおはぎとぶどう。ぶどうは黒い宝石と言われるピオーネだ。偏食のない早苗はどれもおいしく平らげる。この病院は食事がいいように思う。お膳を下げにきた介護サポーターが「いいですねえ、完食してらっしゃる。栄養のバランスがいいので、きっと早くよくなりますよ」と言ってくれた。こんな一言さえも、今はとても励みになる。

　三時過ぎに姉が来る。飼い猫がまたトイレ以外にしっこをしたという。よくあることで、今回はソファーの上で、ナイロンを敷いていてほんとに助かったという。

「多頭飼いはストレスが溜まって、そんな時にトイレ以外にしっこをするというけど、広い家をほとんど開放して、サンルームまで建ててやったのに、何の不満やストレスがあるんかねえ。腹が立つったらありゃしない。きっと、あいつよ」

「うん、キュウちゃんだろうね」

早苗にも十分察しが付く。キュウちゃんのキュウは救急隊のキュウで、救急隊に感謝して付けた名前なのだ。公園の傍に用水路があり、その排水口から深い下水道に落ちた子猫が救急隊に救出され、早苗が引き取って育てたのだった。まだ二ヵ月ほどの子猫で、尾もポキポキに骨折し、後ろ足は身がえぐれて血が出ていた。

近所の人の話では三匹の子猫が公園に捨てられ、一匹はすぐ交通事故で死に、この猫も交通事故にあったらしく脚を引きずっていた。三日前くらいから姿が見えなくなり、もう一匹が排水口から下に向かって何度も呼びかけ、それに呼応して地下から鳴き声が返っていたという。早苗は助け出そうと棒を持って来ていろいろ工夫を試みたが、下水道まで達することができず、思案に暮れた。

脚を引きずっている段階で、誰かが保護してくれていたら、こんなことにはならなかったのに……。みんな知らん顔で、優しくないんだから。そんな不満を抱きながら、早苗は消防署へ相談の電話をかけたのだ。猫一匹のことで救急隊に来て貰えるとは思わなかったが、救出のヒントを貰いたいと思ったのだ。ちょうど災害等がない時だったので、「行ってみましょう」との答えが返ってきた。

救急隊の大きな赤い車両が来た時には、早苗も本当にびっくりした。隊員も数名いた。ファイバースコープで地下をいろいろ探索し、

「これはマンホールを開けないと仕方ないな」とつぶやくと、隊員はマンホールの蓋を開け、中に入って行った。周りの人々も何事かと集まって来て、子供たちも固唾《かたず》をのんで見守っていた。

「ずっと鳴いていて、かわいそう。おばちゃん、助けてあげて」

子供が早苗に懇願するように言った。

「そう。助かってほしいね。救急隊の人が懸命に頑張ってるから、きっと大丈夫よ」

早苗も祈るような気持で見守った。

数分後に救急隊の隊員がマンホールから出て来て、その手には子猫が抱かれていた。拍手が湧き起こった。

「よほど疲れてたんでしょう。逃げもせず、じっとしてたので、すぐ捕まりました。ところで、助けるまでが我々の仕事なんです。どなたか、この猫を連れて帰ってくれませんか」

周りは静まり返っていた。いたたまれなくなって早苗が「私が連れて帰ります」と申し出たのだ。すぐに家畜病院に連れて行き、ポキポキに折れた尾はすでに壊死《えし》していたので、根元の五センチだけ残して切断された。脚は骨折を免れていたが傷は深く、処置がなされた。端正な顔つきの、まだ手の平に載るほどの子猫だった。穴に向かって呼びかけていたという、もう一匹の兄弟猫も保護しようと思って探したが、騒動の中で恐れをなしたのか、見つからなかった。それから数日、早苗と姉は探し続けたが、まるで神隠しに遭ったように、どこにもいなかった。

「せいぜい幅六十センチの下水道に三日間も閉じ込められ、右往左往して泣き叫んでいたんだもの。

兄弟の呼びかけだけが頼りで、元の位置に戻ってたんだろうね。そのトラウマもあるし、飛び越えるときに高さを感じ取る尾がないんだから。他の猫とは違って、ストレスがあるんだろうね」

早苗はあの日を思い出しながら言った。

「そうよね、あの小さいのが、骨折だけでも大変なのに、暗くて、汚水が流れてくる狭い空間で三日もよく耐えたよね。わが身に置き換えて考えると、ゾッとする。時々粗相するぐらいは、許してやらんといかんのかな」

あれほど怒っていた姉も、同情の口調に変わっている。

早苗と姉と猫十一匹の暮らしだから、どうしても猫のことが話題になりがちだ。

姉はペットボトルの水を売店で買って来てくれ、近所の様子など話しながら、時計を見て「そろそろ帰るね」と言った。

猫の食事の世話や糞尿の後始末、それに自分の絵も描き、さらに妹を見舞うとなると、時間の按配をうまくしないと、あっという間に一日が終ってしまうだろう。姉にはそんな無為な時間を過ごしてもらいたくない。

「四日目には車椅子になるそうよ。一階のリハビリ科にも自力で行くんだって。途中の売店にも立ち寄って買い物もできるから、ここに来るのは週に一度でいいよ」

「わかった。まだ二日目だから、今週は毎日来るよ。新聞や手紙類もあるしね」

そう言って姉は部屋を出て行った。一緒に住んでいる姉妹だから、これまで困った時にはお互いに助けあってきた。が、高齢にもかかわらず病院まで車で機動的に往復し、必要なものを持って来てくれる。早苗は心から感謝の気持を抱くのだった。

看護師は検診のたびに、尿は質量ともによいと言った。自分の意志とは関係なく、尿は管を通して正常に出ているらしい。しかし、平素は尿意をもよおすと自分の意志でトイレに行って用を足すので、言ってみれば無自覚の垂れ流しは、赤ん坊の時以外は経験がない。早苗には不思議でならないことだった。手術以来、二日が経過しているが、便意を感じないことが気がかりだった。

その夜、しかも真夜中に便意をもよおし、ナースコールした。看護師はベッド用の特殊な便器を持ってきて、T字帯を外し、寝たままお尻の下に挿入してくれた。

「出ましたら、またナースコールしてください。他の病室を見回っていますので」

看護師はそう言って、部屋を後にした。

すぐに出ると思っていたが、そうはいかなかった。手術の二日前から便秘ぎみで、すでに五日が経過している。出たいのに、大腸の筋力が落ちて押し出す力がないのか、何度力んでみてもダメ。泣きたいほど苦しくて、思わず「お母さん、助けて」と、亡き母を呼んでいた。

あまりに長い時間ナースコールしないので看護師がやって来て、お尻の周りをマッサージしてくれると、一挙に解決した。便器を設置してもらってから、何と四十五分もかかっていた。あの苦しみは何だったのかと思うほど楽になって、涙が後から後から流れた。妊婦が赤子を産む時の苦しみに似ているのだろうか、とふと思ったりした。

看護師がお尻を洗浄し、拭いてくれた。若い看護師にこの時ほど感謝したことはない。こんなことまで仕事としてやらなければならないのなら、もっと給料を上げてあげるべきだ、と早苗は強く思った。


手術後三日目の朝は、心地よく爽快な目覚めだった。

朝食後、高木医師の回診があった。三人でチームを組んで手術に直接立ち会ってくれたベテラン医師で、早苗はやっと信頼できる医師が来てくれたのでほっとした。

「なかなかいいですよ。八日目が抜糸だから、あと五日間の辛抱ですね。それと、今日の夕刻までには点滴の管も尿管も外しますので、楽になりますよ。頑張りましょう」

高木医師は傷口をじっと見ながら、穏やかな表情を向けた。

「ありがとうございます」

心のこもった説明に、早苗も思わず感謝の言葉を述べていた。

高木医師の言葉通り、五時前に尿管が外された。腕に取り付けられた点滴の管も引き抜かれ、何とすっきりしたことか。手術した左股関節はまだまだ不自由だが、上半身が自由に動かせるようになり、喜びが湧き起こってきた。だれかれなしに「ありがとう」と言いたい。考えてみれば、こんなことは手術前には何でもなくできていたことだ。その当たり前に戻ったことが、こんなにも嬉しく、ありがたいことだとは、これまで早苗はあまりにも無自覚に生きていたのだ。

　そして、車椅子の生活が始まった。リハビリ科の近藤療法士が車椅子を持って来て、使い方を説明してくれるが、早苗はすでに知っていた。教師時代、生徒のボランティア活動のため一緒に習い、訓練した経験がある。でも、ここでは元の身分を隠した一患者でいるので、車椅子の操作を復習するつもりで初めから教わった。

　廊下に出て、数回訓練をした。

「うまく操作ができるので安心しました。明日から車椅子でエレベーターに乗って、一階のリハビリ科まで一人で来てください。時間は十時、遅れないようにお願いします」

　近藤療法士は優しそうだが、終りの言葉がピリッと効いている。五分前に到着するように行こう、と早苗も気持をしゃんとさせる。

　血栓防止の靴下を履く生活も始まった。ふくらはぎを引き締める靴下で、朝、まだ足に手が届かないため看護師が履かせてくれ、夜、脱がしてくれる。

　八一〇号室は個室だからトイレはあるが、転倒防止のため当分使用禁止になっている。共同トイレはL字型の病棟のちょうど折れ曲がった所、ナースセンターの隣にあり、八一〇号室からは三十メートル近く離れている。これでは尿意や便意を感じたらすぐ車椅子を発進させねば、お漏らしもあり得る。そうなっては大変だ、と早苗も覚悟をする。

　早く自由の身となりたい。普段の生活にはどれほど多くの自由があったことか。不自由の身になって、早苗は心底そう思う。管が外されたとはいっても、トイレにしても数日間、自由は許されない。まずナースコールして、看護師が病室まで来て車椅子の乗り方をチェックし、トイレの中まで付き添い、下着を下ろして便座に座るところまで見届ける。そして用が済むと壁のベルを押す。すると看護師がやって来て、便座からの立ち上がり方や手を洗う蛇口への方向転換の仕方まで観察・指導する。トイレに他人と一緒に入るなど、これまでの人生で乳幼児の時以来ないことだから、これは早苗、いや全入院患者にとって屈辱この上ないことだ。

「これぐらい、自分でちゃんとできますから」

早苗はもう少しで叫びそうになるが、絶対的弱者として、患者は黙するほかない。病院としては慣れないことを独りでやらせて、万一転倒事故が起こったら困るのだ。過去にトイレで転倒し、せっかく嵌め込んだ人工股関節が脱臼したり、また衝撃でねじが緩んだりして、手術をやり直した例があるという。そんな説明を受けると、もはや従うしかない。「あと数日のことだ。ガマン、ガマン」と呪文を唱えて、屈辱を乗り越えるしかないのだ。

前泊の日から数えて五日目の今日まで、高齢の姉が毎日車で三時過ぎにやって来る。新聞や郵便物や定期便のヨーグルトなど持参して。親しい友人たちから見舞いの電話があったことや、自分の日本画のでき具合等も伝える。早苗が車椅子生活に切り替わったこと、つまり自立が近づいたことも勿論喜んでいる。

上半身が自由になったので、下着と寝巻の着替えを手伝ってもらう。寝巻は前開きのネグリジェだ。病院だから気持が明るくなるような、派手めのバラの花柄にした。家ではパジャマだが、医師が傷口を見るために、あらかじめ前開きを持って来るよう指示もあった。

「まあ、ステキなネグリジェですこと」

検温に来た看護師が、やや驚いたような口調をした。この病棟の患者はほとんど高齢者で、みんな地味な寝巻を着ているらしい。

「みなさん、こんなのを着られると、気分も明るくなるのでしょうに」

「そうよ。自分からおばあさんになっちゃあだめ。私なんか八十九歳だけど、人生最後までおしゃれして、楽しまなくちゃあね」

姉が看護師に共感してそう言うと、彼女は「えっ、本当に八十九歳？　信じられない」と姉の顔をまじまじと見つめた。そして、

「お姉様も、なかなか洋服のセンス、いいじゃないですか。色合わせがとてもお上手」と褒めた。

「これでも私、画家の端くれにぶら下がってますのよ」

「ああ、それで」と、看護師は納得したような顔をして、次の部屋へと向かった。

「なに、あの声？」

姉がそう言うので耳を傾けると、ナースセンターの方角から確かに女性の叫ぶ声が聞こえてくる。

「すいませーん。看護師さーん、お願いしまーす」と何度もダミ声を張り上げているのだ。そして終いには「ウォー、ウォー」と動物的な叫びに変わってくる。これまでも誰か叫び声をあげている

人がいるなと早苗は気づいてはいたが、自分のことで精一杯で、また痛み止めのせいで眠気がさしていることが多く、あまり気にならなかったのだ。

「入院生活で気が変になったのか、初めから認知症なのか、あんなに声を張り上げるなんて、気の毒だね。おそらく私と同世代の人だろうけど。ああ、いや。あんなになったら」

姉の最後の一言は、恐怖心から出ている言葉のように思えた。

(四)

手術後五日目。朝食が済んで間もなく、高木医師の回診があった。穏やかな顔の向こうに自信がみなぎり、医師としてのオーラを発している。高木医師はいつものように傷口を診て、言った。

「ああ、いいですね。順調そのもの。そうそう、今日からいよいよ、リハビリですね。ぼくはリハビリ科長も兼ねていますので、診療が終ると、時々顔を覗かせますから」

丁寧な説明に、早苗も新米医師の時とは違って数倍も信頼と敬意を寄せる。

「それは心強いですね。あのォ、手術後は水野先生に一度もお会いしてないのですが……」

早苗は心に燻っていたことをついに訊いていた。

「あれっ、彼は何も言ってませんか？　いい男なんだけど、口数が少ないからね。今日まで札幌に出張ですよ。明日は祝日だから、明後日は出てきます」

「ああ、それで……」早苗もやっと了解した。学校の先生にも人当たりがいい、不愛想、無口、世話焼き、といろいろなタイプがいるように、医師にもいろいろいるのだ。腕がよければ、その他は求めてはいけない。早苗は胸の内でそうつぶやいて納得した。

この日から薄化粧を始めた。内臓の病気ではないので、医師が顔色を見て症状を判断するということもない。加齢で薄くなった眉をペンシルで形よく描き、アイシャドーとルージュを濃すぎないように引く。シミと皺を丸出しでは、対面する人が気分を壊すだろう。

早速、食事を運ぶ介護サポーターの小野さんが反応した。

「宮地さん、薄化粧、いいですよ。幾つになっても、女は身だしなみを忘れちゃあね」

彼女はなかなかの美人だ。身だしなみに心を配るばかりか、仕事をテキパキとこなすので、やはりみんなの評価が高く、リーダー格だ。ただ、清掃係の女性の中には化粧がどぎつい人がいる。付けまつげまでして、クレオパトラのように目を描き、これからパーティーに行くかのように塗っている。それは仕事が終り、プライベートですることでしょ、と言いたいところだが、おそらく聞く耳を持たない人だろう。こういうことでは自覚を待つほかないのだ。

いよいよ本格的なリハビリが始まった。午前中に三十分。午後一時間。医療関係者と車椅子専用のエレベーターに乗り、中で一回転する。正面を向いて降りるためだ。売店を横に見ながら、長い廊下をリハビリ科へと向かう。内心で「車椅子の操作、うまいじゃないの」と自讃し、自信を持つ。

リハビリ科には五分前に到着し、列の後ろに付いて十時の部の開始時間を待つ。時間が来ると、療法士から個別カリキュラムが渡されて首に掛ける。退院に向けて難度を上げていくのだ。「さあ、それでは」との合図で入室となる。中には大きな鏡、リハビリ用の硬い台座が幾つも並び、多種の機器が目に付く。

初日は療法士が一つ一つ丁寧に教えてくれる。まず車椅子をストッパーで止めて背筋を伸ばし、片足ずつ五十回上下させる。それが済むと収納箱のダンベルを取り出し、一キロから始めて、二キロという風に重さを上げていき、片手ずつ、これも五十回上下する。数日寝たきり状態だったので筋力が落ちているのか、これが結構きつい。

次は椅子を立ったり座ったり、三十回。そして別の椅子に座り替え、足首を太い輪ゴムに入れ、膝を開閉して脚力、特に太腿の筋力をアップする。十数人の療法士たちがそれぞれの担当患者を観察していて、おかしいと思えばすぐ傍に行って、指導する。台座でのリハビリは、患部への体重の負担を軽くして効果を上げるという。各種の機器や台座の空き具合をよく見計らって素早く行動しないと、待ち時間ばかり増えて効率が悪い。

車椅子から降りて台座リハビリをする時は「お願いします」と声を張る。すると近くの療法士が車椅子を傍らに寄せてくれる。台座に上がるにも患部を傷めない方法があり、療法士はそれがきちんとできているか見ている。台座では上向きに寝て、両足首を三十回動かし、同じだけ両脚を立てて手前に引き上げる。さらに横向きになって左右それぞれ脚を上下させる。こんな風に与えられた課題をこなしていくと、時間はあっという間に経っている。

　よく見ると患者の対応は様々だ。熱心すぎる人、ほどほどの人、まったく意欲のない人の三種類に分かれる。五十代と見受けられる黄色いTシャツの女性は、何かに憑《つ》かれたように一心不乱に足を動かしている。そうかと思えば、白髪の老女は「きつい。嫌じゃ、もう止めた」と駄々をこねていて、それを男の療法士が「ね、もう一度だけやってみよう」と宥めすかしている。

　早苗は自分のことだから当然熱心に取り組むが、過ぎたるは及ばざるが如しだから、せいぜい一割増の熱心さだ。

　課題をすべて終えると首からぶら下げていたカリキュラムを受付に返して、長い廊下をまた車椅子で病室へと戻るのだ。午後のリハビリは午前の部を繰り返し、さらに新しい事項が一つか二つ加えられる。

　この日からお風呂も始まった。と言ってもシャワーだが、持ち時間は三十分。週に三回、早苗は月水金のグループだ。初日は午前のリハビリが終った十時半と指定されていたが、次からは風呂のドアに掛けられたスケジュール表に、自分の都合の良い時間帯を選んで名前を書き入れるのだ。ベッドでも体を拭いてもらったが、五日ぶりのシャワーは石鹸も使えて、洗髪もでき、生き返った気がする。が、ここでも脱衣し、浴室の椅子に座って洗い終るまで看護師が付き添うのだ。

　トイレにしてもお風呂にしても、看護師が大丈夫だと判断したら、解禁となる。それには普通で四、五日を要するようだ。早苗は四日目の夕刻より、トイレの付き添いがなしとなった。なんと気が晴れ晴れしたことか。

術後六日目の朝食後、やっと水野主治医の回診だ。いつものように風采が上がらぬ顔をして、看護師を従えて入って来た。久しぶりの面会なのに傷口を診て「いいね」とだけ言って去って行く。こんちくしょう！　お前、四十代の半ばだろう。孔子は「われ四十にして惑わず」と言ったんだぞ。もう一言ぐらい、患者を励ます言葉を付け加えたらどうか。早苗は内心で主治医を詰《なじ》りまくる。そうしていると気持も鎮まり、彼に高木医師や森川院長を求めてはいけない。それぞれ個性があるんだし、腕はいいんだから、と自分を納得させる言葉をみつける。

午前中に血液検査とレントゲンがある。レントゲンの結果がどうだったか、誰からも報告はないが、異常なしということなのだろう。

術後七日目、九時過ぎに髭面の瀬川医師の回診だ。なんで……あいつはまたどこかへ出張なのか。検温に来た看護師に訊いてみると、ちゃんと外来の診察室に出ているという。

「明日の抜糸までもう何も問題ないので、若い先生に行って来いということでしょう」

看護師の言葉に、早苗もなるほどと了解した。

回診が済んだので、動きやすい服に着替えて、リハビリ室へと向かう。五種類のリハビリをしたところで、早苗の担当の三浦療法士のケータイに電話があり、早苗の肝機能の数値が低下しているので、激しいリハビリは控えるようにとの連絡があった。

「えっ、なぜ」と不安を覚えながら病室に戻ると、早速男性の薬剤師が来て「血液サラサラの薬のせいと思われるので、それを止めます」との説明があり、不安は解消した。

お風呂のほうも二度目から体を洗う時は介助なしとなり、看護師の介助は風呂場に車椅子で乗り入れるまでとなる。早苗は「私は気を付けるので、それも不要よ」と喉まで出ている言葉をぐっと堪える。自分は大丈夫でも高齢者は足腰が弱く、転倒する恐れがあるのだろう。これも病院の親心だと思って乗り越えましょう、と己に穏やかに言い聞かせる。

車椅子で介助なしにトイレに行き、廊下を散策し、ナースセンターのロビーから外を眺める。健常者ならば取るに足らないことかもしれないが、早苗は大きな喜びを感じる。置かれた状況で、人はこうも心の在り方が違うとは、不思議な現象だ。

これまでは看護師の介助付なので他者と交流することはなかった。まだ少しだけ与えられた自由だが、隣人と言葉を交わし、数日もすると、愚痴や人生を語ってくれる人も出てきた。とくに廊下を隔てた向かいの部屋の中本ふきさんは、自分から声をかけてくる。

「血栓防止の靴下があまりにきつくて息まで苦しゅうなるんで、やめてもろうたんよ。看護師にこれじゃあ死ぬわ、と言うたった」

「うちは両膝も人工関節なんよ。胃も三分の一ほど取っとるし、全身傷だらけよね」

「あの向こうの部屋の叫び声が耳について、寝不足になってね。何とかならんかと看護師に言うたんだけど、解決方法なしよ」

　こんな風に中本ふきさんは不満だらけ。小柄で見た目も肥り過ぎだから、あの靴下はきついだろう。早苗は「そうですか。それは大変ですね」と聞き役に徹しているので、相手は共感してもらえたと思って、いくらでも話しかけてくる。

「うちはこの春で八十五歳になったんよ。主人が四十六年前に亡くなって、人に言えん苦労をしてね。保険の外交員になって二人の息子を一人で育てたんよ。二十一年働いて、会社から優秀者として表彰もされてね」

「息子たちも大学まで出して、長男は結婚して子供が二人。次男は大手の保険会社に就職して結婚も決まっとったのに、交通事故で即死してね。涙が枯れるほど泣いたんよ。想い出すと、今もつらい。ほんとに優しい子だったね。あの子が生きとればねえ……」

　涙ながらの中本ふきさんに、彼女も辛い過去を持っているのだと同情した。その病室には毎夕、五十代の長男が仕事の帰りに立ち寄っている。早苗が「仕事でお疲れでしょうに、毎日立ち寄るとは感心な息子さんですね」と褒めると、すぐさま、愚痴が返ってきた。

「やっぱし女の子でないとだめよねえ。要るものは持ってこんし、気が利かず、まるで木偶《でく》の坊よねえ。細やかさが足りん。嫁が優しかったらええんじゃけど、一度も見舞いに来んのよ。冷たいこと、この上なしじゃけえ」

　こんな時、早苗は相槌も打てず「他の部屋には、あんなに毎日来る優しい息子さんはいませんよ。

羨ましいな」と言ってピリオドを打つのだ。人物スケッチとしては面白いが、こんな話ばかり聞かされると、いささか閉口する。高齢者は話がくどいので相手にされなくなり、淋しいから聞いてくれる人に縋りつく傾向がある。逃げ時を失うと往生するから、要注意だと内心の声がささやく。

廊下を車椅子で散策し、ナースセンターを右折して大部屋がある方角へ進み、行き止まりまで行って窓から外を眺めていると、ビルの屋上に友愛病院の大きな看板が目につく。瞬時に早苗の脳裏に記憶が蘇ってくる。

彼が大学病院から、あの病院へ移されていたころのことだ。病院の前の道路の端に市営駐車場が十数台分並んでいたが、いつも満車で置くところがなく、早苗は冷や冷やしながら川岸の道路に無断駐車したものだ。

彼の病状は悪化の一途をたどり、看病は彼の妹が付ききりでしていた。当時はまだ多忙な教職に就いていたので、早苗は土日ぐらいしか見舞えなかった。

その日はドアを開けると、早苗は言葉を失った。彼とは思えない顔がベッドに横たわっていたのだ。尿毒症で顔は満月のように膨れ上がり、息をするのも苦しそうだった。早苗は手を握ると、「今日は調子がよくないようだから、すぐ帰りますね」と耳元でささやいた。彼は目でそうしてくれと反応したので、早苗は後ろ髪を曳かれる思いで引き上げ、車に戻ると涙が溢れ出たことがある。

あれから三十年の歳月が流れているのだ。それなのに、想い出せばまだ胸が疼く。中本ふきさんが次男の死に未だに涙する気持と似ているのだろうか。

静かに胸の疼きに耐えていると、背後から腰がくの字に曲がった老女が話しかけてきた。広島市でも北部の農村に住んでいて、夫はすでにあの世に行き、子供も独立して、広い家に一人で暮らしているという。股関節の手術をして二週間は過ぎたのに、トイレもお風呂もまだ介助付だそうだ。

「私、水木サチと言います。十月に八十歳になるんです。まだ現役で百姓をしていて、よう働くので人より体が柔らかく、動きがええとリハビリの先生が言うてくれます」

その言葉に早苗は驚いた。どう見ても八十代も終りかと思えるのに、自分と五歳しか違わないのだ。老け過ぎだよ、と思っても口には出さない。きっと苦労をしたのだろう。人の好さそうな老女だが話が長引きそうなので、口実を作ってほどほどに切り上げる。

女の患者は多いのに、男は数えるほどしか見ない。男は骨格がしっかりしているので、股関節を傷める者はめったにいないらしい。患者の九割は女性という。だからこの病棟でも、男女の比率は極めてアンバランスだ。

前泊も含めると、この病院での生活も一週間になり、食事も明日から普通食に変わる。リハビリの様子も大体分かってきた。主治医のクールさには多少の不満はあるが、食事もよし、看護師の対応もよしで、早苗は中本ふきさんとは違って、病院には感謝あるのみだ。

毎日カレンダーの数字に斜線を引いているのに、今日が秋分の日だということをすっかり忘れていた。祝日と土日は外来もリハビリも休み。ただ退院が近づくと、逆に休みなしの訓練となるそうだ。休日は病室や廊下で自力のリハビリをするよう、指示されている。

姉も今日は来ない。絵を描かせてあげたいから、もう週に一度でいいと伝えた。その代わり昼と夜、二回電話をかけることにする。本日、家は別条なしということだった。

ナースセンターからコールがあり、何事かと思うと「笹井花子さんが来ておられます」との連絡だった。彼女は勤めていた学校の元職員で、在職中から付き合いがあり、年賀状もやり取りしていた。病室に入って来るや、「先生、手術とはほんとにびっくりしました」と驚きを隠さなかった。手術のことはごく親しい二、三の人にしか伝えていないが、誰かから漏れ聞いて、先日姉に電話をかけてきたので、来るだろうとの予感はあった。熨斗袋とピオーネを差し出されると、早苗は恐縮しながらも素直に受け取った。以前彼女が足を骨折した時、心ばかりの見舞いをしたので、そのお返しでもあるのか、律義さに感心した。

「娘さんはまだ客室乗務員をしているの？」

「ええ。ただ、娘の夫が不治の難病に罹って、可哀想です。陶芸を生業としていたけど、働けなくなったので、娘が働かないとね。娘の仕事は家を空けるので、週に一度ぐらいしか面倒を看てあげられないと嘆いています」

「それは大変だね。ただ、どの病院もここと同じように完全看護でしょ。週に一度見舞えれば、ま、いいのかね。お母さんにパリ観光させる親孝行な娘さんなのに、どうしてこんな不幸が舞い込むのかね。神様はひどいよ」

早苗は心からそう思った。

「親戚の者が、子供もいないし先が思いやられるから別れたらどうかと言うけど、恋愛結婚だから娘はそんな忠告を一切無視して、添い遂げるようです」

「あなたの娘さんだけあって、優しい人ね」

世知辛い世の中で、心温まる話に早苗は胸が熱くなった。にこやかな顔の奥に、彼女も心痛を抱えているのだ。

笹井さんはしばらく元同僚たちの様子を話してくれ、一時間足らずで帰って行った。車椅子でエレベーター乗降口まで見送り、帰りに運動がてら大部屋側の廊下の果てまで行こうと思い、ナースセンターを右折した。懇談コーナーがあまりに賑やかなので目をやると、入院患者の老女を囲んで十人ぐらいの大人や子供がお菓子を食べ、大声で笑い興じていた。

驚いたのは彼らの服装だった。女は真紅の地に黒い竜の絵柄の法被《はっぴ》を、男は黒地に錦糸で龍と書かれた学ラン風の服をこれ見よがしに羽織っているのだ。もしやヤクザ一家……と思うと、早苗は傍を横目でちらりと見やりながら静々と通過した。

たとえヤクザでも、どうしてわざわざあんな格好で病院に来るのよ。老女はきっと母親だろうが、困惑しているに違いない。場所をわきまえろよ、と早苗は胸の内で非難しながら、それにしてもいろんな人がいるものだ、だからドラマや小説が成り立つのだと思った。

その日の三時前のことだ。看護師長がやって来て、「大変申し訳ないのですが」と切り出した。

「次々と手術が行われ、その方たちを優先しなければならないので、お約束通り個室は明日、土曜までとしていただき、午後一時までには大部屋の八二一号室に移っていただかねばなりません」

やはり個室に余裕はなかったのか。残念だが仕方ない。看護師長はスーツケース、衣類等もこちらで運びますから、整理整頓しておいて下さいと言った。早苗はまだ屈むことが禁じられているので姉に電話し、明日の引っ越しを手伝ってくれるよう頼んだ。そういえば、中本ふきさんも姿を見ないので、引っ越したようだ。腰がくの字に曲がった水木さんは、あの時すでに大部屋にいた。

早苗は早速八二一号室を探索に行った。大部屋とはいえ四人部屋で、退院して行ったのか、入室者はだれもいない。部屋の真ん中が通路になり、左右にベッドが二台ずつ横向きに並び、カーテンで仕切られている。個室よりは狭いが、それぞれテレビも保冷庫もロッカーもある。ただ戸棚は一段少ない。洗面台も一つだけで、共有だ。混むこともあろうから、その時は風呂の隣に数人分の共同洗面台があるので、そちらを使えばいい。

個室に比べると室料がうんと安いのに、これだけ整っていれば、不満はない。ただ、カーテン一枚の向こうにどんな人が来るのか、それが問題だ。前向きで性格がよく、適度の交流が持てて、こちらの生活がかき乱されない人だとよいが……。早苗は不自由な身ながら入院生活にも慣れてきたので、リハビリの空き時間を縫って創作を再開しようと思っている。すでにパソコンは姉に持って来てもらい、条件は揃っている。だからなおのこと、隣が騒々しい人では困るのだ。

窓から見える風景はまさに大パノラマで、お見事だ。眼下には太田川の支流の元安川が流れ、その川を平和大橋がまたぎ、その上を人や車が行き交う。そんな動きのある風景が早苗は好きだ。この位置が自分の部屋ならいいのだけど……。早苗はラッキー　カム　カムと声に出しながら、視線を右に移すと、手前にホテルサンルート、その向こうにＮＨＫやクラウンプラザホテルなどが目に付く。

前方正面にはリーガロイヤルホテルが聳え、その前にそごうデパートとバスセンターが鎮座している。近くには完成して間もないおりづるタワーも見える。左方面の山々の斜面には住宅団地が広がっている。早苗にはこのパノラマ風景は一見千金どころか、万金にも値するのだ。

視線を手前に戻すと、両岸に沿って桜並木が続き、左に平和公園が連なる。原爆資料館を取り巻くように緑地帯が広がり、春には桜の花が辺りを薄いピンクに染めて、どんなにか和やかな雰囲気を作り出すことだろう。

大パノラマの左手前にはあの友愛病院もある。あのころも大きな病院だったが、今のように心臓血管センターはなかった。七階の彼の病室を訪ねるたびに病状が悪化していて、早苗は慰める言葉も見つからなくて、廊下のベンチに座って忍び泣いたものだ。思えば今も悲しく胸は痛いが、あの時のような切羽詰まった心情ではない。三十年の歳月は、やはり傷を癒してくれているのだ。

「宮地さん」と呼びかけられて振り向くと、看護師長が立っていた。

「その位置が明日の午後からの棲家ですよ」

「エッ、本当？　ラッキー！」

早苗は思わず声を上げ、続きの「カム　カム」と言って、「いや、もう来たのだから、ケイムケイムだな」と口の中で言っていた。

「カーテンでプライバシーは守られますので、扉は終日開け放しにしてください」

看護師長はそう念押しした。

「分かりました」と応じながら、早苗は、これが個室とは違うのだと改めて認識した。

（五）

土曜日の朝、術後八日目。食事を済ませ、リハビリ用の服に着替えて小休止していると、水野主治医が看護師を二人従えてやって来た。えっ、土曜なのに……と早苗は驚く。

「抜糸するから」と水野医師が言うと、早苗はズボンのチャックを外した。看護師が「少し下ろしますよ」と言ってズボンと下着をずらすと、水野医師が手で触って糸を抜いた。あっという間の出来事で、「十四針分の糸を抜いたから」と言うと、水野医師はさっさと部屋を出て行った。

案の定だ。口数が少ないとはいえ、もう少し何とか言ったらどうだ。傷口の肉はまだ盛り上がっているが、日が経てば平らになるとか、傷口が今は濃い色をしているが、そのうち薄くなるとか、傷の痛みは日に日に軽くなるとか、患者を安心させる言葉があるだろう。これで大人と言えるかよ、と早苗は口の中でぶつぶつ言いながら、待てよ、この大男、伏し目がちだから案外シャイなのではないか、と思ってもみる。

　時計を見ると九時前だった。でも、土曜日は、診療は休みのはずだ。ならばあんなに急いで出ていく必要があるのか。解らない。解らないことは、これ以上考えるのはよそう。手術は成功したのだし、彼が腕利きの医師であるだけで、よいではないか。早苗は、自分は妥協的な性格だと痛感するのだった。


　その日の午後の引っ越しは、介護サポーターのリーダー、小野さんと清掃係が主に動いた。女だけの少ないスタッフだが、ベッドにはコロがついているし、荷物も多くないので、思いのほか早く終った。小野さんが、早苗に耳打ちした。

「間もなく退院ということになっていた桑原さんが、再手術するんだって。理由はよく解らないけど、五階からこの部屋に舞い戻って来るらしいわ。宮地さんもそうならないよう、気を付けてね」

「ま、恐ろしいことね。そんなこと、やっぱりあるんだ……」

　早苗は怖いと思った。絶対に転ばぬようにしなくちゃあ、と意を新たにするのだった。

　ほっと一息ついた時、姉が「同人誌ができたよ。一冊だけ持って来たから」と言ってカバンから取り出した。早苗はパラパラとめくってみて、まあまあの出来栄えに安心した。

「印刷所が家まで持って来てくれたのよ。八十五冊、明日、月曜日に発送するね。封筒の宛名は書いてあるんでしょ」

「うん。股関節が最悪の時だったけど、姉上様に迷惑をかけちゃあいかんと思い、送るところ全員の宛名を書き、冊子に挿入する挨拶状も用意しておいたから。本当は会の代表を代わってもらいたかったけど、人手不足でそうもいかんかったから、本当に大変だった」

「よう頑張ったよ。発送は任しときなさい」

「お願いね」と言いながら、早苗は高齢にもかかわらず手助けしてくれる元気な姉に感謝の念で一杯になり、退院したら前方に見えるホテルのレストランでご馳走しようと思った。

パノラマを前にして、売店で買って来た缶コーヒーを二人で飲みながら、姉が言った。

「眺めは最高だね。二人で、あのリーガの三十三階のレストランによく行ったよね。こっち方向を眺めてたけど、あのころはこの病院など目に入らなかったし、まさかあんたがここで手術してひと月半も入院するとは、考えてもみなかった。人生って、判らないもんね」

「そうね。あそこ今はバーに変わってるのかな。行かなくなってもう十年は経つね」

早苗がそう応じると、二人はしばらく黙って、その方角を見つめていた。

「そう、そう、しっこタレのキュウが、マリちゃんと急にくっつきもっつきして、ここ数日、トイレの外にしっこしなくなったよ。避妊と去勢をしている猫でも、男女が仲良くなるとストレスが減るのかな」

「そりゃあ、そうでしょう。生き物はそういうことになってるのよ」

言い終ると二人して大笑いになった。

「周りにいい人が来てくれたらいいけどね。幸運を祈るわ。それと、パソコン持って来てあげたんだから、がんばってよ」

最後に一言、釘を刺して姉は帰って行った。


その夕刻、食事を待って外を見ていると、平和大橋に一斉に明かりが灯ったのだ。時計を見るとちょうど六時。切れ目なく通過する車のライトと重なって、あのエリアだけが特別に明るく、別世界を作っていた。

秋の日はつるべ落としと言われるが、薄暗かった空が急に色を濃くし、ビルの窓に明かりが増えて、夜景に早変わりした。あの明かりの下には、どんな人が住み、どんな人生を送っているのだろう。幸福の絶頂にいる人、愛する者を亡くして悲嘆に暮れている人、信じた者に裏切られて歯ぎしりしている人、いろいろだろう。そう思うと、早苗の胸はジーンとするのだ。どんな人も、いや、猫でさえも愛されたいと願っているのだ。生きとし生けるものが愛で結ばれる社会なら、戦争や悪行、また親族や共同体の内輪もめなど、この世からなくなるだろうに……。

夕食後、七時のニュースを久しぶりに見た。地元のカープが頑張っていて、この調子だと優勝も可能ということらしい。

またパノラマの夜景を見たくなり、カーテンを開けた。平和大橋の他にもう一ヵ所、とくに明るい所がある。牡蠣《かき》船《ぶね》の食事処のようだ。早苗はああそうか、と思い出した。広島市は確か、もう少し川下にあったこの船が平和公園寄りに移動することを許可したんだっけ。それを進歩派の団体が「聖地に食事処はそぐわない」と反対運動を起こし、紛争中ではなかったか。

でもあの煌々とした明かりは、営業しているということなのだろう。広島市は、屋根も緑色で目立たなくしてあり、また広島名物の牡蠣を他県から来た人々に知らせるいい機会だし、それに原爆資料館を見学し、公園内の碑を巡って疲れ、お腹を空かせている者に、近くで郷土料理が味わえないとは、不便ではないか、と引かなかったように記憶しているが、どうだっただろう。

早苗は市の考えにほぼ同感だ。あまり教条に走っては、現実を見失う。原爆で亡くなった人たちは、人々が平和公園に来て悲惨な過去を知り、平和のありがたさを実感することを喜ぶはずだ。それが平和への第一歩なのだから。だから来客が楽しく食事をすることぐらい、慰霊碑に眠る人たちは憤怒するはずがない。アルコール入りの大騒ぎは慎むべきだが、あまり教条に捕われるのは、心が狭すぎはしないだろうか。

そんなことを考えていると時間が意外に経っていて、時計は八時半を指していた。今夜は一人だから堂々と部屋の共同洗面所で歯を磨き、顔を洗う。化粧水や乳液を済ませて、本でも読もうかと思っていると、当直なのか若い橋田医師が入って来て、回診だという。またしても主治医ではない。

「もう問題なく傷は完治していますので、これで回診は卒業です」

若い医師は素っ気ない言い方をした。

リハビリ科の方もカリキュラムを順調にこなしている。カレンダーの二十五日（日）に斜線を入れる。退院まで後三十五日。長いなあ、とため息がこぼれる。

まだ車椅子だが、トイレも風呂も介助なしの生活は、清々しい。手術した左の股関節の痛みも減り、後は日々よくなるばかりだろう。こうなると、この歳でも前途に希望を感じる。明日からはパソコンに向かおう。眼下に平和公園を眺めた時に閃きがあり、大まかなストーリーはすでに頭の中にできている。

十一時になったので消灯する。今夜は気持よく眠れそうだ。うとうとし始めた時、向かいの部屋からガマ蛙のような鼾が聞こえてきた。静まり返っている夜中だから、そして扉が開放されているので、十メートルも離れているのに筒抜けなのだ。母は歳をとってからは大きな鼾をかいていたが、早苗はかかないようだ。一緒に内外を旅した友人たちや、身近で暮らす姉がそう言うのだから、嘘ではあるまい。

一度目が覚めると、なかなか眠れない。困ったなと思っていると、今度はナースセンター辺りから動物的な叫び声があがった。例のあの老女だろう。これまでは個室だから扉は閉めていたし、かなり離れた横並びの部屋だから、それほど気にならなかったのだ。これでは耳栓でもして寝ないとだめなのか。新たな心配事が発生し、早苗は苦労の種は尽きないな、と苦笑いするのだった。

いつものように看護師による六時の検診が済むと、気楽なTシャツとジーンズに着替え、朝食を摂る。パノラマを眺めながらの食事は、何と贅沢なことか。添えられた献立表には、〈並食小〉、食パン一枚、マーガリン、ミカンジャム、シーフードソテー、紙パックの牛乳、バナナとある。専門の栄養士が作った献立だから、カロリー制限がきちんとしてある。

入院患者には毎週体重測定があり、早苗も二キロ減った。元の体重は標準をかなりオーバーしていたので、減少は股関節のためにはいい傾向だ。家では三時のおやつを食べていたのに、今は欲しいとも思わない。管理体制の中で暮らすことは健康にはいいのだろう。

朝食後少し休憩して、リハビリが始まる十一時まで、パソコンに向かう。テーマは目前の平和公園を眺めていて不意に浮かんだ。四ヵ月前の五月二十七日、アメリカのオバマ大統領があの公園を来訪し、慰霊碑の前に立った。現職の大統領が初めて来広したことは歴史的な事柄であり、意義ある素晴らしいことだと日本中、いや、世界の耳目も集めた。

だが〈謝罪〉もなく、被爆者と懇談することもない短い滞在に、被爆者の中にはこれをよしとしない人たちもいた。そんな中に主人公の女子高校生の祖父母もいた。意義あることだと教師たちに教わり、自分もそう思う彼女の目を通して、祖父母との葛藤や男子高校生との淡い恋を、ひと夏の出来事として浮かび上がらせるつもりだ。

午前中の三時間、時々パノラマに目を遣ってはパソコンのキーを打つ。看護師の入室を感じるとパソコンをさっと閉じ、ハンカチを掛ける。許可は取っているので隠す必要はないのだが、創作をひけらかしているように誤解されても嫌だから、そうするのだ。

昼食を済ませて一休みしていると、栗山律子さんが見舞いに来てくれた。彼女とは家が近く、また娘が早苗のクラスだったこともあり、一緒に旅に出かけるほど昵懇《じっこん》にしているが、生まれながらに股関節が悪く、十年以上前に人工置換手術をした。足の長さも同じになり、これからは快適な生活が送れると思った矢先、パーキンソン病という進行性の難病を患い、今も自宅で懸命に闘病している。何で私が……と愚痴をこぼしてもおかしくないのに、明るく、ポジティブで、しかもよく気が利く人だ。そんな彼女だから三人の子はみな性格がよく、優秀で、親思いでもある。早苗はいつもいい意味で「あの親にして、この子あり」と感心している。

彼女は熨斗袋とタッパーに入った梨と柿を差出し、気持ばかりのお見舞いだと言った。自分も不自由の身なのに、今は不自由な早苗を思って、梨も柿も切ってすぐ食べられるようにしてある。その心遣いが嬉しい。彼女は娘たちの近況をざっと話し終えると、言った。

「先生は元々お元気だから、それにきっとリハビリも熱心でしょうから、回復が早いですよ。痛みも日に日に消えて、よほど無理なことをしなければ、快適だったころに戻りますから。これがガンだったら、再発しないかと不安に纏いつかれますけど、外科的な手術はその心配もなく、これで終りですから」

そう言われると、なるほどと思った。手術は大変だったけど、好調という単純な結果がもたらされ、一ヵ月、三ヵ月、半年、一年と四回の検診を受ければ、すべて終了する。

栗山さんをエレベーター乗降口まで見送る。病院の玄関付近にタクシー乗り場があり、そこで車を拾うと言うので、安心した。

大部屋に引っ越して三日目。昨夜はパソコンで疲れていたせいか、あるいは鼾も動物的な雄叫びもなかったのか、熟睡したようだ。

いつも通りに目覚め、看護師の検温を受け、血栓防止の靴下を履かせてもらう。朝食を済ませて、パソコンを起ち上げながら、今日、九月二十七日は母の月命日だと思い出す。

母があの世に旅立って二十五年。あの日が昨日のようにも思えるのに、そんなに歳月が過ぎ去っているのだ。毎月この日は九時半ごろ、本籍のある隣町の正行寺《しょうぎょうじ》から、僧侶がお経をあげに車で来てくれ、姉と二人で母を偲ぶのだが、今日は姉が一人で茶菓の接待をし、僧侶の講話に耳を傾けているることだろう。早苗は家の方角に向かって合掌し、神仏の守り、父母の恩、姉への感謝などを口にしていた。

パソコンのキーボードを打ち始めたところで、看護師長が「失礼します」と言って、入って来た。

「今日の午後、一時までにはお隣に桑原さん、こちらに梅木さん、あちらに藤田さんが入室されます」

看護師長は指をさしながら、そう伝えた。

「えっ、同時に三人ですか？」

「そうです。このところ手術が続けざまにあるものですから、個室はその方たちを優先しなければなりませんので」と、看護師長は気の毒そうな口調をした。

どんな人が来るのだろう。それが早苗の心配事だったが、それは杞憂に過ぎなかった。数日して、早苗は次のような人物スケッチをしていた。

まず窓側の梅木さんは六十代半ばで、右股関節を手術し、一年後に左を手術するという。物静かだがユーモアもあり、よく考えてからものを言う人で、夫が毎夕のように見舞いに来る。娘の家族と一緒にしばしば海外旅行にも行き、その娘と孫がよく顔を出す。

その隣の藤田さんはこの病院に友人を見舞っての帰り、廊下で転倒して左大腿骨を骨折したという。車椅子でもその足を曲げられず、まっすぐにしている姿は、痛々しいとしか言いようがない。おかっぱ頭だから三十そこそこかと思っていたら六十前で、孫も二人いると言うので、ほんとに驚いた。

カーテン越しのすぐ隣、桑原さんも左大腿骨を骨折していて、藤田さんと同様に車椅子での脚は曲がらず、まっすぐにしている。自転車で出勤中に自動車に跳ねられ、骨折したという。三人のうちでは一番口数が少なく、おとなしそうだが、ふっと思い出した。リハビリで一心不乱に訓練していた人だ、と。

就寝中は三人とも時々軽い寝息をたてる程度で、早苗はほっとした。そして、よその病室ではだみ声の親分肌の人が采配を振るっていたりするが、この部屋では穏やかな交流が保たれそうで、早苗はまたもラッキーだと内心で言っていた。

翌日、姉が洗濯した衣類や定期便のヨーグルトなど持って来て、月命日の報告をしてくれた。お母さんと呼べば、母は必ず応えてくれる、と僧侶のありがたいお話だったそうだ。

「同人誌、文芸協会の全組織に三十冊と、あんたの個人宛のもの五十五冊を送っといたから。一冊二百十五円だから、結構かかったよ」

「ありがとう。この前は一冊百八十円だったのに、重さオーバーかな」

そう言いながら送料もばかにならないので、次はページを減らさないといかんなと思った。

「最近、またルイちゃんが流し台に上がって、困るのよ。あんたがいないから、ストレスが溜まったのかね」

「そうかも。バカ猫のおかげで、毎日問題が舞い込むねえ」と言いながら、その世話だけでも大変だと、姉に同情する。

アメリカンショートヘアのルイも公園に捨てられていた。何回教えても床に置いた爪とぎを使えず、壁に向かってガリガリやるので、困った猫だ。そんな頭の悪さが捨てられた理由かもしれない。情が移り、いまさら公園に戻すこともできず、彼がよく爪を立てる壁に厚紙を貼って防いでいる状態だ。

リハビリは、行くたびに新しい種目が加わる。血栓予防の靴下もそろそろ卒業するようで、普通の靴下を履くための簡単な道具を各自で作るという。売店で材料を買うよう指示され、購入する。

何のことはない、黄色の縦横三十センチの、下敷きのようなナイロンで、それを持って四時にリハビリ室に来るようにとのことだった。

数人が女性の療法士の周りに集められ、ハサミで言われる通りに指三本の大きなグローブのような形に切り、手元の部分に二つ穴をあけて太い紐を通す。丸めて指先の側に靴下を被せ、丸まったナイロンの内側に足を入れて紐を引くと、ナイロンは取れて靴下はさっと履ける。体を深く曲げることが禁じられている者にとって、誰が考えたのか、これは便利で、みな感心していた。

早苗は、入院患者はのんびりとベッドに臥しているとのイメージを持っていたが、整形外科に関しては大違いだ。検温、血液検査、レントゲン検査、午前と午後のリハビリなど、これらがいつでも自由なら別だが、すべてスケジュール化されていて、その時間に不在も遅刻も許されないから、時計を見ながらの生活である。この日は早苗も梅木さんも、二度目のレントゲン検査があった。

そんなわけで、見舞ってくれる友人や来訪する姉に、判っているものは事前に時間を知らせておく。そうしないと、来客を長いこと待たせることになるから。

（六）

次の日から血栓防止の靴下を卒業し、あのナイロンの器具を使って普通の靴下を履くことになった。吊り輪運動も今日で終了。天井から下がっていた器具も取り払われ、すっきりした。そして明日からプールで水中訓練も始まる。水着は姉に持って来てもらったが、ガウンは病院が貸してくれるといい、看護師が部屋まで持って来てくれた。リハビリのカリキュラムがプールに進むと、そこまでに至らない梅木さんや藤田さんが「私はいつになるのかなあ」と羨ましがる。

「きっと、まもなくですよ」と慰め励ます。

廊下やリハビリで馴染みになった顔を見なくなると、退院か、五階への転出なのだ。五階へ移るということは、退院が見え始めたということで、その人にとってはめでたいことなのに、早苗は一抹の寂しさを味わう。

その夕刻、高木医師が梅木さんのところにやって来て、「レントゲンの結果は、問題なしでした」と言っているのが聞こえてきた。梅木さんの主治医は高木医師だと判り、回診してもらったこともあるので、早苗は咄嗟にカーテンを開け、「先生、私の結果はどうでしたか」と訊いていた。

「あれ、水野先生から報告はありません？」

「ええ、第一回の時もなかったけど、問題がなかったのだと割切りました。けど、先生がこうしてわざわざ病室まで出向いて報告しておられるのを漏れ聞いていると……」

「そうですか。たとえ問題なしでも、報告しなくちゃあいけませんね。水野先生にはぼくからきちんと報告してあげなさいと、言っておきましょう」

高木先生は医師としてのオーラを発散させながら、退散して行った。

それから小半時したころ、突然、水野医師がやって来て、

「宮地さん、今日のレントゲン、何も問題がなかったからね。何も言わない時は、問題がないということだから」と言うと、スーッと去って行った。呆気にとられていると、藤田さんがカーテンを開けて、「あのね」としゃべり始めた。

「私、十年前にも右の大腿骨を骨折してここに入院したんだけど、その時に水野先生に診てもらってね。先生はもう忘れてると思うけど。で、水野先生が担当してる数名の患者が集まって、もっとほかの先生のようにいろんなことを報告してほしいと、一種の抗議をしたの。無口というか、シャイというか、あの頃と少しも変わってないのね」

「えっ、二度目の入院？　そりゃあ大変だ」

早苗は驚いて、声が出ていた。

「その頃のことを思い出すと、私、まともにあの先生の顔が見られなくて、隠れるようにしてるの。実はね、若いのに私と同じ大腿骨を骨折してて、あの先生が好きで好きでたまらないという女性が同じ病室にいてね、三十前の背のすらりとした、まあまあの顔の人で、県の公務員で、いいところにお勤めしてたな」

「で、どうなったの？」

小説を書いている早苗には取材じみた興味津々な話で、ぐっと身を乗り出していた。

「部屋の人は全員彼女が先生にのぼせていることを知っていて、当時独身だった先生とくっつけようと応援してたね。ま、とにかく彼女の先生を見る目はこんな風に情熱的でまるで王子様を見つめる目だったな」

藤田さんはこんな風にと言う時、自由が利く上半身で身振りをして見せた。

「水野先生は、どんな対応をなさったの？」

梅木さんが訊いた。

「ぼくは患者に手を出すことはできない、と真面目一辺倒でね。そんなケジメのある態度がまたすばらしいと、彼女は益々ボルテージを上げたの。で、退院が近づき、部屋のみんなが彼女のために、先生に願い出たのよ。——先生、あんなに先生を好きだと言っている彼女を放置するなんて、男が廃ります。退院のお祝いだと思って、ぜひ彼女と一緒にお食事をしてあげてください、と」

「まさか、彼はその願い出を受けるわけないでしょ？」

おとなしい桑原さんが口を出した。こんな話は、みんな興味があるのだ。

「それが受けてくれたのよ」

「エッ」早苗をはじめ、梅木さんも桑原さんも、驚きの声を上げた。

「当時は全日空ホテルと言ってたかな、そこのフランス料理に彼女を招待したのよ。私から見ると風采の上がらない男だけど、背広もネクタイもセンスが良く、まさにムッシュって呼びかけたくなるような紳士に変身してたんだって。それで、彼女は益々好きになったそうよ。それにテーブルマナーも完璧で、男としての魅力が百倍にもなったんだって」

「へー、そんなに変身できるのかなあ……」

早苗はにわかには信じられなかった。

梅木さんが「今のあの先生からは、イメージできないよね」と言うと、「そうよね」と桑原さんが同意した。

「退院しても彼女は度々クッキーやケーキを焼いて、先生に持って来てあげてたの。けど、一年ぐらいして、先生は大竹市に、そしてその二年後には三次《みよし》市に転勤になってね、彼女は彼の行く先々にお菓子を持って行き続けたの。私にはその都度メールで報告してたけど、そうねえ、七年、いや六年ぐらい前からメールが来なくなって、音信不通になっちゃったけど。あの先生は今も独身というから、彼女の恋は悲恋に終ったんだろうね」

藤田さんはしんみりとした口調に変わっていた。

「えっ、あの歳で独身なの？　てっきり妻帯者だと思ってたから、夫で父親ならば、その態度は何だ、口数が少ないですむかよ。大人としての対応をしろ、なんて胸の内で詰ってたけど……。どうしよう、私、今度から水野先生の顔がまともに見られないわ。ほんとにどうしよう……」

早苗はそう言いながら、ふっと思い出していた。手術の前日、風采の上がらない中肉中背の男だと思い込んでいた彼が会議室に入って来た時、意外に背が高く、どっしりした体軀の持ち主であることに、ある男らしさを感じたことを、またシャイではないかと思ったことを。

「宮地さんだけじゃないわ。私も、まともに顔を見られないな」

梅木さんも、桑原さんも、そう言って笑った。物書きの早苗は、人には知られざる過去があり、外面だけ見ていては内面の深さを捉えられないと常々思っているが、今回ばかりはあまりにも唐突で、身近すぎて、戸惑ってしまうのだった。

「彼女、どうしてるかなあ……。幸せになっていればいいんだけど」

藤田さんがしんみりとつぶやいた。

この宵の物語から、四人はぐっと親しみを感じるようになり、部屋の空気はいっそう和やかになった。


九月の最終日。この日から午前と午後の二回のリハビリに加えて、プールでの水中訓練が始まり、忙しくなった。プールといっても練習用の小さいものだが、四時半から十五分程度の訓練を一週間ほど行う。二人の患者を一組にして、一人の療法士が観察・指導する。早苗の相棒は、同じ日に隣の寝台で自己血貯血の採血をした、顔見知りの新井さんだ。彼女の水着は大きなバラの花柄で、姉が好みそうな柄だ。

早苗は十年前に近所のジムに通っていたころ、数枚買った水着の一つで、小花が散ったドレス風のものを着用することにした。

「ほぉー、いいですね。プールに花が咲いて」

若い療法士が歳に似合わぬ褒め方をした。

「歳とって黒や灰色じゃあ、いよいよ婆くさいでしょ。それじゃあ先生らも楽しゅうないでしょ」

新井さんはいいことを言う。姉がいたら共感して、話の花も咲かせるのだろう。

水中での歩行訓練と、向きを変える時の足の運び方、階段の上がり下りなど数回繰り返していると、制限時間はすぐ経つ。終ると着替えて水着を持ち帰り、部屋に干す。

その日、プールが終って部屋に戻ると、同じ学校に勤めていた職員の石井美和さんが部屋で待っていた。姉に電話してこの時間を選んだという。一緒に海外に行ったこともあり、十年前に手首を骨折した時に見舞ってあげたので、律義にも来てくれたのだろう。ジェル状のキャンディーをたくさん持って来てくれたので、同室の人たちにもお裾分けしようと思った。

石井さんは早苗が絵を好きだと知っているので、開催中の東山魁夷《ひがしやまかいい》展に行き、その絵はがき一セットをプレゼントしてくれた。

「ここ、景色が素晴らしいですね」

彼女はいたく感心して、しばらく無言で外を見ていた。そして振り向いて言った。

「山野先生の奥さんが、先生には主人がお世話になったから、ぜひ見舞いたいので、近いうちに連れてってくれと言われるんですが」

山野先生は同じ教科の同僚で、大学の先輩でもあり、男女を超えて信頼できる友人でもあった。七十歳を前にしてあの世へと旅立ち、数人で家へ行って、奥方を慰めてあげたことがある。

いろんな人が見舞ってくれることは嬉しいが、恐縮でもある。この場合、来なくていいとも言えず、「無理をなさらないよう伝えてね」と念押しして、早苗のスケジュール表を渡しておいた。

その夜、七時のニュースが終ると、「宮地先生」と大きな声で呼びかけて部屋に入って来る者がいた。早苗はカーテンを開けて、思わず口に人差し指を当て、〈先生〉と言うなと合図した。三十年前の教え子で、母校の養護教諭をしている谷本真紀だった。勘のいい彼女はすぐに小声で「入院してらっしゃると聞いて、びっくりしました。とりあえずお顔だけでも拝見して、と思って」と言った。手には自分が作ったという刺繡入りのベストを持ち、早苗の肩に掛けてくれた。不器用だと思っていた人に隠れた才能があることを知り、早苗のほうが驚いてしまった。病院の門限が八時なので、彼女は急いで帰って行った。

翌日、藤田さんが問いかけてきた。

「宮地さんは先生なのですか？　昨夜の人がそう呼んでましたね」

ばれたかと思いながら咄嗟に「昔々、大昔にね。ほんの短い間だけど」と応じた。

ほんとは定年を二年残して辞めたから十五年前まで教職に就いていたが、そう言うとリアル過ぎるから、大昔ということでごまかしたのだ。折角いいムードのこの部屋に堅い職業を持ち込んで、雰囲気を壊したくなかったのだ。藤田さんが信じてくれたかどうかは判らないが、その後も部屋の空気は変わらず、家族や見舞い客が持って来る菓子類を互いにお裾分けし、和やかな、楽しい日々が続いた。

九月の末には雨が多かったが、十月に入ると天気が持ち直し、日曜日の午後は久しぶりに青い空が広がっていた。しかし南方の海上に台風が発生し、こちらにもやって来るらしいと、テレビが報道していた。情報に疎い姉に早速電話し、台風に備えるよう促すと、分かったと応じ、明るい声が続いた。

「ターナーが意外に甘えん坊で、このところ毎日膝に乗って来るよ」

ターナーは裏のおばさんが餌をやっていた捨て猫だが、猫嫌いな隣人が保険所に連れて行くと言うので、うちで引き取ったのだ。その名はイギリスの偉大な画家の名を借用して、早苗がつけた。雄だが性格が温厚で、早苗によく懐いていた。猫はなぜ早苗が何日もいないのか理解できないので、新たに甘える人をみつけたのだろう。在宅中は鬱陶しい存在だと思うことしばしばだったが、三週間以上も離れていると、猫のあの柔らかい毛触りがそろそろ恋しくなっているのだった。

桑原さんが明日、再手術となった。

「五階に移り、毎日熱心にリハビリもし、後一週間で退院という時、レントゲンでボルトが外れていることが判り、手術をやり直すことになってね。悔しいわ」

自分がまた一からやり直すと思うと、早苗は気が遠くなる。可哀想にと同情はするが、どうしてあげることもできない。リハビリ室で一心不乱に訓練していた姿を思い出し、熱心すぎたのがいけなかったのか、と思ってもみる。桑原さんは、再手術後もこの部屋に留まるのだと言った。

雨風は通常より強かったが、台風は方向が逸れたらしく、結局来なかった。

その日は十時からリハビリ、二時四十分から水中トレーニング、三時四十分からまたリハビリ。

結構ハードトレーニングだ。二度目のリハビリを終えて車椅子で廊下を戻っていると、介護サポーターの女性が、車椅子の中本ふきさんと水木サチさんを引き連れてリハビリ室に向かっていた。まだ一人でリハビリ室まで行けないのか。高齢者の中には太腿の筋肉が弱いので、少々訓練したのでは追いつかず、一人でエレベーターに乗り、長い廊下を車椅子で前進することが困難な人もいるということか。二人は早苗よりかなり早く手術をしたはずなのに……。自分もあと数年したら、あんな風になるのだろうか……。いやだ、と早苗は頭を振った。自分はまだまだ自立して生きて行くために、この苦しい手術を受けたのだ、と改めて思うのだった。

エレベーターで八階まで戻りナースセンターの窓から広島市を鳥瞰していると、背後で声がした。

「いい景色でしょう？　台風が来なくてよかったね」

リハビリの山崎療法士が、車椅子の老女に話しかけていた。美しい白髪の老女で、鼻筋が通り、若いころはさぞ美人だっただろうと連想させた。

「景色がどうしたんじゃ。いいとも思わん」

この美しい老女からそんな乱暴な言葉を聞こうとは思わなかったので、早苗は驚いた。

「そろそろリハビリに行きましょう、ね」

山崎療法士は病室から、やっとこの老女をここまで連れ出したのだろう。男性なのに、母親が子供を宥めすかすような口調をした。

「行かん言うたら、行かーん。いやじゃー」

老女は絶叫した。さては、あの人。毎夜叫び、終りには動物の雄叫びのような声を上げて、安眠妨害をするあの人なのか。

「でもね、リハビリに行かないと、いつまでたっても退院できないよ」

「退院できんでも、ええんじゃ」

「そんな無茶なことを言わないでよ、ね」

山崎療法士は困り果て、しばらく無言で見守っていたが、意を決したのか「じゃあ、明日は必ず行こうね」と優しく言って、車椅子を病室へとターンさせた。その傍で、早苗は思わず溜息を漏らしていた。

その週の半ば、八階の空調の修理があるので八二一号室から、まず藤田さんが七階へ移動することになった。早苗と梅木さんはまだ移動先がどことも決まらず、昼間は自分の部屋が修理されることとなり、他の空いた部屋で休憩した。夜はまた部屋に戻ったが、残暑が長引いている中、クーラーがあまり効かないので、蒸し暑い状態が三日ほど続いた。桑原さんも無事再手術が終った。

このころになると、早苗は病院の敷地内なら車椅子で散歩してもよいことになり、玄関横のポストにハガキを投函しに行って、社会生活の一部が復帰したような気がした。少し離れた、病棟の外に設置されたＡＴＭは入口に段差があり、車椅子では行きたくても行けなかった。

昨日、プールの水中訓練も終った。ちょうど三週目の終りに当たり、リハビリ科で機能検査もあり、評価が出された。左足の諸検査の数値はまだ六割から七割程度の回復状況で、退院はやはり予定通り月末になるだろうなと思われた。平行棒に摑まって、車椅子なしでの歩行訓練も始まった。椅子に座って大きなボールを片足で回したり、まだリハビリ室の中だが一本杖を使って歩き、また模造階段の最下段を、それぞれ片足で五十回踏む訓練も始まった。リハビリは、難度の高い訓練が日に日に加えられていった。

こうして入院も後期へと転換し、前期分の請求書が届いたので、姉に預金通帳から請求金額をおろして、受付に支払ってもらった。個室が十日間もあり、三食付で行き渡った治療とリハビリを受けたのに、思ったよりも安かった。

藤田さんのいたエリアに新人、三浦さんがやって来た。七十代の、口数の少ない、気の好さそうな人なのでほっとした。桑原さんの術後はいいようで、毎日、高木医師や若い医師の回診が行われていた。

姉が三日ぶりに来てくれた。早苗名義の貯金通帳を数冊、記帳したから一応持って来たといい、見せてくれた。そして、元同僚の北川先生から郵送された、熨斗袋と高級な煎餅を箱ごと持って来てくれた。煎餅は半分だけ置いて、残りは持って帰ってもらった。

夜八時半ごろ夜景を見ていると、北の方角で大きな花火が上がった。慌てて梅木さんに知らせ、二人でしばらく見ていた。

「きれいな花火だね。まるでステンドグラスみたい。季節外れの花火大会かしら？　それとも何か夜のイベントがあるのかしら？」

「そうね。何かあるのかな……」

梅木さんの問いかけに曖昧な返事をしながら、早苗はパリのノートルダム寺院のステンドグラス、バラ窓を想い出していた。中世の職人たちが、俺が作者だと自己主張もせず、ただ神に捧げるために精魂込めて作りあげたバラ窓は、数百年の歳月を経て今も人々に見事な美しさを見せ、感動させてくれる。それに比べ、あんなに一瞬に跡形もなく消え失せる大輪の花火を、職人はどんな思いで作っているのだろうか。儚く消えるものに心血を注ぐことができる、その強靭な精神に、早苗は尊敬の念さえ覚えるのだった。


病院は土日と体育の日で三連休となり、リハビリも休みだ。だからこの三日間は自力でリハビリをしないと、筋肉はすぐ衰えるという。早苗は毎日、病室でできる範囲のリハビリをし、廊下に出て、左右に取り付けられた手摺りを持って、建物の果てまで往復を繰り返す。リハビリ科では平行棒の歩行訓練と、一本杖での歩行訓練を始めているので、その応用編だと考えたのだ。怠けてはいけないが、熱心過ぎてもいけないと自分に言い聞かせながら、百メートル近い廊下を五往復する。最後の一周はやはり疲れる。ちょうど真ん中に位置するナースセンター前のロビーで一休みして、部屋に戻るのだ。

連休最後の日、廊下での歩行訓練をしていて、五周目をナースセンター前のロビーで休んでいると、あの老女がセンターの中に座っていた。多分、さっきまで喚いていて、抑制が利かないので、宥めるためにここに連れて来られたのだろう。

「子供さんはいるの？」

「おるよねえ、息子が三人」

「何をしてらっしゃるの？」

「みーんな医者よね」

聞き馴れた大きな声が耳を打つ。

「ご主人は？」

「十年前に死んだ。これも医者よね」

「医者の名門なのね。家には誰がいるの？」

「誰もおらんよねえ、一人暮らしだったけど、息子が、家を修理するから、ちょっとの間だけホテルみたいなところに行こう。修理が済んだらすぐ連れに来るからと言うて騙して、老人ホームに入れたんよ。あの恩知らずの、バカたれが！」

しゃべりながら興奮するのか、終りは絶叫調になっていた。早苗は聞くともなく聞きながら――きっといいところの美しく、上品な奥様だったんだ。昔はみんなの憧れの的だったかもしれないその人を、早苗は、昨夜までのように、蛮声を張り上げるいやな存在だとは言い切れなくなり、複雑な気持に陥っていた。誰からともなく聞いた噂では、老人ホームからこの病院にすでに一ヵ月も入院しているらしく、家族は面会に来ないのか、誰も見たことがないという。

早苗は病室に戻り、保冷庫からヨーグルトを取り出して水分を補給した。一休みしてパソコンに向かったが、さっきの光景が頭に付いて離れず、キーボードを打つ手はいつものようには動かなかった。人生とは何だろう。人は愛と希望をもって結婚し、子を産み、育て、それぞれが独立して行き、伴侶とも死別し、その後はあんな日々が待っているとは、本当に悲しくなる。

自分には愛と希望はあったが、一緒に暮らす前に彼が長患いの末、病没した。何で私が……と悲嘆に暮れたが、時が切羽詰まった悲しみを和らげてくれた。子はいないが、そして親はすでに没し、兄弟姉妹もほとんどが鬼籍に入り、遠くアメリカにいる下の姉と、一緒に暮らす上の姉のみとなった。早苗は、命の終りのその日まで何とか自立して、定めた目標に向かって少しでも近づけるよう生きて行きたいと、強く思うのだった。

（七）

三時過ぎに姉がやって来て、箱にまとめ入れた同人誌の礼状や封書その他を机の上にポンと置いた。そして、元同僚の野瀬先生から大粒のピオーネが三房送られてきたので、一房持って来たと言い、保冷庫に入れてくれた。「今食べる?」と聞くので、「夕食後のデザートにするわ」と応えた。

「ジャンはやっぱり大物猫だわ。雌も雄もみなジャンが好きで、そばに寄って行くのね。彼が昼寝してる丸い寝床に、シッコたれのキュウちゃんさえ一緒に入りたがるのよ。弱い者いじめしないし、優しいし、十六年間生きた貫録があって、人間でもこんなジェントルマンはみんなから好かれるからね」

「そうそう、その通り。女は優しくて、包容力があって、清潔感がある男が好きだからね」

早苗はあの世の人となった彼を思い出しながらそう言ったが、「だよね」と姉が呼応し、二人して大笑いとなった。

姉が帰ってまもなく、当直の看護師長がやって来て「十三日に五階の五二〇室に移動してもらうことになりました」と告げた。やった！　退院が見えてきたゾ！　早苗は内心で叫んでいた。

看護師長が出ていくと、早苗も冷静さを取り戻し、これを同室の梅木さん、桑原さんにどう伝えようかと思案した。親しくなって、入院生活をともに励ましあって過ごしてきて、特に桑原さんは再手術したばかりで、そんな中を自分だけが五階に行くことが、少し悪いように思えたからだ。今日はこのことは言うまい。一晩寝て、適切な言葉を見つけてからにしよう、と課題を先延ばしにしたのだ。

夕食は松茸《まつたけ》御飯、いわしの蒲焼、さやえんどう、ハムとチーズ入りの野菜サラダ、しめじの清汁だった。時節は秋深しというころだが、今年は残暑が長引いてまだ半袖でリハビリに行っているせいか、松茸御飯にいまさらの秋を感じるのだった。

その夜、十時にはパソコンを打ち終えて床に就いたが、頭が冴えてなかなか眠れなかった。それに懇談コーナーの辺りから、この時間にもかかわらず女性の話し声も聞こえてきて、非常識な人たちだと少し腹も立てていた。ちょうど尿意をもよおしたので車椅子で、共同トイレへと向かった。夜は転倒防止のため、まだ車椅子を使うよう指示されていた。

懇談コーナーには女性が三人集まり、何か愚痴っている様子だった。その中に、自己血貯血でもプールでも一緒だった新井さんがいた。新井さんの部屋は一番奥の、早苗の部屋からは遠い所にあった。早苗は一礼して通り過ぎた。

用を済ませて車椅子を操作して戻りながら、新井さんがいたので黙って通過するわけにもいかず、つい「こんな時間に、どうなさったの？」と訊いていた。

「みんな、鼾で寝られんのよ。我慢の限度が越えて、ここに避難してるってこと」

新井さんがみんなを代表するように言った。

要するに同室に鼾の大きい人がいて、しかも本人は自覚なしだから詫びの一言もなく、平然としているその態度がまたみんなの感情を逆なでし、ストレスが倍加しているらしいのだ。早苗は「お気の毒ね」としか言えなかった。自分も数日前に、廊下の向かいの部屋からガマ蛙のような鼾が聞こえてきて、眠れなかったので気持はよく解るが、耳栓をして耐えるほかないのだろう。

翌日の夕食後、梅木さんと桑原さんにようやく五階への移転を告げた。

「明後日、五階へ行くことになりました。梅木さんはきっと数日後に追っかけてくるのでしょう。桑原さんは今しばらくの辛抱ね。二週間ばかりですが、お世話になりました。いい方たちに囲まれて、とても快適に過ごせて、お別れし難いわ。ほんとにありがとう」

「そう、それはおめでとうございます。いいな、私もじきに追っかけて行くから」

梅木さんは弾むような声で言った。

「私の二の舞だけは、しないでよ。もうすぐ退院だと思うと嬉しくて、人の何倍も励んでたんだけどな……。あまり力み過ぎず、けど慎重にリハビリしてね」

桑原さんは自分の体験から、説得力ある忠告をしてくれた。言いづらいことを言って早苗もほっとし、廊下に出て姉に電話をかけた。

大部屋だから、電話は個室のようにかけたい時にかけるとはいかない。またマナーとしても室内は遠慮すべきで、廊下の端や懇談コーナーでかけるべきだ。これが早苗のポリシーなので、このところ姉への電話は一日一回だ。

「そう、引っ越し、よかったじゃない。やっとここまで来たね。十三日、手伝いに行こうか」

「この前も意外に簡単だったたから、この度はいいよ」

「じゃあ、お言葉に甘えようか」

「そうして。変わったことなかった？」

「うん、私の絵がかなり前に進んでますよ。昔、母さんとあんたの三人でハワイ島に行ったよね。

あの時、帰ってすぐ描いて、下塗りしたまま放ってた絵があったでしょ。何十年の歳月を経て見てみると、結構いい絵なのよ。で、意欲が起こって、色直ししてるんだけど、タイトルを考え中よ」

「お知恵を貸してもいいわよ」

廊下を散策している人が来たので、早苗は「じゃあ、切るね」と言って電話を切った。部屋に戻って一息ついていると、突然、水野主治医がやって来た。早苗は藤田さんの話を思い出し、水野医師の顔を正面から見ることができなかった。

「五階に変わることになったね。どう？　調子は」

「はあ、お陰様でリハビリも進んで、調子はとてもいいです」

「そう、それはよかったね」

ただそれだけを言うと、大きな背を見せて、足音も立てず去って行った。

「ねえ、梅木さん、何よ、あれって？　藤田さんのお話を聞いた後だから、先生の顔をまともに見れなかったわ」

「だろうと思った。私までドキドキしたわ。やっぱし、あの先生はシャイなのよ。だから言葉が続かない。でも、いい人のようね」

梅木さんは笑いながらそう言った。

引っ越した五二〇号室はナースセンターに最も近く、共同トイレも廊下を隔てて斜め前にあった。

便利だが、早苗のエリアは廊下側で、昼でも薄暗く、電気を点けないと本も新聞も読みづらい。それにパソコンも、これでは目が疲れて打てないだろう。

早苗は〈五階＝退院〉だと希望のイメージで移って来たので、落胆していた。他の大部屋を探索してみると、三つも窓側のエリアが空いているのに、どうしてそれが与えられなかったのか。平等の原則からは、だれかが廊下側に行かねばならないのは解っているが、予想もしなかったので、いつもは前向きな早苗も、この不運にはめげそうになった。

それにすでに入室している人が一見してぼけ始めている二人の高齢者と、もう一人は六十代の、肥満女と言うにふさわしく、大声でゲラゲラ笑う、ざっくばらんな市井じみた人で、三人とも介助なしでは歩くのが困難のようだった。入室の挨拶をしていてそんな様子が見てとれて、早苗は場違いなところに来たのではないかと、不安を覚えるほどだった。これまでがいい人に囲まれて、とても快適な毎日だったので、あまりの落差にすっかり戸惑ってしまったのだ。

夕食時、早苗の気持はいっそう暗くなった。

カーテン一枚を隔てた隣で窓側の青木ヨシさんは、早苗より三つ上の七十八歳だという。だが見るからにおばあさんといった風体で、車椅子でのトイレさえまだ介助付なのだ。そんな人がなぜ退院を前提の五階にいるのか、早苗にはさっぱり解らなかった。

「青木さん、ご飯、椅子に座ってテーブルで食べる?」「ベッドで食べる。今日はリハビリで疲れたけえ、椅子はいや」「でもね、椅子に座って、テーブルで食べたほうがリハビリのためにはいいのよ」「疲れとるけえ、いやよ」「じゃあ。今日はベッドだけど、明日は椅子に座って食べようね」

青木さんは耳が遠いのか、看護師の声は演劇の女優が演じているように、大きく力んでいるのだ。こんな会話を聞いていると、早苗はイライラしてくる。そのうえ青木さんは手術直後でもないのに、ナースコールのボタンをしょっちゅう押して、用事を頼むのだ。マイクになっているので、その声がカーテン一枚隔てた早苗の耳を直撃するのだった。

「シッコしびったので、パンツを替えてや」「どこにあるの?」「カバンじゃろうと思うけえ、探してえや」「今行くから、待っててね」「早う来てよ」

一分もしないうちに看護師がやって来て、

「これ?」と問う。「違う、草色のがあるじゃろ」「これかな……。でも夜中にまたシッコしたくなるから、オシメのほうがいいかもよ」「ありゃあ好かん。草色のパンツ、早う出しんさいや」

何これ、自立が全然できてないじゃないの。ここは退院を前提の人が来る所じゃなかったの?

早苗の精神状態は最悪になっていた。

しばらくすると、通路を挟んで早苗のベッドと向き合っている神崎さんがナースコールした。トイレに行きたいからお願いします、と。看護師はすぐ来て、神崎さんの車椅子を押してトイレへと向かった。もう少し後で肥満女の伊藤さんが同じように看護師をコールして、車椅子を押してもらっていた。

ナースセンターに一番近い部屋。その意味がこの時、早苗にもようやく解った。ここは自立できない人の部屋で、コールされると、看護師がすぐ駆けつけられる位置にある部屋だったのだ。言ってみれば病状の重い人の部屋で、早苗にはなぜ自分がその中に入れられたのか、全く理解できなかった。

パンツを穿き終って気持よくなったのか、青木さんは、今度は過去を語り始めた。

「わたしゃあ神戸で沖仲仕をしとったんよ。結婚してすぐ娘ができたんじゃが、三つの時に主人が心臓発作で頓死して、働かにゃあならんようになって、二十五歳で男に交じって働いたわいね。背が百五十センチしかないこまい女じゃけど、仕事は誰にも負けんかったね。二十キロの米を肩にかたいで、落としたことは一度もなかったけえね。この手術の前に、主人の五十回忌を済ませたんよ。もう顔も忘れるぐらいじゃけど、ええ人じゃったね。遺影に向かって、娘も年末には五十になります。ちゃんと家庭を持って、孫も二人おるので、安心しんさいね、と言うたんよ」

看護師は時々「ほうね」「えかったね」など方言で相槌を打ち、青木さんも聞いてくれていると思うと満足したのか、しゃべりながら寝たようだった。すごい鼾がそれを証明していた。否応なしに耳に入ってきた身の上話に早苗はある痛みを覚え、青木さんに対する気持が変化しているのを感じた。あの人は若い未亡人として苦労しながら娘を育て、一生懸命生きてきた人なのだ。だから外観もあんなに老けて見えるのだろう、と。彼女を内心で拒否していた自分を早苗は反省した。

間もなく神崎さんまでもが同じような大きな鼾をかくので、早苗はいたたまれなくなって、ティッシュペーパーで耳栓を作った。さらに肥満女、伊藤さんのガマ蛙のような鼾も加わり、三重奏となった鼾は早苗の耳から脳天まで打って、懇談コーナーに避難していた新井さんたちの気持がよく解った。

早苗はこれでは朝まで眠れそうもないと思ったが、それでも明け方に少しは眠ったようだった。


浅い眠りだったのか、一回目の検温が済んでもまだ眠たくてうとうとしていたが、また隣の大きな声で目が覚めた。

「今朝はテーブルで食べようね」「いやじゃ、やっぱりベッドで食べる」というやりとりを聞いて、また堪えがたいという思いが湧き上がり、早苗は洗面所へと脱出した。これでは後二週間もつかしら……。寝不足とストレスが溜まって精神的に追い詰められ、退院までの二週間が台無しになってしまう。やはり耐え難い、との思いが膨らんでいった。

洗面所では先着の人が顔を洗っていて、早苗は壁の手摺を持って待っていた。廊下側の洗面台を使っていた老女が「お先さまでした」と丁寧に挨拶をして去って行った。その時、あの人だと思い出した。黒地に龍の字を刺繍した、学ランのような服を着た小集団の真ん中に座っていた老女だった。彼女も五階に移っていたのか。あんなに丁寧な挨拶ができる人だから、ヤクザなどの母親ではないだろう……直感で早苗はそう思った。最近の人はコスプレといって恥ずかしげもなく漫画やアニメの登場人物に扮するそうだから、それだったのかもしれない。何だか変な世の中になったなあと、早苗は溜息をついていた。

昼食を済ますと、早苗は薄暗い病室から懇談コーナーへ避難した。ちょうど五階の看護師長が通りかかったので、「あのォー」と咄嗟に呼び止めていた。

「私、五二〇号室の宮地と申しますが、廊下側が昨日より棲家になり、昼間でも薄暗くて困っています。実は視力があまりよくないので新聞も本も読みづらく、勝手を申し上げるようですが、可能であれば窓側か、個室に変えていただけないでしょうか」

早苗は他の主たる理由は言わなかった。

看護師長は手にしていたノートを開き、しばらく見つめて、言った。

「分かりました。個室が明日の午後、一つ空きますので、変更可能です」

「ありがとうございます。よろしくお願いします」

早苗はうわずった声で礼を言い、深々と頭を下げた。

「料金は高くなりますが、それでも八階の半額です。地域包括支援という社会福祉が適用され、この病院の売りの一つになっています」

「そうですか。全く知りませんでした」

苦境から解放されると思うだけでもホッとするのに、思いがけず料金まで半額となると、幸運だと思わざるを得ない。不運を嘆いていたさっきまでとは大違いで、ずいぶんと気分が楽になった。やっぱり、ラッキー　カム　カム、いやケイム　ケイムだ。気持が落ち着いてくると、脱出される側のことが気になり、部屋のみんなに悪いなあと、ちょっぴり胸が痛んだ。

早速姉に個室への変更を電話で報告し、手伝いはいいからと伝えた。

その昼下がり、教え子の福井まり子が、ゴッホの美術全集を持って見舞いに来た。もう五十代だが在学中はトップの成績で、今は一級建築士として頑張っている。パソコンが得意で早苗の指南役でもある。美人で聡明となると、釣り合う男はそういない。独身の彼女は部下の男たちを従えて、あちこちに住宅を建てている。後少しで取り下げとなる車椅子で一階まで下り、喫茶室でコーヒーを飲んだ。心を許せる教え子に入院生活のもろもろを語って、早苗は久しぶりに笑い転げる時間を過ごした。

翌日、八階へ行って梅木さんに会い、事の詳細を簡略に述べ、最後に問いを投げかけた。

「一つだけ今も解らないことがあるのよ。すべて順調に回復していて、患者としては元気な私が、空きベッドが他に三つもあるのに、どうしてナースセンターの傍の、いわば重症患者の部屋に入れられたのかってこと。誰かの意地悪かしら？」

梅木さんは即答した。

「そうじゃないでしょ。私たちの病室はとてもいい雰囲気だったけど、よそは軒や性格などで結構問題があるんだって。その難しい人たちと上手くいく人は、そういないでしょ。これまでの宮地さんを見て、この人なら上手くやりこなす、と見込まれたんだと思うな」

「そんな……」と言いながら、「妥協的な性格は損をするわね」と大笑いになった。

十月十五日、個室の五一〇室へ引っ越した。その夜は、ぐっすりと眠れた。

室内では杖で歩いているが、院内でも夜と遠い所へはまだ車椅子を使っている。が、予定表では、これも近日中に終了となる。部屋のトイレは使用許可が下りた。洗面所も室内にあるので順番待ちがなく、ようやく当たり前の生活に近づいて、気持も穏やかになる。

リハビリは退院へ向けて、高度な訓練が増えてきた。二本の杖で院内を歩き、模造階段をのぼり降りし、圧力のかかった機械を二股で開閉する。そして午前と午後の二回、自転車漕ぎも始まった。もう土日も祝日もなく、毎日が訓練日なのだ。こうして日に日に退院への準備が進んでいった。

パソコンにも暇さえあれば向かった。作品を一つは仕上げて帰りたかったのだ。

こんな中で、翌日、一度見舞いに来てくれた石井美和さんが、三時過ぎに山野夫人を伴ってやって来た。山野夫人とは五年ぶりの再会で、元気そうな顔を見て安心した。

「主人が亡くなった時には、いろいろとお世話になりました。石井さんから先生のこの度の入院を聞いて是非にとお願いし、今日こうしてお目にかかれて嬉しいです」

そういうと山野夫人は握手を求めた。夫人は早苗と同年だ。毎日老人ばかり見ている早苗は、美しい容色が未だ衰えない夫人に拍手を送りたい気持になった。服装のセンスもよく、山野先生はいい女性を妻に選んだものだと思う。早苗が二人の前で杖なしで歩いて見せると、元看護師の夫人が驚いて言った。

「素晴らしい！　私の友達にも股関節や膝関節が痛いと言って足を引き摺ってる人が何人もいますが、言ってあげましょう。勇気を出して手術なさい。ひと月半ほど我慢すれば痛みも消え、颯爽と歩けるようになるからって」

その翌日、栗山律子さんが不意にやって来た。それも二度目の見舞いだ。

「三十分後に近くのホールでパーキンソン病対策の講演会があるので、その前にお顔だけでもと思って、お寄りしました」

不自由な体を押して、よくぞ来てくださった、と早苗は恐縮しながらも嬉しかった。また皮を剝いて食べやすく切った梨、りんご、柿をタッパーに入れて持って来てくれ、この人の心遣いには頭が下がった。早苗もリハビリがまもなく始まるので、あまり長く話はできなかったが、栗山さんは「退院、もうすぐですね。好調の回復、嬉しいです。これからタクシーで会場に行きます」と言うので、早苗は玄関のタクシー乗り場まで見送った。ノーベル賞の山中伸弥氏の研究が一刻も早く実地に移され、パーキンソン病の進行が止まるよう、祈らずにはおれなかった。

十月二十日、午後二時から、いよいよ退院が具体化する在宅復帰支援会議が始まった。主治医、病棟の看護師長と看護師、リハビリ科の療法士、薬剤師、管理栄養士と本人の会合だが、本人の体力回復力も良好、風呂やトイレなど家の構造的条件も良し、家庭での協力者も存在するなどで、〈一週間後の退院は可〉となり、会議は三十分足らずで終った。

結局、退院は本人の希望する月末の二十八日の午前中と決まり、早苗もほっとして、会議のメンバーに深く頭を下げた。平日に退院できるのは一人だけ。土日・祝日は二人までという病院の決まりがあり、競争相手がいたらどうしようと心配したが、その日の希望者は早苗一人で、望みが叶ったのだ。またもや「ラッキー　ケイム　ケイム」だった。

早速姉に電話し、会議の結果を報告した。「当日は荷物があるから、迎えに行くよ」と弾んだ声が耳を打った。「お願いね」と早苗も応じ、迎えてくれる家族がいることをありがたいと思った。車椅子もこの日、引き下げられた。

次の日、リハビリから戻ると教え子が三人、病室で待っていた。栗山さんから退院近しと聞いたのか、栗山さんの長女、和泉佳子が他の二人、藤井朱美、山西奈津を誘ったらしい。もともと彼女たちは早苗のファンで、出版のつど、お祝いを送ってくれたりしていた。

その日は華やかな花束、美味しそうなケーキを持って来てくれた。三人とも主婦で、大学生や高校生の子供がいるが、一挙に高校時代にタイムスリップし、早苗の脳裏にも制服姿の彼女たちが蘇っていた。声が外に漏れないようドアを閉め、一時間程度、笑いと話の花が咲いて、早苗は久しぶりに若やいだ空気に包まれた。いい気分になったところで、早苗が室内を杖なしで颯爽と歩いて見せると、拍手が起こり、藤井朱美が二人に目配せして、「じゃあ、私が代表して、申し上げます」と椅子から立ち上がった。

「先生には、その元気なお姿が一番お似合いです。いつも私たちの機関車として先頭を走ってくださり、とても刺激を受け、励まされています。私たちもそれなりにオリジナルな自分を磨き、頑張りたいと思いますので、これからもよろしくお願いします。間もなくのご退院、おめでとうございます」

　早苗は胸が熱くなった。自分の生涯はこんな教え子たちに支えられている、と痛感するのだった。


　会議から二日後、シャワーを済ませ、部屋に戻るためにナースセンターの横を通っていて、早苗はおやっと思った。水野主治医がデスクについて、パソコンに向かっていたのだ。五階でそんな姿は初めて見たので、早苗は珍しいことがあるものだ、とつぶやきながら部屋に戻った。パジャマに着替えてしばらくテレビを見ていると、思いがけず、水野主治医が「失礼」と言って部屋に入って来た。早苗は驚き、慌ててテレビを消し、立ち上がって「すいません、こんな恰好で」と言って、お辞儀をした。

「いよいよ後五日で病院生活も終りますね。よく頑張ったから、回復状態は優等生並みで、関わった医師としてもほっとし、嬉しく思います。後はリハビリ科から退院後の諸注意が出るので、それを良く守って、快適な生活を送ってください」

　そう言うと、いつものようにくるりと背を見せて部屋を出て行った。何なのよ、ただそれだけ言いに来たの？　そう言いながら早苗は梅木さんの言葉を思い出していた。

　――シャイなのよ。だから言葉が続かない。でもいい人のようね。

それから数日はリハビリの総仕上げで、かなりハードな訓練をこなしていった。家に帰ってからの風呂の入り方や、ぞうきんがけの姿勢、床に座る時の注意事項など、特別の指導も受けた。そして自力で朝晩すべきリハビリの五つの課題の絵入りのコピーを貰った。《退院後の生活》と題する冊子も手渡された。

退院の前日、早苗は手術を担当してくれた三人の医師、水野主治医、森川院長、高木医師に感謝をこめて手紙を書いた。そして八階と五階のナースセンターの看護師、リハビリ科の療法士、介護サポーターの小野さんにも、礼状をしたためた。これらを明日、病院を去る直前に渡すつもりだ。

ひと月半の長い入院生活に気が遠くなりながら、カレンダーの日付に斜線を引いては退院を待ち望んだ日々。それがついに明日やって来る。鬱陶しいと思っていた猫たちに会えることは嬉しいけど、病室を去ることは淋しくもある。早苗は部屋じゅうを見回し、明日の午前中でお別れだね。次はどんな人がこの部屋の主になるのだろう、と誰にともなく言葉を掛けながら、人間の心って複雑だね、と思うのだった。

オレの歳月

——親愛なる人間たちへ

（一）

オレは亀の平吉だ。ご覧の通り、どこにでもみられる、何の変哲もないイシガメだ。この女学校の池に住みついて、もう二十五年の歳月が経過した。

この池の住人はオレと戦前生まれの大先輩の彦兵衛じいさん、そしてひと月前にやって来た若いターコ嬢の三人、いや三匹だ。オレが知っている限り、ここに住んだ亀は、十年前に来てすぐダンプカーにひかれて死んだ新助をいれて四匹だけだ。

女と同居するのは今度が初めてだが（言っておくが同棲ではない）、女というものはホトホト扱いにくいと思う昨今だ。大の男が戸惑いの連続だ。ターコがオレに親しく声をかけてくれたので、今度はオレが声をかけるとプイと横を向いてしまったり、食いものについても、この池のものは美味しくないなどとぬかしおる。

思えば父親であってもいい年齢のオレが、なんでこんな小娘に煩わされねばならないのかと、シャクにもさわる。が、ターコが嫌いかというとそうではない。今や彦兵衛じいさんと二人きりの生活に戻ることを考えると、悔しいが、胸に穴があくような淋しさを覚える。やはりターコがいたほうが、何といっても華やいだ雰囲気になるのだ。

オレは父親を知らない。母親とは大雨の日に一緒に川を渡っていて激流に流され、それっきりになったが、優しかった母の面影はオレの脳裏に焼きついて、オレがくじけそうになると、いつも笑顔で励ましてくれる。河原に打ち上げられていたオレを拾って、自宅の池で育ててくれたのが、山木先生だ。

その後まもなく、オレはこの四階建ての校舎の、二階の一番端の山木先生のクラスの水槽で飼われることになった。来年の三月末をもって定年退職するという山木先生がまだ大学を出たてのころ(と言っても、先生は満州からの引揚者で母子家庭、しかも長男だったため、兄弟たちの面倒をみなければならず、大学を卒業したのは三十を過ぎていたそうだ)、クラスで話し合って、窓辺の水槽で女学生たちが面倒をみてくれることになったのだ。

オレは元々は野山を彷徨う自然亀だったらしい。だからペット屋で売られている犬猫のような血統書などないから、氏素姓など判ったもんじゃあない。その点で誇れるものは何もないが、反面、ほんとに気楽なもんだ。

長い年月、自分のルーツなど気にもかけずに暮らしてきたが、オレも中年となった今、時々ふっとオフクロやオヤジはどこでどんな出会いをしたんだろう、また夫婦の仲はよかったんだろうか、などと思いを馳せることもある。しかし空白の過去をもつのが、どうやら絶対多数の亀の運命でもあるらしいので、オレは別段、悲しいとも思わない。

ともあれあの頃、教室では十七、八歳の少女たちがオレを「平吉、平吉」と言ってよく可愛がってくれたものだ。と言っても、初めは人間どもの言葉がサッパリ解らないし、ただキョトンとしていたらしい。当時のオレは、手の平に載るほどの大きさだったという。甲長十五センチの今とはわけが違う。こんなに大抵のことが判るようになるには、やはり歳月ってもんがかかってる。

少女たちは可愛がってはくれたが、所詮ペットとしてだ。どの少女も自分が可愛いと思った時、つまり、のべつ幕無くエサをくれたのには、実際マイッタ。食べなきゃいいものを、ついつい食い意地が張ってるもんだから、後悔先に立たずってやつだ。

この食い気だけは残念ながら、人間のように理性とやらで抑えられないんだね。狭い水槽の中のこととて運動量もしれていて、ぶくぶく太ってしまった。甲羅から首を出し入れするのも窮屈なほどだった。そうしたオレを見ては少女たちが笑いころげ、丸いから丸吉にしようかと言うので、亀とてもやはり気になり始めた。

そんなある日のこと、水槽のガラスに映る自分の姿に気づいてオレはびっくりした。それまでも見ていたはずだが、まるで意識に残らなかった。つまり、見ていても見ていないのと同じだったんだ。これが少女たちの言うところの〈丸い〉ということか、とオレは胸に刻みつけた。何年か後に解ったんだけど、あの時がオレにとって、いわゆる自我の目覚めというやつだったのだろう。

それから間もなく、多分飼われて一年が過ぎた頃、手狭になった水槽からオレはこの池に放免となった。こうしてオレは自由と引きかえに、エサは自分で探さなければならない羽目となって現在に至ったわけだ。

そりゃ、初めは嬉しかったな。「まこと世の中は広うござる」と感激した。反面、戸惑いもあった。食うことに関する本能は確かにオレたちは人間より発達してるとはいうものの、だれかが落とした消しゴムなんか噛んで、往生したことがあったぜ。しかし暮らしに慣れていくうちに、食べれるもの、そうでないもの、危険なもの、毒物などと判ってくるもんだ。ま、生活の知恵ってやつだ。

それに、ここが学校だから、授業など盗み聴きして、オレもちょっとしたもの知りになってきた。エッ、亀は耳が聞こえないだろうって。トンデモナイ！　オレたちの足は確かに犬猫のようなスピードは出せない。そのオレたちが他のどの動物よりも長寿だということは、遥か彼方の物音をいち早く察知し、逃げたり、身を隠したりできるからだ。そうでなきゃ、扁平な図体をしているオレたちは敵にすぐ捕まって、今ごろは絶滅の憂き目に遭っていることだろう。

もう一度言っておくが、オレたちの耳は上等中の上等だ。たびたび、ああ聞かなければよかったと思うほど、何だって聞こえる。その耳学問で、オレもずいぶん鍛えられたもんだ。視覚の方も無論のこと、嗅覚だって鋭いんだよ。人間はそんなこと知りもせずに、一度偏見をもつと思い込むから困ったもんだ。オレたち、ちゃんと耳をもってますぜ。今度出会ったら、よーく見てくれ。最近、学者たちは〈亀は空中や水中を伝わる広い音域の音を十分知覚している〉と大発見して騒いだらしいけど、オレたちにとっちゃごく当たり前なことさ。

山木先生が教えてくれたんだけど、古来、人間どもは〈鶴は千年、亀は万年〉と言ってオレたちを長寿の象徴として奉ってくれたそうだ。しかし、このところそれもどうだか。――もしもし亀よ亀さんよ、世界のうちでお前ほど歩みののろいものはない、どうしてそんなにのろいのか――と幼少時分から歌ってるんだから、人間はオレたちのことを徹底してのろまだと思っているらしい。この学校でも何かの拍子にいろんな人が「カメのような歩みしかできないかもしれませんが、それなりに頑張ってみます」などと言いおる。謙遜するのはいいが、何もオレたちを変な例に使わなくてもいいじゃないか。

実際、オレたち亀が獲物を捕える時や外敵から身を守る時、どんなに素早いか。〈電光石火〉と言って正当に評価してくれたのは、山木先生だけだね。特にスピーディーなことがよしとされる最近は、オレたちはまるで無益のもののように思われている。オレがそんな感想をもつのも、あながちヒガミだけでもあるまい。

そこでオレは、地面というささか低い位置からではあるが、親愛の情をもつが故に、人間たちに対して、日頃思ったり、感じたりしていることを述べてみようと思う。彦兵衛じいさんは、そんなことしたって無駄だという。一体だれが聞いてくれるか、お前は人間の言葉を理解しても、逆は到底無理だよ、と念押しまでした。そうまで言われると、オレもそうかなあと思えてきて、無駄口ならたたくのよそうかという気にもなった。でも一方で、この際ともかく、オレの思いを吐き出すことが大事ではないか、という内心の声も聞こえてくるのだ。オレは今こそ、内心の声に忠実になろうと思う。

オレも中年にさしかかった。そして最近よく耳にするうちの先生たち（この学校の池に住んでるだけで、何でオレがスクール意識なんて持つのか、自分でもいささか滑稽だと思う。けど二十五年の歳月とは、亀にさえそうした愛校心を持たせるんだから恐ろしい）の言葉からも、人間社会は問題だらけであるらしい。オレ流に言わせて貰えば、地球も随分世知辛くなってきたぜ、ということになる。人間どもは〈亀は万年〉とオレたちをもちあげて来たが、その長寿だってこんなご時勢じゃあ本当に保障されるのかどうか……。そんな不安も感じる昨今だから、こうして自分の気持を整理しながら口に出してみるというのも、あながち無意味なことではなかろう。

久しぶりに明るい日差しだ。朝は、今にも雨が落ちてきそうな、分厚い梅雨の雲が覆っていた。職員室からは年配の女の先生の「冷えるわね。まるで春先みたい」なんて声も聞こえてきた。ところが昼前から急に雲に切れ目ができて、青空がドンドン広がった。

今はウソのように暖かく、オレは水からあがって、芝生の上で日光浴をしている。人間には少し蒸し暑いこんな日が、オレたちにとっては一番しのぎやすい天候だ。

オレの少し向うに彦兵衛じいさんが気持よさそうに寝そべり、さらにその隣で、たった今池から出て来たターコが顔を上向きにして目を細め、じっとしている。オレや彦兵衛じいさんのことは、まるで眼中にないかのように。こっちだってと言いたいところだが、オレの目は気がつけばターコを舐めまわしている。それも相手に気づかれぬように、だ。甲羅がまだ水に濡れていていかにも艶々しい。人間にも〈水もしたたる〉という言い方があるようだが、ひょっとしてこうした光景を見て、そんな表現が生まれたのかもしれない。亀の女もまんざらじゃあないぜ。

　ターコをこの池に連れて来たのは、あの山木先生だ。一年後に定年退職を控え、ふっとオレを飼った頃のことを思い出して、水槽でまた亀を飼ってみようという気持になったそうだ。あの時のようにクラスで討議したわけではなく、ある日突然、〈亀入りの水槽〉が窓辺の棚の上に出現した。生徒たちは担任の不意打ちの贈り物に感激し、入れ代わり立ち代わり水槽を覗き、ターコに口々に勝手な言葉をかけた。でも二ヵ月が過ぎる頃、生徒たちはターコにほとんど関心を示さなくなり、田川りえ一人が世話をしてくれたという。

　山木先生は「よう考えてみりゃ、水槽の中じゃ可哀想だよな。自由がいい、自由が。平吉、ターコをよろしく頼むぞ」と言った。そしてターコがミドリガメであることも教えてくれた。オレはイシガメだから茶色っぽく、およそスマートとは言えない。ターコはその名のように全身が薄緑をしていて、オレがそう思って見るからかもしれないが、何となくキャシャで人目、いや、亀の目をひく。

　彦兵衛じいさんもオレと同じイシガメで、その甲羅は確かに歳月の風格とでもいうか、重厚な印象を与えはする。しかし近くで見ると甲羅の疲労は隠しきれず、いかにも年寄りだ。やっぱり若いってことは、それだけで晴れやかなものを感じさせる。おまけにキャシャな女ということになると、オレも年齢を忘れて何か胸が熱くなり、鼓動が高鳴る。

　けれど口を利くと、ターコはどうしてあんなに生意気なんだろう。さっきも池の中でスイスイと泳いでいたので、オレは「やっぱり池はいいでしょう。広々してるので伸び伸びできますよね」と挨拶のつもりで言った。すると「そりゃ、水槽よりこの池が広いに決まってますわ。けど私、もっと広い世界で暮らしたいんです」と言いおった。

「広い世界はな、危険なこともいっぱいだ」

眠っているとばかり思っていた彦兵衛じいさんが、不意にそう言った。

「そんなこと恐れてたら、生涯ここから出られないじゃありませんか。こんな所で一生を終るなんて……、ああ、いや、考えただけでゾッとするわ」

ターコは本当にイヤだといわんばかりに、長く伸ばしていた首を左右に大きく振った。

「そうかのお……、わしの住んどる所はそんなに狭かったかのォ」

彦兵衛じいさんはとぼけた口調で言うと、また首をひっ込めて昼寝の続きに入ったようだ。オレは「何を！　失敬な」と内心ではいきり立ちながら、声には出せなかった。

アッハハハハハ。背後から空気を揺するほどの甲高い笑い声が、オレの耳に突き刺さってきた。オレも彦兵衛じいさんも、とっさに池に飛び込んだ。べつに恐怖を感じたわけではないが、ただ、防衛本能が習性として条件反射したまでのことだ。〈無知〉というものは亀をも大胆にさせるのか、ターコは平気な顔をして微動だにしなかった。

笑い声の主は、去年、東京の女子大を出て地元に帰って来た、美人の上村先生だ。なんだ、だったら飛び込むんじゃなかった、とオレもいささか後悔した。あんないつもと違う音域の声を出されちゃ、いくら性能のいいオレの鼓膜も、ついたぶらかされてしまう。

上村先生は英語を教えていて、田川りえの話だと、夢も英語で見るほどの才女だということだ。春にめでたく婚約が成立し、今年中には結婚式を挙げるらしい。

安心して水から顔を出して見上げると、ターコが勝ち誇ったような目をして、オレたちを見下ろしていた。

オッホッホッホッホ、上村先生はまだ笑いが止まらないらしい。今度は少し抑えたような感じで、
人間はこれを上品な笑い方というのだそうな。

「親ガメ、子ガメ、孫ガメ、三匹揃ってお昼寝なんて、ああ可笑し。生まれて初めて見ましたわ。あなたにも見せてあげたかったたな」

上村先生はターコの上に屈み込み、まるで歌うような調子で独りごとを言った。「あなた」とは、きっと婚約者のことだろう。結婚前の人間の女は、意外に素直で可愛いもんだ。けどよ、親ガメ、子ガメ、孫ガメはないぜ。オレが彦兵衛じいさんの子でないことは確かだし、ターコがオレの娘でないことも明白だ。ま、新任の上村先生はこれまでオレとの付き合いがほとんどなかったから、単純な誤解をしたんだろう。

その彼女は芝生に座って、ターコの甲羅を珍しいものを見る目で見ている。

「それにさ、あの慌てて飛び込んだ二匹の亀の格好ったら。フフフ、可笑しくって。いやはや逃げ足の早いこと、驚いちゃった。亀の世界も大人は相当エゴイストなんだねぇ。子ども置いて逃げる

んだから」

上村先生はオレたちのことを半ば感心したような、けなしたようなことを言った。世間知らずのお嬢さんにそう言われると、オレも、ターコに声もかけずに自分だけ池に飛び込んだことが、多少、後ろめたくはあった。

しかしオレにも（きっと彦兵衛じいさんにも）言い分がある。オレたちの世界は水槽の中ならいざ知らず、野外では甘えは通用しない。呑気に甲羅干ししていても、五感はいつも研ぎすましておかねばならない。外敵は他の動物だけじゃない。人間の中にも紳士や淑女面をして残忍なヤツがいるし、子どもはおしなべて残酷だ。この学校にも〈子どもは天使〉などと言う先生がいるけど、トンデモナイ。特に中一くらいまでの子どもは本当に怖い。女の子だからといって例外ではない。

いつだったか、彦兵衛じいさんは家庭不和で欲求不満に陥っていた子に石を投げられ、大ケガをするところだった。山木先生がたまたま通りかかって助けてくれたからよかったものの、この一見花園のような学校でも、無防備な状態は命取りにつながる。田川りえのように優しい生徒ばかりではないのだ。ターコ自身、ここに来て一ヵ月以上経つんだから、日頃の先輩のアドバイスをよく聞いて、もっと警戒心を持たねばならないのだ。今日黙っていたのは、その訓練だと思ってくれ。

上村先生はそんなオレの胸中も知らず、ターコの甲羅をしきりと撫でている。

「お前、山木先生のクラスにいた亀だね。あの先生、少々オトロさんだけど、お前も逃げ遅れちゃって、そっくりだねえ。うちの甥が亀を欲しがってんのよ。連れて帰ろうかな」

そう言いながら、先生はターコを軽々と持ちあげた。オレは悲鳴をあげそうになった。もう無我夢中で、ターコのいる方角へ泳いで行った。オレの手足と尾はオールとしてフル回転し、水飛沫《みずしぶき》があがった。

その勢いに気圧《けお》されたのかどうかは知らないが、上村先生は「へーえ」と言ったきり黙ってしまい、しばらくオレを見詰め続けていた。岸辺に片足をかけたまま、オレも息を殺して身動ぎもしなかった。

するとなぜだか解らないが、先生は不意に「お戻り」と言ってターコを手放した。オレのすぐ側に、ターコが真っ逆さまに落ちて来た。ボトン、と大きな音がするや否や波が騒ぎ、オレの体がぐらぐら揺れた。ターコも数回浮き沈みして、安定した体勢がとれるまでには時間がかかった。しばらくは彦兵衛じいさんもオレも、ターコも黙ったままだった。

チャイムが鳴った。聞き慣れた音を耳にして、オレはようやくホッとした。平凡な日常を取り戻せたことが無性に嬉しかった。

「さあ、今日最後の授業に行かなくちゃ」

上村先生はそう捨て科白《ぜりふ》を残すと、あたふたと校舎の方へ駆けて行った。上村先生も、ほんとにいい気なもんだぜ。

ターコは、と思って盗み見すると、チラリと目が合ったが、プイと横を向きおった。オレは「こん畜生！」と口の中で言いながら、なお、あいつの行動を盗み見していた。あいつは、何ごともなかったかのようにとり澄ました顔をして、池の真ん中のツツジと芝生の築山の島へと泳いで行った。その後ろ姿を目で追いながら、オレは「チェッ、格好つけて泳ぎやがって」と、思わず口走っていた。

彦兵衛じいさんはと見ると、浅瀬で首だけ水面から突き出し、じっと空を睨んでいるかのようだった。

オレの目はまた無意識のうちにターコの方を窺っている。庭石の手前の、咲き残りの花をつけたツツジの葉陰で、ターコはまるで石になったかのように動かない。あの小生意気なヤツが、甲羅の中に首も足も尾もすっかり仕舞い込んでいるということは、よほど怖かったのだろう。小さな丸石となって微動だもしないターコを見ていると、オレはふっと彼女を抱きしめてやりたい衝動に駆られた。

（二）

先週の土曜日からずっと雨だ。ま、梅雨の時節だから、それは当たり前かもしれない。ただ、お陰で日曜日に予定されていたこの学校の体育祭が一週間延期されることになり、ヤレヤレという気持だ。また日が暮れるまで騒音公害に悩まされねばならないのかと思うと、オレもつい愚痴りたくもなる。

というのは、体育祭のメインイベントである高校生の五色組対抗ダンスの練習が、連日、放課後から日が落ちるまで運動場のあちこちで行われ、それぞれのカセットデッキから流れる音楽が、喧しいことこの上なしだ。今だって爆音に近い音が、オレの鼓膜を痛いほどに叩いている。曲目の選択が生徒の自由に任されているらしく、どの曲も流行の先端をいくパワフルなものばかりなのだ。

しかし、どうして、どいつもこいつもオートバイをブッ飛ばすような騒々しい曲ばかりなんだろうね。オレたちの耳は高性能にできているから、ほんの小さな音にも敏感に反応する。だからあんなバカでかい音を長時間鳴らされると、内耳の神経がどうにかなりそうだ。それに、どうして、こうも似たり寄ったりの曲ばかりなんだろうねえ。

彦兵衛じいさんは、あの音が止むまでは水にもぐっていることが多い。そうすることで音量が半減されるからだ。日頃、口数が少ないじいさんだけに、顔が合うたびに「あの騒音には実際マイルよなあ」と聞かされると、年寄りにはああした音攻めは少々酷なような気もする。オレもどっちかというと、あんな騒音的音楽は好きじゃない。それでもオレは多少新しがり屋のところもあるから、あの時間帯は陸上と水中と半々だ。ターコだけはなぜか音がある方が快調のようで、頭を高々ともちあげ、リズムに乗って遊泳している。どうやら亀の世界でも、若者は騒々しい音が好きらしい。

先生たちにもあの音は至極評判が悪い。池の目と鼻の先が職員室だから、先生たちの会話はいつものようにオレの耳に筒抜けだ。オレは先生たちが、こないだの上村先生のように突拍子もない声を出さない限り、声の質でほぼ全員を言い当てることができる。けど、今はあえて名前は言わないでおこう。なぜならば、北棟にある体育研究室の先生たちがもし聞いたなら、カンカンになって怒る内容なんだ。体育科から直接抗議にでも行かれちゃあ、オレは責任とれないもんな。

「ほんまに二ヵ月近くも喧しいお遊びやられちゃ、かなわんな。運動会ならいざ知らず、体育祭、つまりスポーツのお祭ですよ。そんなもの、学校がやらなきゃイカンのですか」

「そうよね。もっと競技中心にやるべきよ。同じダンスでも技術的に高度なものにチャレンジさせなきゃ、あれじゃあ、ただのお遊びと言われても仕方ないな」

「本来はいいものを与えて咀嚼させる段階なのに、選曲からして生徒に好き勝手に任せてるから、騒音になっちゃうのよ」

「同感。あれじゃ、一体、ディスコとどう違うんだろう。素人考えかも知れんが、ただ自己流に踊ってるだけって感じだな」

「自主性という名の手ぬきのような気もするな。先生は見てるだけ。喋りづめの俺の教科からすれば、羨ましい限りだよ」

「それは教科の違いもあるから仕方ないな。ご覧なさい、うちのクラスの林田があんなに夢中になって踊ってますよ。何はともあれ、生き生きしてるじゃないですか。五月病に罹らずに済んでるのも、案外、ダンスのお陰かも知れませんよ。ま、騒音も一日中じゃないんだから、ガマンしてやりましょうや。それに、教科独自の考えもあるんでしょうから。でも、一度疑問点を質問してみるのもいいですね」

そう言ったのはオレと朋友の山木先生だ。それまで果てることを知らぬように続いていた先生たちのオシャベリが、ピタリと止まった。しばらく沈黙が支配し、異様な空気が流れたような気がする。悪評を吐き出しあっていた先生たちは、山木先生の寛容な言葉にきっとバツの悪さを感じたのだろう。

例年この時期、非公式のこんな会話が繰り返される。オレは何度同じことを聞かされてきたことだろう。これだけ批判めいた繰りごとを言うのなら、どうしてその教科の先生方に疑問点を投げかけてみないのだろうか。これで、自主的な教師集団と言えるのかよ。

オレがここに初めて来たころは、確かに先生が授業としてダンスの指導をしていた。曲は大体セミクラシックだった。まず先生がお手本を示し、生徒がなぞる。動作のおかしい者は先生がいちいち直してやっていた。そんなわけで授業が済むと、先生は本当にくたびれたという感じだった。そのかわりオレの目にも、それはすばらしい集団演技だった。芸術的でさえあった。

ところが、ここ二十年は自主性の尊重ということで、オレの見る限り選曲は無論、振りつけから構成まですべて生徒がやっている。そりゃあ、生徒たちは楽しそうだ。山木先生の言葉を借りれば、教室で冴えない子も、運動場では晴れやかな顔をしているということだ。今ここから見ていても、本当にみんないい顔をしてる。教師を幸福感で包む顔だ。朋友のクラスの札つき娘こと林田伸子《しんこ》など、うまいもんだ。腰の振り方、体のねじり方、リズムに乗って堂に入ったもんだ。こりゃあ年季がかかってますぜ。ダンスではどう見ても、林田伸子がリーダーシップを取っている。

亀の浅知恵だと言われるかもしれないが、考えてみるに、オレはこれが〈公平〉というもんだと思う。一昔前の話だ。五教科では冴えなかったが運動場の花がいた。彼女は国体に出て優勝し、みんなを感動させてくれた。今はどこかの研究所の偉い先生になっているという。山木先生によると、人にはさまざまな能力が与えられていて、その一つがこうして大きく花開くこともあるそうだ。そんなことを聞くと、オレもこの騒々しい音をそう嫌わずに、ガマンしてやろうという気になるんだね。彦兵衛じいさんよ、あと数日間だ。山木先生に免じて、辛抱してやってくれ。

しかし、だ。オレもやっぱり、あんな踊り方でいいんだろうかと、疑問を抱くな。ただ手足を好き勝手に動かしてりゃいいと言うもんでもあるまい。そりゃ、気分の発散はできるだろうよ。でも、それだけじゃあ、クリエイティブなものを感じないね。高い技術と、何を表現したいのか、それがないと、ただの騒動に終ってしまうんじゃないかな。

そんなことを思っていると、交錯する騒音が少しトーンを落とした。池の側で練習していた青組のカセットデッキが止まったのだ。ちょっとだけ休憩に入ったようだ。けれど林田伸子は休みもしないで、ひとり踊り続けている。他人が見ていることなど全く気にならないようで、その点、ターコに似ている。オレは苦笑しながら、ターコの方を見た。まるで自分の池だといわんばかりに、水面をひとり占めして泳いでいる。

それにしても、タバコを吸った、禁止されているディスコに行った、と二度三度〈家庭反省〉をさせられた林田伸子の、あの我を忘れて踊る姿は、オレを感動さえさせる。

「ああ、消耗しちゃった」

そう言いながら田川りえがグループのメンバーと池の畔にやって来て、ベンチにドカッと腰を下ろした。見上げると、額から大粒の汗が噴き出している。それだけじゃあない、シャツがぐっしょり濡れていて、はち切れそうな円錐体の乳房の先に、くっきりと乳首まで浮き出ている。そのシャツの裾をりえは両手でもち上げては、パッパッと風を入れている。そのたびに生暖かい汗の匂いが、オレの鼻先を掠《かす》めていく。残念ながらターコから、こんな匂いは嗅いだことがない。

人間の若い女の汗の匂いって、なかなかいいもんだ。彦兵衛じいさんが気が遠くなるような長い歳月、この女学校の池に住みついてる理由は、ひょっとしたらこのへんにあるのかも知れない。まさか、人間じゃあるまいし、と少女たちの笑いころげる声がしてきそうだが、いや、いや、亀にだって、よい心地を受けとめる感情ってもんがあるんですぞ。みくびっちゃあいけませんよ。

「あら、あそこ、ターコが泳いでる。ちょっと見ない間に大きくなっちゃって」

田川りえは懐かしいと言わんばかりの声をあげ、ターコを指差した。みんなの目が一斉にその方向を見て、口々に言った。

「ほんとーだ。かわゆーい。もう一度教室に連れ戻したいね」

「卒業までのクラスの団結のために、面倒でもまた飼う？　意外に可愛いじゃない。それに、カメちゃん先生、喜ぶわよ」

可愛いというのは、まんざらお世辞でもなさそうだ。けどよ、ならばどうして、たった二ヵ月でターコの飼育に飽きたんだ。捨てた亀に今になって未練を感じても遅いよ。ターコはこの池でさえ、住むに狭しと不平たらたらなんだぜ。それにオレの朋友をカメちゃん先生とは何だ。

「でもさ、禁断の木の実を食べた後じゃ、水槽では可哀想よ」

エッ、田川りえもマセタことを言うじゃないか。オレとターコはまだそこまで行ってませんぜ、と内心で言いながら、オレはターコの方をチラリと見た。ターコはひたすら得意げに、そして優雅に遊泳を楽しんでいた。

「カメならやっぱり、ミドリガメがいいね。あの汚らしいイシガメを見てよ。ターコとは比べものにならんわ」

その視線の方角からすると、どうやらオレのことを言ってるらしい。なにをヌカスか。おのれの姿こそ鏡に映してみよ。甲長十五センチになるには、それなりの歳月ってもんがかかってるんだゾ。おぬしらが生まれる前から、オレはこの池に住んでるんだ。

「でもさ、どっちにしても、水面から頭を突き出してる姿って、グロテスクだわ。ちょっとォ、あっち見て。上には上がいた、苔が生えてそうなカメだわ」

「ほんとーだ。気持ワリーイ」

少女たちにかかっちゃ、彦兵衛じいさんも形は無い。それにしても、これが十八歳の娘っこが言うことかよ。

「ねえ、でも、カメって、結構可愛いわよ。格好は不細工だけど、『浦島太郎』に出てくる亀なんて律儀な恩返しの話もあるじゃないの。私たちからすると、こんな小さな体で何十年も生きるんだから、それだけで感動ものよ」

田川りえ、よくぞ言うてくれた。オレの方こそ感動したゾ。やっぱり、りえは、山木先生をホロリとさせる生徒だけはある。

林田伸子が「ピー、ピピーッ」と金属音の笛を吹いた。田川りえたちもサッとベンチを立ち、元の位置に向かった。一番奥に座っていた田川りえはなぜかちょっと足を止めて振り返り、小声でささやいた。

「ねえ、平吉、今度は雨が降らないように頼んだよ。お願いね」

なぜオレが名指しまでされて頼まれたのか、理由はサッパリ判らない。しかしオレも男だ。指名まで受けるとついその気になって、無い知恵をしぼりぬく。どうすれば雨を防ぐことができるか。

これはターコの心をオレに向けさせるより、ずっと、ずっと難題だ。

「シーンコ、シンコ、シーンコ、シンコ」

もとの位置についた生徒たちが、林田伸子を囃したてている。その声は興奮の渦の中でしだいに大きく、高まっていく。生徒たちの目は一斉に、運動場を横切って駐車場へ向かう辻先生に注がれている。長身の脚にジーンズがよく映って、カッコいい。

辻先生は世界史の先生の産休と育児休業の代理として、ひと月前に就任したばかりの、大学院の博士課程の学生だ。顔も野性味があり、ちょっとした俳優よりはいい男だ、と少女たちの注目を一身に浴びている。週に三日教えに来ているらしく、それらの日は、彼の行く所どこでも興奮した黄色い声があがり、憧れの眼差しがつきまとう。そうした異常な雰囲気は、オレのところにも伝わってくる。林田伸子は彼には習っていないはずだが、シーンコ、シンコと囃したてられて、いま頬を真っ赤に染めている。辻先生はチラリと彼女たちの方を見て手を上げると、そのまま駐車場に行き、オートバイにまたがった。そしてエンジンの弾けるような音を残して、あっという間に消えてしまった。

再びカセットデッキの音楽が鳴った。林田伸子は人が変ったように号令をかけ、体を激しく揺すっている。

それにしても、何日間もあれほど生徒たちが熱心に祈り、テルテル坊主を全教室やチャペルにぶら下げたのに(現在その数はさらに増えている。その健気さにオレは心打たれている)、神様ってお方もずいぶん冷てえじゃねえか。オレ、生徒たちのために文句の一つも言ってやりたいが、声さえただの一度も聞いたこともねえお方だから、こうしてただ空を睨みつけるしか方法がない。神様ってお方よ、お願いだから青空をプレゼントしてやってくれ。あんなに頼まれたんだから、もし雨が降ったら、オレの面目は丸つぶれだ。けどよ、いつだったか礼拝で校長先生が引用した聖書の言葉、ありゃあよかったな。

——天の父は、悪い者の上にも良い者の上にも、太陽をのぼらせ、正しい者にも正しくない者にも、雨を降らして下さる。

このたびのことについて言えば、当たってるな。生徒たちの熱意や誠意は十二分だと思うけど、そんなもの、つまり人事の善悪を超えたところで日は昇り、日は沈み、雨は降るってことなんだ。当たり前と言えば当たり前だが、オレ、この言葉にはウーンと唸ったねえ。こんな時、人間は〈脱帽の境地〉っていうんだそうだが、オレたちには帽子がないから、さしあたって何と言えばいいんだろう。

空にはまだ薄明りが残っているのに、もう一番星が語りかけるような、チラチラする光を送ってくる。この時刻になると、放課後からのあの騒々しさがまるでウソのような静けさだ。さすがにもう、先生や生徒はだれもいない。警備会社から派遣された初老のガードマンが一人、職員室の隣の事務室でテレビを見ながら弁当を食っているだけだ。

薬罐がシューシュー煮えたぎっている。ガードマンのおじさんは毎日こうして湯茶を沸かし、それをポットに移しかえ、長い夜の何回かの見回りのあとに飲むらしい。

このおじさんに限らず、人間はお茶を飲むことが好きなようだ。職員室や事務室、そして校長室から、「お茶にしませんか」「お茶をどうぞ」「お茶を下さい」と、オレは日に何回か聞く。ティータイムと言うそうだが、この時間には笑い声など聞こえてきて、オレもホッとする。なぜかと言うと、先生たちの間では、時々火花が散るほど大声でやりあうことだってあるからだ。それがお茶でなごやかになるんだから、人間は便利なものを考えついたもんだ。

山木先生は生物の専攻のくせに、機械類にはからきし弱い。けど、言葉をよく知っている。時に国語の授業かと錯覚するほど、言葉の説明をしたりする。それでオレも知ったんだが、〈お茶を濁す〉ということがよーく解った。お茶を飲みながら当たらず障らずの話をして、ギスギスした雰囲気を和らげる。あのお茶の回数を考えると、人間の社会は聖域とされる学校のような所だろうがどこだろうが、やっぱりイザコザが多いらしく、お茶を濁して和を保たねばならないようだ。

オレはそれを悪いなんて思わない。ただ、大切なことはお茶でごまかさない、という鉄則を守りさえすれば、ティータイムの文化も結構立派なもんだと思っている。お茶を飲む習慣などオレたちにはないし、実際飲んだこともないから、もし亀の世界にそれがあったら、一体どうだろう。オレとターコはなごやかにお付き合いができるだろうか。

ガードマンのおじさんが喉をゴクンと鳴らしてお茶をすすった。その音からすると、お茶ってものは相当うまいものであるらしい。

裏門の鉄扉がきしむような音をたてて開いた。今時分、一体、だれだろう。あの自転車のペダルの踏み方は、確か、さっきこの前を通って帰って行ったはずの山木先生だ。街灯の薄明かりで照らし出された顔は、紛れもなく山木先生だった。今どき自転車で通う先生なんて、この学校じゃ、この人とあと一人二人だ。オレが来た頃は自家用車で通勤する先生はそれこそ一人二人で、あとはバスや電車、自転車もかなりいた。

ところが今じゃ教職員七十人中、六割強が車族だ。この池の前の広場を見てくれ。以前は芝生やクラスの花壇が広がっていて、オレたちは何の気兼ねもせず、散策の庭と決めこんでいた。しかし現在は四十数台の車が、まるで中古車センターのようにズラッと並んでいる。夜から明け方まではオレたちの天下が戻りはするが、敷きつめられたコンクリート床は、オレたちの足の裏に甚しく不快だ。だから散策というわけにもいかなくなった。

去年だったか山木先生が「おれが車もってないからヒガムわけじゃないけど」と前置きして、言っていた。しがねえ教師稼業では、打出の小槌をもってるか、魔術でも使わなきゃ手に入らないようなスゲエ車が、どうしてここに何台もあるんだ、と。そんな大きい車はオレたちにとっちゃ、迷惑千万なだけだ。遊歩道の既得権がさらに侵されていることを、エライ先生方の割には無自覚なんだから。それだけならまだしも、ハイグレードな車に乗ることで、得意満面になっている先生だっているんだから、いやはや単純、というか、可愛いもんですわ。

オレたち、車にひかれでもしたら目も当てられないので、駐車場の側にはできるだけ行かないようにし、芝生や樹々の生えている残された空間をウロツイテルってわけ。何も考えてないように見えても、これで結構、神経使ってるんですぜ。

ところで最近、山木先生はなぜか忙しそうだ。これまで気軽に見かけた彼の姿は、このところオレの視界になかなか入らなくなったし、以前のように、この池に立ち寄ってくれることも少なくなった。何かあったんだろうかと、ちょうど気になっていたところだ。

その彼がこんな時刻にもかかわらず、わざわざ学校にUターンして来た。門を入ると再びペダルを踏み、植込みの前で降りて、手でハンドルを押しながら歩いてきた。そして自転車をベンチにすがらせると、自分は池の淵にしゃがみこんだ。

「おーい、平吉、いるか」

昼間泳ぎまわっていたターコと彦兵衛じいさんは、小島の築山の陰でもう寝てしまったのか、何の反応もない。オレも少々眠くなりかけてはいたが、朋友にわざわざ名前を呼ばれちゃあ、知らぬふりもできまい。そこでオレは寝床から急いで池に飛び込んで、我が身を顕在化させた。水の音がひとしきり静寂な空気を打ち破った。

「おお、おったか。久しぶりだなあ」

わが朋友も水に手をつけて、オレの存在を認めてくれた。オレは嬉しかった。教職員の数多しといえども、ここまで心が交流できるのは、この人だけだもんな。

「カミさんとちょっと諍《いさか》いをしてな。日頃はまあまあのヤツなんだけど、おれが急に言いだしたからイカンのかなぁ……」

一体、理由は何だよ。オレはもどかしさを感じながら、尾で水をビシャビシャ打った。若い上村先生にまで少々オトロさんだと言われている朋友は、しかしながらオレとの関係では察しがいい。多少のまわりくどさは目をつぶるとして、筋道をたてて胸の内をオレに打ち明けてくれた。

「知ってのように、おれ、満州の開拓団の出身だろ。現地で少年飛行兵として志願して二年後に敗戦になり、人民解放軍に武装解除されて思想教育を受けたんだ。ま、一種の収容所生活さ。だから家族がどうなったかは全く判らなかった。おれはそんな生活をして七年目にようやく祖国の土を踏んだけど、家族は逃避行の際、下の二人、七歳の弟と五歳の妹が死んだそうだ。親父も収容所で死んで、結局、母と二つ歳下の妹、それに二人の弟しか国に帰れんかった」

で、どうしたんだ。そこまでは前にも聴いたぞ。オレは先を言えとばかりに、また尾を左右に振った。あまりに力を入れ過ぎたもんだから、飛沫が自分の頭に散った。

「死んだ弟妹については、生き残った弟妹たちも本当のことは判らないんだ。母は八年前に死んでるし……。それに、あちらでのことは生き地獄だったから思い出したくないと言って、話したがらなかった。だから我が家ではこの問題はタブーとなっていた。ここ数年、中国残留孤児たちが帰って来るたびにおれは、ひょっとして生きてるかも……と思うようになった。密かに厚生省に問い合わせたりもしたが、結局のところ判らずじまいだ」

山木先生はここまで言うと、深い溜め息をついた。オレも思わず深く息を吸い、はき出した。

「でな、おれはこの一年で定年だ。娘は去年嫁に行ったし、息子も来年は単位でも落とさんかぎり大学を卒業だ。就職はそのまま東京でしたいと言ってるし、どうせ当分、あちらから帰っちゃあ来まいよ。するとおれとカミさんだけの生活だ。家の地続きに少々の畑がある。そこに退職金で増築でもして、中国残留孤児を引き受けようかと、ここ数ヵ月間考えぬいてきたんだ。それを今夜思い切ってカミさんに提案したところがよォ……」

溜め息まじりの朋友の言葉は、しだいに速度を落としていく。オレはこの人の悲しみみたいなものが伝わってきて、胸のあたりがキューンとした。

「カミさんはな、あんたの弟や妹ならば仕方ないけど、なんで赤の他人に、しかも経済力を無くした定年後に、そこまでせにゃあいかんのかと食ってかかった。けどよォ……」

山木先生の声はちょっとつまった。けどよォ、どうしたィ。オレはターコ並みに悠々と遊泳しながら、ここまで言ったら全部吐きだせよ、と朋友を励ますために足のオールでわざと水音をたてた。

「おれ、他人事とは思えないんだよね。ひょっとしたら、おれの弟や妹は生きているかも知れないと思ったりして。おれも苦労したけど、残留孤児の苦労を思う時、自分たちだけ温々としてていいのか、と心が痛むんだ」

オレは朋友の一言一言をかみしめながら、感激していた。二十五年前、偶然とはいえ、この人と出会えてよかったと思った。パソコンやワープロなるものは無論、今や民衆の足とさえいわれる自動車の操作もできずに、自転車でテクテク通う男。そして何の役職にもつかず（いや、つけずと言った方が正確かもしれない）、娘や息子の年頃の先生にさえおトロさんとささやかれているこの人が、オレは益々好きになってしまった。

「なあ、平吉、おれが選んだ女だから、カミさんも、そうバカじゃあないよな。時間をかけて話せば、解ってくれようじゃないか。引き受け手がいないために、日本人だと判っても帰国できない孤児がたくさんいるんだぜ。せめて、彼らの身元引き受け人くらいにはなってやらねば、この年まで生きてきた値打ちがないというもんだろ」

そう言い終ると、山木先生はようやく立ちあがり、「じゃあ、な」と言って、また門の方向へ自転車を押して歩いて行った。

見上げると、もう星がいっぱい出ていた。彦兵衛じいさんもターコ嬢も、ウンともスンとも言わない。寝入り端にこんなにも安眠できるとは、山木先生よ、この世もまだまだ捨てたもんじゃあねえってことですぜ。

（三）

また雨が降っている。水陸両方で暮らす爬虫類のオレたちも、こう降りこまれちゃあ少々鬱陶しさを感じる。小雨ならともかく、雨粒が大きくなると甲羅に当たったって反響し、これが意外にうるさいんだ。それに頭や首に当たると、これまた結構、痛いんだね。

だからオレは雨がひどい日は、池の縁に植えられた、くちなしの花の木の下に入り込んで雨宿りする。彦兵衛じいさんは、昔から、その横に植わっている紫陽花の下と決まっている。新亀のターコ嬢は、オレと斜めに向い合った対岸だ。山木先生がとくに丹誠こめて育てた、数本の〈ピース〉という淡いピンクのバラの花が今を盛りと咲いており、この辺りでは一番華やかな雰囲気をもつ一帯だ。けれどこの雨で花びらもチラホラ散り始めた。ターコはその零れ落ちた花びらの上に寝そべって、水面をぐるぐる回っているミズスマシをしきりに見ている。

オレは今、ふり注ぐくちなしの香りを肺の奥まで吸い込んで、雨の鬱陶しさにもかかわらず、とてもハッピーな気分だ。口を利けば小生意気な女も、こうした風景の中で眺めてみれば、そう、何と言おうか、優しさに満ち溢れ、オレの胸を愛しさで一杯にする。

それにしても、ああ、いい香りだ。亀のオレでさえ花に酔ってしまいそうだ。人間が専売特許とする心情、つまり〈詩心〉ってのがオレもちったあ解るような気がする。国語が専攻で詩人気取りの教頭先生が、このオレのつぶやきを聴いたら、きっと小躍りして喜ぶにちがいない。

考えてみるに、この学校は駐車場で校庭が少し狭くなったものの、それでも市から表彰されるほど、四季折々（と言ってもオレたち亀族は晩秋から春先まで冬眠するから、その間のことは人伝だけど）の花が咲き溢れ、まだ環境には恵まれているのかも知れない。

これはひとえに、おトロさんと言われながらも、山木先生が生物教師の専門知識を生かして、園芸部顧問としてきちんと仕事をしてるからだ。出入りの庭師だけでは、とてもここまで美しい環境は守れやしない。この事実をもっと全学的に評価すべきだと、オレは前々から思ってるんだけどね。

しかし本当によく降るぜ。まるで天に巨大なダムがあって、だれかがムシャクシャして一気に水門を開けたとしか思えないような降り方だ。考えてみりゃあ、体育祭の前日と当日、それに山木先生が訪ねてくれた日の前後だけが奇跡的に晴れて、後はイヤ気がさすほど降り続いてる。

けど、体育祭の日が晴れてくれたから、ほんとに助かった。田川りえとその仲間たちがちゃんと御礼を言いにきてくれて、オレの面目もつぶれずにすんだ。だからオレは、その姿形や声をまだ見たことも聴いたこともねぇ神様ってお方に、心から感謝した。

この学校では、毎朝チャペルでお祈りをやってるけど、これまではオレ、正直いってあまり関心なかったな。気が向いた時だけ盗み聴きに行く程度だった。だって、遠いんだよ、チャペルは。いくらオレの耳の性能がいいからって、この池からじゃあ聞こえやしないし、かといって、あそこまで行くには、オレが嫌いな駐車場を横切らなきゃならんのだ。それで、ついつい疎遠になってたってわけさ。

でもオレ、田川りえたちからあんなにステキな笑顔で礼を言われると、それを全部オレの手柄にしちゃあ、ちっといい気になりすぎるんじゃねぇかと気づいた。で、これからは時々チャペルの側まで行って、神様ってお方の言葉が書かれてるという、聖書の話でも聴いてみようかという気になったんだ。


今日も雨だから運動場でクラブ活動をする生徒たちの姿は、一人も見えない。みな体育館に入ってしまい、水浸しの運動場は日頃よりもずっと広く感じられる。耳を澄ますと微かにではあるが、ボールが当たってバウンドする音、生徒たちが床を走ってジャンプする音、気合いのために掛けあう奇声、そして先生たちの怒鳴る声が響いてくる。

こんな日が続くとオレも心なしか寂しい。過ぎ去ってみれば、あの賑やかすぎたダンスの騒音がかえって懐かしいから、不思議だ。

振り向くと彦兵衛じいさんがじっと空を見つめている。うちの美術の先生流に言えば、雨と丸い帽子のような花をつけた紫陽花とその下の亀のじいさんとの取り合わせは、ちょっとした絵になる。花びらや葉っぱに、ひと時たまった水滴が零れ落ちて、彦兵衛じいさんの鼻先を打っている。それでもじいさんは知らん顔だ。やっぱりオレとは違って、彦兵衛じいさんには泰然自若とした風格ってもんがある。こればっかりはオレがどんなに真似をしても、ちょっとやそっとでは演じ切れるもんでないことぐらい、オレもとうに解っちゃあいる。

ところで、このところ、彦兵衛じいさんはなぜか物憂い顔をしている。終日、物思いに沈み込んでいるって感じの日もあるほどだ。今日なんか、ただ分厚い雲がすっぽりと覆っているだけの何の変化もない空なのに、飽きもせず、あんなに見つめ続けることができるなんて、よほどの想像力の持ち主なんだ。でなきゃ、よくよくの想いがあって、教頭先生ではないけれど、空に、来し方行く末の一大叙事詩でも書きつけてるのかも知れない。

六月も余すところ幾日もない。先生たちはいま大忙しだ。《平和への祈りの週間》ってのが、今日で終ろうとしてるからだ。それって何だよ、と思う人もいるだろうな。オレだって初めてその名を聞いた時は、何のことか解らなかったもんな。オレ、この平和学習っての、全国でやってるんだとばかり思い込んでいたんだ。だってこの学校じゃあ、オレが棲みついた頃から毎年やってるんだぜ。やり方は多少違うかもしれないけど、体育祭をどこの学校もやってるように、この平和学習もどこでも行われてるもんだ、とオレは思っていたが、そうではないらしい。

どんなことするのかだって。オレも詳しいプログラムまでは判らないけど、山木先生や田川りえによると、学年ごとにテーマを決めて学習し、さらに全校で講演を聴いたり、映画を見たりするという。それと、実践活動として遠い国の難民や、その人たちの救済に出かける医師団に募金をしたり、地元の老人ホームにボランティアに行ったりもしてる。

どうして老人ホームかって。この街にはオレが生まれる前に、歴史始まって以来の恐ろしい爆弾が落ち、大惨事があったそうだ。オレが想像することができないくらい、大勢の人々が死んだという。いや、人だけじゃあない、生きとし生けるものみんなだそうな。そんな時にも紙一重の偶然で、何十人、何百人の中でただ一人、幸運にも生きのびた者がいたそうだ。しかしそれから四十二年も経てばその人たちも歳をとり、孤老となって、多くが老人ホームに入ってるってわけだ。これは、この街の特別な事情だろうな。

ところで、今日の講演者はだれだと思う？　驚いちゃあイケマセンぞ。おトロさんこと、オレの朋友の山木先生なんだ。講演の前に映画があって、引き続いて山木先生の話があり、校長先生のお祈りで締めくくるらしい。さっきオレ、知ったかぶりな口をたたいたけど、実を言うと、これまでこの平和学習をあまり自覚的に観察したことないんだ。映画や講演が行われる講堂がチャペルの隣だから、さっきも言ったけど、あの嫌な駐車場を横切らなきゃならないんだ。で、同じ理由によって、まあ、サボってたってわけだ。

けど、今日は違いますぜ。オレをここに住むようにしてくれた山木先生の、しかも来年の今頃はもうこの学校にはいないオレの朋友の、言ってみれば最終講演のようなもんだからな。駐車場の危険ぐらい何のそのだ。

オレは彦兵衛じいさんまでは、よう誘わなかった。じいさんの方が山木先生よりもどうやら少々先輩のようだし、それにじいさんの足じゃあ、やっぱり講堂までは遠いと思ったからだ。

しかしターコ嬢には誘いをかけた。彼女がこの池に住むようになった偶然も、やはり山木先生が作ってくれたものだ。助けてくれた浦島太郎にあの亀が報いたように、ターコとて先生に恩義というものがあろうと思った。それに大きい声じゃあ言えないが、共通の話題をもつことによって、オレと彼女の間に滑らかな感情が流れるようになれば、と、下心があったことも否めない。

「どうして私がおじさんの言うことに従わなきゃなりませんの？　イヤですよ。私、他人から押しつけられるのって、大っ嫌い」

おっと待った、おじさんはないぜ。せめて平吉さんとか何とか呼んでくれよ。オレはとっさに胸の内でそう叫んでいた。けども声に出たのは、まるで違うことだった。

「押しつけるつもりはないんだけどね。ただねぇ、君もあの先生にはお世話になったんでしょう。だったら最終講演ぐらい聴いてあげるのが、オレは礼儀だと思うんだけどな」

ターコに面と向かうと、オレはどうしてこう、金縛りにあったように唇が硬直するんだろう。我ながら、みっともない。大の男が、ほんとに情けないぜ、コン畜生！

「ええ、そりゃ、お世話にはなりましたわ。でも、それがどうして、あの人の話を聴かなきゃならないことと、結びつくのかしら？」

そう言いながらターコは、長い首を右に左に傾けた。こりゃあ、もう、オレの手には負えませんぜ。まいった、マイッタ。

「それに、もし他の人が私を飼ってくれていたら、もっと広くて条件がいい所に住めてたかも知れないでしょ。そう考えると、感謝ばかりしてるわけにもいきませんわ。おじさんは、そんなふうに考えたことありません？」

オレはもーッ、頭にきた。何デェ、少しばかり若くて可愛いミドリガメだからって、図に乗るなってんだ。このアホッたれの恩知らずめ。絶対に許してなんかやるもんか。口の中でオレの罵倒はまだまだ続いた。けれどオレは、やっぱりそれらを声に出しては言えなかった。そして、こんなにもターコとの間に距離があることを改めて思い知らされ、なんだか悲しくて、やり場のない気持に落ち込んでしまった。

気分はすっかり滅入っている。朋友の講演が始まるにはまだ間があるようだが、オレはターコと同じ池にいるのが居たたまれなくなって、こうして早目に講堂のそばまでやって来た。ちょうど入口に近いあたりにヒイラギの植え込みがあり、オレはその繁みの下を格好の隠れ家として潜んでいる。それでなくても不格好なオレが、小娘の言葉に傷心を抱いてる姿など絵にもならないどころか、滑稽極まりないことだろう。だからオレは今日ばかりは、どうあっても我が身を他者の目に曝すのは嫌なんだ。

さっきから、生徒たちの無秩序な足音がオレの耳に障る。もうちったぁ女らしく、お上品に歩けないもんかいな。ほれ、ほれ、オレの所までホコリが飛んでくるじゃあないですか。ホコリが目に染みる、ですぞ。

それにしても、まあ、大根足の行列が続くこと。こう大量に見せられちゃあ、色気もクソもあったもんじゃあない。やっぱり稀少価値であってこそ、魅力も倍加するもんだ。その点、ターコなんかはと言いかけて、オレは言葉がつまった。不覚にも胸に熱いものがこみあげてきて、抑えようとすればよけいに、オレの胸をしめつけるのだった。

どれほどの時間が経ったのだろう。とっくに黄昏《たそがれ》も去ってしまった校庭を、中年亀のオレはひとりトボトボと歩いている。その姿は、見る者にいかにも疲れ切ったという印象を与えるだろう。それも色恋沙汰での憔悴ならば、まだ浮き名を流して、その道では喝采をあびることもあろうというのに……。

疲れがどこから来ているのか、オレは自分でも判っている。今日、我が身に受けた衝撃はあまりに深く、大きすぎて、オレはしばらくヒイラギの木の下で身動きもできなかった。そしてまだ、その後遺症から立ち直れずに、こうしてトボトボと歩いている。オレは今夜は彦兵衛じいさんやターコからも離れ、ひとりになってじっくりと考えてみたい。あの映画と山木先生の話を、オレは生涯忘れることはないだろう。

初めは何のことかサッパリ解らなかったというのが、正直な告白だ。無理もない。オレは木陰に隠れて、ただ音を頼りに聴いているだけだから、スクリーンを前にしている生徒たちとはわけが違う。それに耳慣れない言葉が多すぎてずいぶんと戸惑ったが、これまでの不熱心さが悔やまれてならなかった。

それでも二十五年の間には、知らず知らず耳に入り、少しは身についていることもあった。ウロ覚えのことでさえ助けになって、ナレーターの解説が半分ぐらいは呑み込めた。

オレが最も驚き、恐ろしかったのは、コンクリートや鋼鉄のような固い壁をも突きぬける目に見えない光線のようなもの（難しい名前がついていて覚えられなかったので、この言い方で勘弁してくれ）があって、建物などは壊さずに、生きものだけを殺すということだ。オレたちには硬い甲羅があるから、頭や足をひっ込めてさえいれば、そんな光線ぐらいは何ということもないと高をくっていただけに、オレのショックは大きかった。

それと、その光線を防ぐために、地中深く穴（これにも名前があったが覚えられない）を掘って暮らすというのだ。エエッ、何だって！　オレは己の耳を疑った。それじゃ、あんた方もオレたちのように〈冬眠〉するのかよ。オレは思わずそう叫んでいた。オレの頭が悪いからかも知れないが、何で誇り高い人間が亀の真似までしたがるのか、オレは全く理解に苦しんでしまう。

それにしても、どうして人間は殺し合いが好きなんだろうね。彦兵衛じいさんの話では、オレたちが身を引き締めて警戒しなきゃならない相手は、タカのような大型の鳥やヘビなどだという（今、人間の悪いヤツは置いとく）。この辺は市街地だから、そういうものには滅多に出遭わない。それで、オレもターコに偉そうに言っている割には、自分でも警戒心が甘いと思う。しかしオレたちカメ同士の間じゃ、殺し合いなんかしないいんだぜ。これだけは、彦兵衛じいさんご自慢中のご自慢だから、覚えといてくれ。

こんなふうに取りあげていけば、映画のことだけでも一晩中かかりそうだ。

いまオレは、深い衝撃を受けたナレーターの締めくくりの言葉を思い出している。その恐ろしい爆弾を使った戦争が起ると、爆弾でできた雲や塵芥が空を覆って太陽の光と熱を遮り、地球はどこもかしこもマイナス何十度かに冷却するそうだ。〈核の冬〉と言っていたな。地上の植物は枯れ、動物も死に絶えて、〈冬眠〉のように地中の穴で暮らしている者たちも、やがては保管していた食糧を食い潰して死を待つばかりだという。ああ、聞いただけで全身に震えがくる。

神様ってお方よ、もう〈鶴は千年、亀は万年〉なんて大それたことは言わないから、せめてオレ、いや、ターコが天寿を全うする日まで、オレたちをそんな怖い目に遭わさないでくれよ。

少し風が出てきたようだ。昼間は雨こそ降らなかったが、今日もやっぱり梅雨空だ。日中の気温は太陽があるのと無いのとじゃ、月とスッポンほども違う（わが親族よ、悪い例に使って許せ。しかしお前たちの甲羅は角質の鱗板を欠き、柔かい皮膚などで覆われているから、一見しただけでオレたちのような典型的な亀とは違ってる。そこが人間どもにつけ込まれて、慣用句にまで使われたんだろうな）。それで今夜も夏なのに肌寒い。最近とみに動作が鈍くなった彦兵衛じいさんには、もう少し気温が上がらないと体に応えているんじゃなかろうか。こないだの定例大掃除の時、生徒たちが抜いた校庭の草を、山木先生が紫陽花の横に取っておいてくれたはずだ。彦兵衛じいさんよ、その干し草の下で眠ってくれ。ターコよ、お前も風邪をひかないように気をつけろよ。

今日、オレがつくづく思ったことは、この年まで生きてきながら、オレはあまりにも物事を知らなすぎる、表面しか見ていなかった、ということだ。べつに授業料を払ったわけじゃあないが、漏れ聞こえ、盗み聴きして二十五年。オレはどんな亀よりも勉強してきたつもりだった。けど、それがあくまで自惚《うぬぼ》れであったということを、あの映画や山木先生の話は思い知らせてくれた。

山木先生の在職中の後半の歳月は、オレの歳月でもある。言ってみれば、オレは先生の分身のようなもんだ。それなのにオレは今日まで、先生が中国大陸で兵隊として無辜《むこ》の民を傷つけ、殺したなんて全く知らなかった。いや、知ろうともしなかった。

「私は……牛を提供しないと言って反抗する農民を、スパイだと決めつけて、撃ち殺しました……。その傷口から腸がはみ出し、血が噴き出しているその男のそばで、彼の幼い子どもが声もなく、じっと私の顔を見つめていました……。あの時の目を、私は今も忘れることができません」

山木先生が声をつまらせながら絶句したとき、オレは、まさか……、まさか……と呻いたきり、言葉を失った。これまで陰に陽にと可愛がってくれたあの優しい先生が、人を殺しただなんて、オレはやっぱり信じられん。いや、信じたくない。でも先生は言った。

「初めは私も、人を殺傷することは本当に怖かった。でも段々慣れてきて、快感にさえ変っていきました。姿や形は人間でありながら、そんなふうに心は状況しだいで悪魔にもなってしまうのです。これは私が身をもって体験したことで、みなさんにぜひ覚えておいてほしいことです」

悪魔は状況しだいで心の表舞台に躍り出て、大活躍する……。それは人間の心に限って起ることなんだろうか。亀の心は大丈夫だろうか。オレはふっと不安に駆られた。

それにしても長い年月、山木先生がそのことで人知れずどんなに心を痛め、贖罪意識に悩まされ続けてきたか。また、教室の中で生徒たちと一緒に戦争と平和の問題を学習しながら、自分が犯した衝撃の過去を語れずに懊悩し、苦しんでいたか。それなのに分身のオレは知らぬが仏。我ながら亀ってもんは気楽なもんだぜ、とオレは今日ほど我が身のオソマツさを痛感させられたことはない。

講演中、オレは興奮して、ヒイラギの木の繁みに潜んでいることも忘れ、己の視界に入る場内のすべてを目に焼きつけておこうと、長い首を高々とあげた。しかしステージに立つ山木先生の姿は、地面に這いつくばっているオレの位置からは、残念ながらほとんど見ることができなかった。

講堂のなかは人熱《ひといき》れと高湿度と興奮で、オレの目にも、そのむせ返るような暑さは十分にうかがえた。けれど生徒たちはオレが驚くほど真面目に、そして咽び泣きながら聞いていた。おそらくは目に涙を溜め、時として声をつまらせて語る山木先生の話に、きっと生徒たちは己の痛覚が呼びさまされずにはおれなかったのだろう。生徒でさえそうであるのに、呑気に舟を漕いでいる先生もいた。開け放たれたドアから、頭が右へ左へと揺れている上村先生はじめ何人かの先生たちを見ながら、オレは今日ばかりは許せないと思った。

夜も更けてきたようだ。山木先生は今ごろ何をしてるだろうか。日曜日など利用してこつこつと採集したという、この地方の海岸の草花を分類し、整理しているのだろうか。それとも明日の授業用のプリント原稿を、苦学生時代からの染みのにじんだ勉強机の上で書いているのだろうか。いや、いや、朋友にとって極めて重要な課題である中国残留孤児を引き受ける件で、一生懸命カミさんを説得しているのかも知れない。願わくば、そのどちらかであって欲しい。そして、今日語ったことを朋友が決して後悔したり、自己嫌悪などに陥らないように、オレは神様ってお方に何回もお願いした。

（四）

体育祭も《平和への祈りの週間》も終り、一学期も残すところ十日ばかりとなった。今日は期末テストの最終日だ。その最後のテストも済んで、ほとんどの生徒たちは帰って行った。部活の生徒ばかりは疲れを知らぬかのように運動場に広がり、いつもの黄色い声を張りあげて練習に励んでいる。テスト一週間前から消えていたあの声が戻ってくると、オレはホッとする。なによりもあの声にオレは慣れているし、オレがとっくに失った若さを追想する序曲ともなってくれる。それに、恥を恐れずに燃焼しようとする純真さが十分に感じられる。

今日は職員室のちょうど真上の山木先生の教室にも、生徒がいっぱい集まっている。山木先生の説明によると、八月六日に札幌から、同じ系統の女学校の生徒が百五十名、この街に平和学習にやって来るという。今日はそのための案内役と交流会に参加する生徒の、第一回目の準備会がもたれているのだ。

ことの発端は山木先生が去年の秋、教頭先生と一緒に札幌での研究会に参加して、その学校の先生と親しくなり、是非にと頼まれたことにあるのだという。校長先生や教頭先生は「いいことだから協力してあげましょう」とは言うものの、結局、山木先生が一人でてんてこ舞いしなければならぬ羽目となった。それを見兼ねたのかどうかは知らないが、講師の辻先生が手伝いを申し出たらしい。

キュッ、キュッと紙が擦れる音がする。あの調子では、プリントの枚数は七、八枚はあるような気がする。きっと山木先生が四苦八苦しながら作った資料なのだろう。ここしばらく山木先生が忙しそうにしていた理由が、オレは今ようやく飲みこめた。

「初めての試みだから、みんな頑張ろうな。上級生をリーダーに十二のグループを作ってある。いま配った要項の名表の順に、こっちからグループごとに座ってくれ」

山木先生の指示で生徒の移動が始まったらしく、椅子や机がきしむ音がしている。ものの数刻もすると音が止み、山木先生が要項の説明を始めた。

「向うの生徒たちもかなり学習してくるようだから、こっちも相応にやっとかなきゃいかん。あと三回の準備会を予定している」

山木先生の言葉に「エエッ」「今日だけかと思った」など、予定外だと言わんばかりの正直な反応が起って、しばらくざわついていた。けれどそれもまもなく収まり、山木先生の説明が続けられた。突然、山木先生の声の調子が狂った。

「だれだ。ちらちら覗いてないで、ちゃんと入れ。オッ、林田じゃないか」

その声の調子から、あの札つき娘がこんなボランティアにと驚いている様子が窺える。無理もない、オレだってびっくりした。

「飛び入りでもいいんですか？」

林田伸子は尻上がりの、やや挑戦的な言い方をした。

「大歓迎だ。第十グループが一人足りなかったんで、ちょうどいい。そこに入ってくれ」

不良っぽい林田伸子の風評はすでに学校中に伝わっていたが、体育祭のクラス対抗ダンスで大活躍して以来、下級生に信奉者さえ出ているようだった。伸子が入って来ると教室の空気が何となく変ったことは、ここからも感じられた。山木先生の説明が一通り済むと、辻先生に代わった。

「ではナンバー二枚めと三枚めを出して。これで基礎事項を確認しておこう。質問形式にしてあるので、資料を読んで答えを書いてみて下さい」

辻先生の声はよく響くバリトンだ。それに、二十代のいかにも若々しい声だ。オレが聞いていても惚れ惚れする。今日この部屋の集まりがいいのも、朋友の企画がいいだけではなく、きっとこの声のせいだ、とオレは思う。

「辻先生」田川りえが質問をしたようだ。

「この公園が四十二年前、繁華街だったことを証明する写真か何かはありませんか？　それと被爆直後の写真があったら、解りやすいんじゃないでしょうか。碑巡りをする時、それらを示しながら説明すると、説得力があると思います」

「ああ、そうだな。その方が人間が一瞬のうちに殺傷され、家屋も倒壊して焼かれたことが一目瞭然だ。どうしてこの公園が鎮魂の場となり、再び誤ちを犯さないと誓う人類共通の場となったかも、よく解るね。ぼくが関わってる会がパネル写真を持ってるから、それを借りよう。いいですか、山木先生」

「そりゃあ、いい考えだ。頼みますよ」

朋友は辻先生の提案を心から喜んでいるふうだった。

しばらくグループごとの勉強に時間が与えられているらしく、生徒たちの声の断片がオレの耳に細波のように押し寄せてくる。時どき転がるような笑い声が走り、「こら、静かにやれ」と朋友の注意する声が飛ぶ。質問に答えている辻先生のバリトンも響いてくる。その声にオレは聞き惚れている。

「山木先生お電話です」

校内放送が二度繰り返された。朋友が階段を駆け降りて行く足音がする。

「お待たせしました。山木です。ええ、その方はもう二週間ばかり前に終りました。今やってることですか、大したことじゃありませんよ。それに初めての試みですから、取材されるほどのもんじゃありません。エエッ、これからいらっしゃる？　そんな急な……、大袈裟なことは好きじゃありませんね。ずいぶんと強引ですなあ。ま、質問にいらっしゃるというのであれば……」

ジャーナリストはほんとに強引だなあ、と山木先生は口の中でぶつぶつ言いながら、職員室を出て行ったようだった。そして今度はその隣の校長室から朋友の声が聞こえて来た。「どこでどう伝わったのか、テレビ局が取材に来ると言いまして」

「そうですか、いいじゃありませんか。これも平和の輪を広げることに役に立つのだと思えば、快く応じてあげたらどうでしょう」

全校生の前で話し慣れているせいか、校長先生の声は大きく、自信に漲っている。

「そうでしょうか……。あたり前のことをして、テレビや新聞に取りあげられるというのは、どうも……」

「他校がやってないから、報道されると、あるいは参考になって、取り組む学校がでてくるかも知れないでしょ。そりゃあ、聖書には〈右の手がしたことを左の手に知らせるな〉と書いてはありますが、しかし、平和を創るためには輪を広げなきゃ、意味ありませんからな、ハハハハ」

校長室から豪快な笑いが響き渡り、いつものようにオレの鼓膜を揺すった。

「やっぱり、そうですかねぇ……、私はジャーナリストというのはどうも苦手で……。でも、校長先生がそうおっしゃるのでしたら、こうなった経緯や、どんなことをしているのかぐらいは、何とか話してみましょう」

歯切れが悪いぜ、山木先生よ。もっともオレは、あんたのそんなところが好きじゃああるんだけどね。


チャイムの音で目が覚めた。くちなしの繁みの下でオレは山木先生と校長先生の声を聞きながら、眠ったらしい。今日のように気温が上がるとオレたちにはまことに快適だが、水草を食べて腹一杯になると、瞼の方がいうことをきかない。で、残念ながら放送記者とやらがいつ来て、どんな話をしたのか、オレは知らない。

寝ぼけ眼であたりを見まわすと、彦兵衛じいさんがいつものように紫陽花の木の下で昼寝をしている。ターコの姿は見あたらない。ちょっと気にはなるが、小島の裏側ででも寝ているのだろう。

オレは体に乾きを覚えたので池に入った。やっぱり水は心地よい。足を十分伸ばして思いきり水を掻く。スーッと体が前に進む。歩く時よりも何倍も早い。

コツコツとハイヒールの音がする。振り向くと上村先生だ。ハンドバッグを手にしているから、もう帰宅の時間なんだ。彼女はいつものように、裏門のすぐ近くにあるバス停へと歩いて行くのだろう。ちらっと池に目をくれて、「あら、今日はお前だけなの？」と、いかにも優しそうな声をかけた。が、どっこい、その手にうっかり乗りませんぜ。オレは声から身一つでも遠ざかる方向へと急いだ。そしてターコを探した。上村先生の手の届く範囲にターコの姿が見えないので、オレはホッとした。

上村先生は未練がましくもう一度池を見回わし、びっくりしたような声をあげた。

「アレレッ、子ガメがひっくり返ってる。ちょっとォ、そこの親ガメさん、手伝ってやらないの？子どもが苦しんでるというのに、知らん顔で泳いでるわ」

何だって、そんな決めつけ方するんだよ。オレは上村先生の目線を確認すると小島へと急いだ。ターコの奴、ツツジの横の石のそばで腹を天に向けて足をバタバタさせている。なんだァ、命に別状ないと判ると、オレも少々意地悪な気持になった。よくあることだ、放っとけ、放っとけ、と胸の内で何者かがしきりにささやく。オレはその声に従おうとしながら、やはりできない。ターコの甲羅の下にオレの頭を突っ込み、ぐいと力を入れて持ちあげた。すると魔法が解けるように、ターコの体がくるっとひっくり返った。

上村先生は安心したのかハイヒールの音をコツコツと響かせ、小走りに去って行った。オレは、亀だって知らん顔はしませんぜ、とつぶやきながらその後ろ姿を見送った。そして徐《おもむろ》にターコの方に向き直した。

「びっくりしたでしょ。ああいう時はちょっと声をあげてくれたら、すぐ助っ人に行くからね。遠慮しないで、いいんだよ」

「別に遠慮なんかしてませんわ。おじさんがイザという時のこと考えろっていつも言ってたでしょ。だから私、ああいうことも訓練してましたの。なのに、おじさんが早々と手を貸すから、練習にならないわ」

ターコは不満げに言った。ウソをつけ、だったら上村先生があんな言い方するもんか。オレの目にも相当苦しそうに映ってたぞ、オレは内心で舌打ちしていた。それなのに、「じゃあ、悪かったね」と、オレはまたしても胸の内とまるで反対のことを言っていた。「ええ。でも、まあ、おじさんも悪気があってしたわけではないんでしょうから」

冗談じゃねえぜ、悪気があってたまるかってんだ。こいつと口を利けば、どうしてこう頭にくることばかりなんだろう。この生意気な小娘を一喝すれば、オレの気持もスカッと晴れるに違いない。けどよォ、なぜかそれができないんだよね。惚れた者の弱み、と思わず口から出た言葉に、オレ自身、エッと聞き返していた。惚れた者の弱み……、そうか、年甲斐もなく、オレはあいつに惚れてしまったのか。そう口ごもりながら、オレの胸には熱く、けれど哀しいものが一杯に満ちていた。

夏休みに入ったというのにクラブ活動は無論のこと、補習だとか面接だとかが七月末まであるらしく、人の出入りが結構目につく。山木先生も月末の四日間、午前中は生物の補習がある。午後は教材づくりと親子面接で忙しそうだ。高三の担任ともなれば面接にかなり時間がかかるらしく、朋友は連日すっかり日が落ちてから帰宅している。昨日なんか、ドカッとベンチに腰を下ろして「平吉、疲れたぜー」というと、まるで放心したように黙っていた。

するとどうしたわけか、彦兵衛じいさんが紫陽花の繁みからひょこひょこ出て来て、水にザブンと飛び込んだ。それで、オレの体は波乗りしているように揺れた。ターコまで真似をしてか、泳ぎ始めた。

「おや、お揃いかい。しかし、彦兵衛じいさんよ、お前、よくぞ何十年も生き抜いてきたなあ。カミさんも子どももいないのに、そうやって孤独に耐えてよォ。お前、人間の歳で言やあ、百歳以上なんだろ、脱帽だねェ」

山木先生はフーッと溜め息をついた。彦兵衛じいさんは知らん顔をして、対岸へ向けてグイグイ進んでいく。水音をひとつもたてずに泳ぐところが、じいさんの忍者遊泳たる所以《ゆえん》だ。オレはじいさんほどではないが、ようやくこの歳で水音をたてずに泳げるようになった。これができるかできないかで、微生物の採れ方が違う。つまり、動物性蛋白質にありつけるかどうかが決まってくる。その日の食べ物は自力獲得する、これがオレたちの鉄則だ。だから呑気そうに見えても、亀の世界もラクじゃあないんだ。

「ま、就職する子がごく少数だから、その世話がないだけラクをさしてもらっとるのよ。どの道、汗水たらさにゃ、生きて行けんようになっとるゆうことよ」

そう言いながら山木先生はまた溜め息をついた。オレはしっかりせい、と言うつもりで、わざと水を蹴りあげた。

七月もいよいよ終りという日、オレの見慣れた校庭にはっきりと変化が起った。この前オレが隠れていた、講堂の入口近くのヒイラギの向うに杭が打たれ、縄が張られたのだ。それだけならオレもそう驚かないが、見知らぬ男たちが校長先生や教頭先生と突っ立ったまま設計図らしいものを見て、あれこれ指で地面をさしていた。こりゃあ、ただならないぞと感じて、早速、オレは嫌いな駐車場を横切ってヒイラギの下に潜んだ。

「この前も申しましたように、百周年の記念事業ですから、噴水のあるローマ風の池にしたいんです。キリスト教を迫害したのも、受け容れたのも、そして世界宗教にしたのもローマですからね。噴水は尽きることのない神の愛と知恵と御言葉、そして復活を象徴してます。だから、何よりも気品を感じさせるような仕上げをお願いしますよ」

校長先生はオレの理解の範囲を超えた、難しそうなことを言った。

「うちはそうした古代建築風の分野では業界でも最先端をいってますので、まかしといて下さい」

建築の責任者らしい男は、唇に微笑さえ浮べて、自信たっぷりな言い方をした。ローマ風がどんなものか、オレは知らない。けど、もう一つ池ができるということに、オレは嬉しいというよりも、戸惑いと不安を覚えた。ターコはオレたちを嫌って、そっちの池に移ると言いはしないだろうか。

「それとですね、あの日、犠牲となった三百五十人の慰霊碑がずいぶん古くなりました。何せ被爆三年目の建立ですから。ま、あれはあれで歴史の証人として置いといて、この際ここに新しいモニュメントを造ることが決まりました。ですから、それとの調和も図って下さい」

校長先生はそう言って、右手で池の予定地のすぐ隣を指した。それまで黙って頷いていた教頭先生が、初めて口を開いた。

「水、水、と言いながら死んでいった生徒たちや、教職員の無念さを思うと……、この愛の泉の水で癒やしてやりたいのです」

水という言葉のあとちょっと詰まったりして、教頭先生は涙ぐんでいるのだろうか。いつもは詩人気取りでキザな奴だと思っていたが、なかなかいいところあるぜ、とオレは教頭先生を見直した。

八月になると、さすがに部活動も限られたクラブだけとなり、人の出入りもまばらとなった。その点では落ち着いてきたと言うべきだろうが、池の工事が始まり、ブルドーザーが作動する音が何とも喧しい。

彦兵衛じいさんはまた水にもぐることが多くなった。ターコはモダンな池ができると聞いて、案の定、このところの騒音にもかかわらず、機嫌がいい。

百周年の式典は十月十日だけど、池とモニュメントの工事は、九月の授業が始まる前に八割方仕上げるらしい。意味のある工事の騒音だからガマンせよ、とオレは己に言い聞かすのだが、夏休み中この耳をつん裂く音とつき合わなきゃならないかと思うと、いささかオレもうんざりする。この時ばかりは亀族の性能のいい耳が恨めしくなる。

しかし今日は、朝から例の札幌の女学校を案内する最終準備会が山木先生の教室で行われているせいか、工事は多少音を控えているような感じだ。

講師の辻先生は、今日はポロシャツに半ズボン、そしてハイソックスだ。生徒たちは彼の半ズボン姿に驚いた様子で、しばらくは教室の中が興奮の渦で波立っていた。どの準備会もボランティアで手伝う辻先生は、ますます、人気上昇中らしい。まさか、そのためではなかろうが、それにしても小娘たちによくつき合ってやってるぜ、とオレは舌を巻いて感心している。

今日は四回目の準備会とあって、上級生と下級生のチームプレーも結構うまくいっているらしい。オレの知らない声が前に出ては、それぞれの慰霊碑について詳しい説明をしている。オレはまだその平和公園に行ったことがないからサッパリ解らないが、しかし漏れ聞いた説明の碑だけでも二十近くはある。この街にもまだまだオレの知らない場所があるんだなと、オレは認識を改めた。ターコではないけれど、オレも彦兵衛じいさんも狭い世界に甘んじていて、広い世界を知ろうとしない〈井の中の蛙〉なのかも知れない。

八月六日の当日は公園の碑を巡って学校に戻り、四つの教室に分かれて交流会をもつという。上級生が司会をするので、田川りえも、林田伸子も、山木先生から司会の術を学んでいる。司会下手の朋友から習うんだから、オレは大丈夫かいなと冷や冷やしている。

正午すぎにはリハーサルも済んで、生徒たちはそれぞれに帰って行った。

「先生が手伝って下さったので、大助かりですよ。せめて昼飯ぐらいおごらして下さい」

階段を下りながら山木先生が言った。

「ありがとうございます。でも、三時からゼミナール仲間で勉強会があるんです。で、これからその準備不足をちょっと補ってから行きたいので、今日は失礼します」

「そりゃあ、ほんとに残念ですなあ。しかしお休み中でも学問の道は厳しいんですね」

「ま、好きでやってることですから」

その屈託のない言い方が、オレはいいと思った。朋友は辻先生に振られて、一人で食堂の方角へと歩いて行った。辻先生は駐車場へと急ぎ足だ。と、どこから出て来たのか、林田伸子が辻先生の後を影のように追った。先生がオートバイにまたがる瞬間に合わせたかのように、声をかけた。

「先生、これ、私が作ったクッキー。この次はもっと上手に作ります」

そう言って綺麗な包みを辻先生に手渡すと、伸子はまるで逃げるかのように校舎の方に引き返して行った。オレはほんの一瞬の出来事を不思議な気持で眺めていた。

（五）

オレたち亀にとっちゃ、晩秋から春先にかけて冬眠するぐらいだから、暖かい方がそりゃあ過ごし易い。とは言うものの、朝からこう照りつけられちゃあ、オレも水の中に浸かりっきりだ。山木先生が教えてくれたんだけど、オレたちの適温は二十二、三度から二十七、八度だということだ。きっと今朝は、とうに三十度を超しているのだろう。池の水が噴水で循環してるからいいようなものの、そうでなかったらオレたちは熱湯で茹でられるところだ。

早朝から奇声を張りあげて練習に励んでいた運動部の生徒たちが、一斉に動きを停止した。みんなその場に突っ立ったまま、黙禱している。自動車も電車も止まり、街はあたかも音を失ったかのようだ。一年でただこの日だけ、八時十五分になると必ずやってくる静寂のひと時。この不思議な静けさを、オレはもう何度経験したことだろう。

彦兵衛じいさんは、この日は決まって行方知れずとなる。オレが目が覚めた時には、じいさんの姿はどこにも見あたらず、日が暮れてふと気づいたら帰って来ているという具合だ。初めのうち、オレの好奇心は甲羅を突き破りそうなほど膨らんで、どこへ行ったのかと尋ねたことがあった。彦兵衛じいさんはそれまで見せたこともないような不機嫌な顔をした。そして――わしとて、誰にも言いたくないこともある――と言ったきり、圧し黙ったままだった。以来、オレは聞いてはならぬことだと自分に言いきかせて、幾度か唇まで出かかった言葉をぐっと押し込んでいる。

今朝もまた、彦兵衛じいさんの姿はどこにも見えない。ターコはミズスマシやアメンボを追っかけているが、もう少しというところで捕り逃がしている。生け捕りするにはまだまだ技術が足りない。逃げられては、フーッと溜め息をついている。オレは見て見ぬふりをしながら、手助けしたい気持を抑えるのに苦労している。山木先生がこないだの親子面接で、ある親をわざわざ残して「一見冷たそうに見えても、愛すればこそ親は手を貸さない、じっと見守らなきゃならんこともあるのです」と強調した言葉を思い出したからだ。

市車のレールがきしみ、車のアクセルが踏み込まれたことを示す音が鳴り渡った。こうして静寂のひと時は破られ、街はまた、いつもと変らぬ雑踏を取り戻した。

生徒たちがやたらと張りあげているように聞こえる奇声も、耳を澄ますと「それっ」「ファイト」「ダッシュ」「エイッ」とそれぞれ違う。とくに剣道部の部屋からは、竹刀《しない》が打ち合わされる音と同時に「アエッ、アエッ」と、ひしゃげたような何とも言いようのない声が聞こえる。この声だけはオレもあまり好きではない。けれど、剣道部では必ず出さねばならぬ声らしい。

教頭先生は授業中、時に変な声をあげる生徒がいると「動物的な声を出すなよ」と言うのが口癖だけれど、紛れもなく少女たちの口から発すべくして発せられているこれら歓喜とも悲鳴ともつかぬ奇声を聞くたびに、オレは〈動物的〉という意味がいよいよ解らなくなる。オレにとっては青春へのノスタルジーを蘇らせてくれる声でもあるのだ。

この池からほんの少し離れた銀木犀《ぎんもくせい》のすぐ横に、山木先生の背丈の半分ほどの石碑がある。表面が雨風に打たれてザラザラしたような感じになり、見た目に古めかしい印象を与える。四十二年前の八月六日に亡くなった生徒や教職員を追悼する慰霊碑だということで、オレがここに来た時には勿論、すでにこうして建っていた。

春になると碑のまわりには、山木先生が植えたバラやひなげしが咲き乱れる。その咲き始めのころ、オレたちの冬眠が終る。五ヵ月ぶりにオレが地中から顔を出して最初に目にするのは、今日のような空と芳しいバラと可憐なひなげしの花だ。微かに鼻先をかすめるバラの甘い香りに、オレはまるで出迎えを受けた賓客のように歓びで満たされ、誇らしい気分に浸る。そして真夏の今は、夾竹桃の花がこぼれ落ちそうに咲いている。

さっきから黒い服を着た人々が、あの碑のまわりに集まり始めた。校長先生や教頭先生、山木先生の顔も見えるが、何といっても学外の人が多い。それも年寄りが目につく。無理もない、四十二年前のこの学校の生徒たちの父母だということだ。それらの人々を田川りえたちボランティアの生徒が、急ごしらえのテント席に案内している。有志の中・高生がたくさん来ている。

チャイムが鳴った。それに続いて放送が流れた。——すでにお知らせがあったように、本日は十時から慰霊式典がありますので、クラブ活動はただいまをもってすべて終了して下さい——。

同じことがもう一度繰り返された。それを合図に生徒たちの掛け声はピタリと止んだ。見上げると、講堂の外壁の大時計が十時前を示していた。

カリヨンが讃美歌を奏でている。金属性のモダンな音だ。この音を合図に、この学校独自の慰霊式が始まった。カリヨンが鳴り止むと、運び出されたアップライトのピアノが鳴り響き、讃美歌が歌われた。そして聖書が朗読された。読んでいるのは社会科の伊羽先生だ。オレは一瞬エッと思った。頭にパーマをかけていることは別としても、オレはこの中年教師をあまり好きではない。彼は同僚にも生徒にも口うるさいことはほとんど言わない。そして一見、大変寛容だ。その点では朋友の山木先生に似てる。けど、ゼーンゼン違う。彼は山木先生のように時間をかけ、手を尽くして他者と関わろうとしない。だれかの世話をすることや、面倒なことがとにかく嫌いらしい。また会議が長引いたり自分の意見が負けそうになると、荒々しい言葉遣いで相手を威圧し、まして批判されたりすると感情が昂じるのか声が大きくなる。オレは何度かその蛮声にびっくりさせられたものだ。

要するにいろんな先生方が言うところを総合すると、〈無くてならぬものは多くない。いや、一つだけだ〉という聖書の言葉を生活信条とし、自分にとって大切でないものはたとえ人情がないと思われようが、バッサリと切り捨てるらしい。けれども彼は、熱心な信仰者なのだ。

もうだいぶ前になるが、彼が全校生に「他者を愛そう、痛みを分かちあおう、平和を創りだそう」と熱を帯びて話しているのが聞こえてきて、オレは心から感動したことがある。彼の話し方は確かに力強く、カリスマ的で、なぜか人を魅きつけ、酔わせるものがある。けど、二十年以上も彼を見てきて、オレの感動はすっかり冷え切ってしまった。自分のところにきた仕事なのに、すぐだれかに押しつける。お人好しの山木先生など、いつも押しつけられっ放しらしい。生徒が相談に行っても、高校生だから自分で考えなさいとあたかも自主性を尊重するようなことを言って、自分は勤務終了のチャイムが鳴るや否や、一目散に帰宅する。趣味の彫金に凝っていて、このところ賞などもいくつか獲得し、商品としてもかなり売れているようだ。定年後は彫金で食っていくということで、文化センターの講師になろうとして、あれこれ運動しているらしい。とにかく帰宅時間は学校中でだれよりも早い。毎日この池の前を通って帰るから、これだけはオレも断言できる。

ある時、朋友が一度だけ、愚痴めいたことを言うのを聞いたことがある。

「なあ、平吉、俺も伊羽さんみたいに、自分本位に生きてみたいよ。あの人はどんなことをしようと、神様がついてるからな。懺悔しさえすれば罪はすべて許される。俺なんか信仰がないのに、聖書の言葉だけはちょくちょく思い浮かんでサ。お陰でそう悪いこともできんし、不親切をしてさえ、何か後ろめたさがつきまとうぜ。あんなもの知らん方が、もっと気楽に生きれたかもしれんなあ」

伊羽先生は人前では熱をこめて愛を説くけれど、オレの目には身勝手としか映らない。オレが浅知恵だからそんな捉え方しかできないのかもしれないが、その口から出る祈りの言葉はあまりに流暢すぎ、かえって彼の日常生活との落差を際立たせてしまうのだ。彼は自分の言葉と声に酔い痴れるナルシストではないか。こんなふうに思うのはオレの偏見だろうか。それにしても、この大事な日にチャプレンの山田先生は、一体どうしたのだろう。自己顕示型の彼が晴れの舞台を放棄するはずはないから、どこぞに出張でもしているのかもしれない。

伊羽先生の澄んだ、人を酔わせるような声が、マイクを通して響き渡っている。

……彼はもろもろの国のあいだに裁きを行い、多くの民のために仲裁に立たれる。こうして彼らはその剣を打ちかえて鋤《すき》とし、その槍を打ちかえて鎌とし、国は国にむかって剣をあげず、彼らはもはや戦いのことを学ばない。

読んでいるのは旧約のイザヤ書ということだが、オレはこの箇所をもう何度聞いたことだろう。講堂が遠いことを理由に礼拝をよくサボり、加えて頭の悪いオレが、ほとんど諳じたくらいだから、忘れるほどの回数だ。

ひきつづき伊羽先生によって祈りが捧げられた。「主なる神様」とこの人が祈り始めると、オレはムカついてきて水底へもぐった。心を広くもてと内心の声が言う端から、そんなお祈りはもうタクサンだ、と生身のオレが拒否するのだ。オレは水底の石と石の狭い隙間に入って、さらに前足で耳を塞いだ。マイクの声が、遠くで微かに唸る風のざわめきに似た音に変ったので、オレはようやく塞いでいた前足を戻した。

ふと気づくと、目前の石にこびりついている苔の中に動くものがいる。オレの食い意地が急に突きあげてきて、それら微生物を腹が張って動きにくくなるまで食いまくった。

水中から顔を出すと、くらっとするほど眩しい。ずいぶん長いこと水底にいたもんだ。また讃美歌が歌われて、式典も終りに近づいているようだった。

オレは池からあがって、くちなしの木の下の、いつものオレの場所まで密かに歩いて行き、慰霊碑のまわりにいる人々を見上げた。オレたち地面を這っている生きものにとって、至近距離で人を見上げるのは実に難しい。石の陰や叢に潜みながらもイザという時を考えて、逃げ易い方角を向き、脚やスカートや腕や肩に遮られて見えにくい顔を、なおも見上げなければならないからだ。

どうやら若い先生は、あまり出席していないようだ。けど、オレの予想を裏切って、上村先生がいる。それに講師の辻先生、あとは部活動に出ていた数人の先生だけだ。

確かに若い先生は去年よりも減っている。オレがここに住みついて初めのうちは、ほとんど全員の先生が出席していたように思うが、最近は海外旅行やその他、個人的な種々の理由で、年々、先生たちの出席が少なくなっている。どんな時も出席しているのは、朋友の山木先生ぐらいのもんだ。

「十月の百周年には新しい慰霊碑ができます。その時には恐縮ですがもう一度ご足労ください」

校長先生がそう言って締めくくり、式典はすべて終った。早々に立ち去る者もいたが、老人たちの多くは設営された別のテントに移り、ボランティアの生徒たちが運ぶお茶とお菓子を口にしていた。甲斐甲斐しく働いている林田伸子をみつけた時、オレは何度も目をしばたたいた。

昔の先生も来ているのか、老いた親たちと懐かしそうに話している。何枚か娘の写真を持ってきたらしい高齢の父親が、時々ハンカチで目頭を覆っている。

年に一度だけ集まる人々の顔ぶれも、二十年以上も見続けていると、その幾人かは自然に覚えてしまうものらしい。そして一年ぶりだからこそ、ひとりひとりの変化がよけい目につく。慰霊碑のそばを離れ難いのか、うつむいてじっと手を合わせている老女は、オレが気にかかっていたおばあさんの一人だ。顔の皺がいっそう増えた感じだし、去年はまだ残っていた黒い髪も、透き通るような白さに変ってしまった。その上、腰はくの字に曲って、歩くことさえままならぬ様子だ。林田伸子が杖になってやらなければ、足元も危うい。はたして彼女は来年の慰霊式には来れるだろうか。

黒い服、曲った腰、日に照ってキラキラ光る白髪、いっそう小さくなった体軀。オレはふっと彦兵衛じいさんのことを思った。じいさんは今日という日を、一体、どこで何をして過ごしているのだろうか。

さっきからオレの胸の内で、別な気がかりが行きつ戻りつしている。去年まで欠かすことなく参列していた二人の老女が、とうとう来なかったことだ。こうして毎年、見覚えた顔が一つ減り、二つ減りしていく。そして決して再び戻っては来ない……。

山木先生と辻先生に引率されて、昼から平和公園の碑巡りに出かけた田川りえたちボランティアの一団が、太陽が少し西に傾いたころ、札幌の女学生たちを伴なって学校に戻って来た。林田伸子がハンドマイクで「トイレはこちらです」と案内している。

この日はテレビ局が密着取材することになり、報道陣が十名近く行動を共にしていた。夜七時の全国版ニュースとしても流され、また二日後に五十分の特別番組としても公開されるので、意外に大がかりの取材になったようだ。オレは講堂と校舎をつなぐ回廊の縁に植えられたマメツゲの根元に潜んで、一部始終を見ている。ターコ嬢と出会って以来、この〈潜む〉という言葉に、オレはある屈辱感を覚えはする。そりゃあオレだって、朋友の山木先生になら恐れることなくわが身を晒せるが、他の者にはそうはいかない。自由だ、自立だ、といって無防備であることが、オレたち亀族にとって自殺行為だということぐらい、そろそろターコにだって判ってもよかろうじゃないか。潜むしかないわが身の不自由さをかこつなかれ、だ。

そんなことに気をとられて地面ばかり見ていると、上空で大きな爆音がした。見上げると、飛行機が白い雲を引いて海の方角に飛んでいた。山木先生の話だと、札幌の生徒たちもあんな飛行機で来たらしい。彦兵衛じいさんは、知恵ある人間のことだから四、五百人を乗せて空を飛ぶぐらい朝飯前だというが、オレにはどう考えても理解を超えた不思議なことだ。一度乗ってみたいものだが、朋友さえまだだということだから、これは諦めるしかないだろう。それにしても、すごい速さだ。あっという間に入道雲の中に消えた。拡散し始めた白い筋だけ残して。

トイレなどに行っていた連中が集合場所の講堂へと急いでいる。札幌組は私服を着ているせいか、校庭にはにわかに花が咲いたような明るい雰囲気が漂っている。言いそびれたが、オレたち亀族は視力も発達しており、色だって識別できるんだぜ。若い娘たちが色とりどりの服を着ているのを見ることが、こんなにも楽しいものだったとは、オレはつゆ知らなかった。ただ、いつもは地味な制服姿ばかり見ているせいか、ちと眩しくはあるけど。オレが目をしばたたかせている間に、若い花々は吸い込まれるように講堂のなかに消えて行った。交流会に先だって講堂で儀式がもたれるのだそうな。

パイプオルガンの音と讃美歌の合唱が、オレの耳にも微かに聞こえる。校長先生が歓迎の言葉を述べ、朝と同じ聖書の箇所を読み、八月六日の意味などを語っている。

礼拝は意外に早く終り、花々は回廊を通って校舎の方に移動した。山木先生、辻先生、校長先生、それに札幌の先生方やテレビ取材班も後に続いた。二階の四つの教室を使って意見発表の交流会がもたれるという。オレも校舎に近いマメツゲの方に移った。

チャイムによって会は始められた。少女たちの声は概して甲高く、あの教室からもこの教室からも活発な意見が出て、性能のいいオレの耳もいささかどれを聞いていいやら判断しかねるほどだ。運のいいことにすぐそばの教室は、田川りえが司会をしていた。札幌組が口火を切ったようだ。

「私、実は少々ガッカリしています。街を歩いている人々に、ケロイドの人なんていないし、ファッションだって同じだし、一体、札幌とどこが違うのだろう、という思いがつきまといました」

「それはあなたが原爆を知らないからです。私の祖母は三十歳で被爆し、その時幼い父も一緒に被爆しました。祖母は十年前まではまあまあ健康でしたが、ここ十年は本当に原爆症に苦しみ、病院に通いづめでした……。そして去年の暮に肺ガンで亡くなりました。私は被爆二世として、原爆は絶対に許せないし、現在のこの街の表面だけ見て、軽々しく言ってほしくないのです……」

ところどころ涙で詰まる彼女の言葉のあとは、沈黙が教室を支配したようだ。オレは彼女がだれだか名前を知らないけど、そんな生徒がいたのか、と、ただ驚いていた。

「住んでいる場所によって意見や感じ方が違うのは、ある程度やむをえないと思います。でも、だからこそ今日の交流会は、意味をもっているのだろうと思います。お互いに耳に痛い言葉があると思いますが、そこでただ感情的に対立するのでなく、しばらく正直な意見を出しあってください」

田川りえ、なかなか司会がうまいぞ。ハラハラして聞いていたオレはホッとして、伸ばしきっていた首をやっと元に戻した。

「実は、私もさっきの人の意見と似たような感じを抱きました。こんな感じ方は、広島の人からみれば腹立たしい限りだと思います。でも私たちが原爆の悲惨さを学んで来れば来るほど、その悲惨さが頭にこびりついてしまい、高層ビルが立ち並ぶ現実のこの街との落差が大き過ぎて、一種の失望感を受けてしまったのも、正直な感想なのです」

「ちょっと待ってください。ケロイドの人が歩いていたり、瓦礫の山がないと、札幌の人は原爆を考えられないのですか？　それはおかしいと思います。その考えは他人の不幸を確認して、わが身の幸せに安堵するのと同じだと思います」

教室の中が騒然とした。どの子が言ったのだろう。なかなかしっかりしているので、オレはすっかり感心していた。するとハイッと言って、だれかが立つ音が聞こえた。

「札幌のキムです。広島の方を含めて、日本人の皆さんに意見を述べていいでしょうか」

司会者の田川りえが「どうぞ」と応えた。

「私の祖父は朝鮮から無理矢理に連れて来られて、北海道でダムの建設をさせられたそうです。危険な仕事、外から鍵をかけられるような宿舎、低賃金、何かの拍子にすぐ暴力を振るう日本人の現場監督、どこからどこまで人権無視の奴隷状態の毎日だったそうです。殺された仲間もたくさんいたと言います」

　そこまで言うと彼女は抑え切れなくなったのか、鼻水をすすりあげた。教室は急に静かになり、オレまで息苦しくなったほどだ。

「もし原爆が落とされなかったら、つまり日本が後何ヵ月、いえ後十日でも戦争を続けていたら、反抗的だった私の祖父はきっと殺されていたでしょう。だとすると祖父はそのころ独身だったので、この私も今日、存在し得なかったのです。そう思うとゾッとします。これはほんの一例でしょうが、朝鮮、中国、東南アジアの人々は極端な言い方をすれば原爆によって侵略から解放されたのです」

「でも、原爆は……、核兵器は……」

　田川りえが詰まりながら言いかけると、キムという生徒は「もう少し言わせてもらっていいでしょうか」と断って続けた。

「みなさんは何てひどいことを言う、と思われるでしょう。でも、これもまた事実なのです。朝鮮を植民地にし、中国に侵略戦争を挑み、パールハーバーに奇襲攻撃をかけ、東南アジアに軍を進めたのは、まぎれもなくあなたたちの国、日本でした。その結果、現地でどんな野蛮な行為がなされたのか、みなさんは本気で考えて下さったことがあるでしょうか。教科書問題、そして閣僚の侵略を肯定する発言が跡を絶たない現実を、侵略された側は腹立たしく、情けなく思っているのです。この国は口先だけの反省しかしない。西ドイツは大統領の責任において、きちんと謝罪し、反省しています。狂信的だった日本がもし敗北していなかったら、アジアの大部分の人々は奴隷にされていたのです。原爆はそうしたアジアの民衆を救ったとも言えるのです」

「それは……」と言って、田川りえが絶句した。静まり返っていた教室に、嘆息に似た微かな空気の動きを感じて、オレは居たたまれない気持になった。

「私たちは不十分ながら、加害の歴史も学びました。私たちは……」

そこまで言って田川りえはワッと泣き伏してしまった。オレは声にならない声を発して、ただオロオロするばかりの自分を、今日ほど情けないと思ったことはなかった。その時、朋友が口を開いたのだ。

「ぼくはキムさんに返す言葉がありません。国策とはいえ、ぼくも中国大陸に出征した若い兵士の一人だからです。指摘された通り、国がきちんと謝罪しているとは言えません。ぼく個人としてはアジアの人々にお詫びのしようもない、申し訳ない気持で一杯です」

終りの言葉は震えていた。きっと朋友は泣いていたのだろう。しばらく沈黙が支配し、またたれかが立ちあがった。

「さっきから、いつ言おうか、いつ言おうかと迷っていました。私は現在母の姓、田中を名乗っていますが、キムさんと立場を同じくする者です」

その時、口々に「エーッ」という驚きの声が洩れ聞こえた。オレもそんなこと全く知らなかったので、びっくりしてしまった。彼女は「驚かすつもりはなかったのですが、ごめんなさい」と余裕を示しながら、続けた。

「私はキムさんの言われることにかなり共感できます。閣僚が変な発言をするたびに、ああこの国は反省なんてしてないんだ、と正直言って私は怒りを感じます。ところで、私の父方の祖父はプサンから広島に働きに来ていて、被爆しました。うちは祖母、幼かった私の父や、伯父、伯母、それに親戚を入れると十人ばかり被爆し、三人死者が出ています。私は祖父母から原爆が自分たちに何をもたらしたか、小さい頃から繰り返し聞かされて育ちました。祖母は今も原爆病院に入院し、放射能の後遺症で苦しんでいます。ですから私はキムさんに共感しながら、原爆がアジアを解放した、とどうしても言えないのです」

田中さんはそこまで言って一息つくと、

「もう少し続けさせて下さい」と言った。

「私は世界のどこにおいても、祖父母の苦しみだけは二度と体験してほしくないと思うのです。そのために私はヒロシマの痛みを伝えたいと思うようになったのです。さっき私が言えなかったことをキムさんが言ってくれました。日本が侵略し、戦争を始めなければ、またポツダム宣言をもっと早く受諾すれば、原爆は落とされなかったでしょう。とても厳しいキムさんの言葉ですが真実の一面として受けとめ、またキムさんには私たちがなぜヒロシマの痛みを語り継ぎ、語り伝えようとしているのか、解って頂きたいと思います。私たちは自分自身の現在と将来を核戦争から守るために、そして地球と人類を絶滅の危機から守るためにも、過去の苦しみを乗り越え、手を取り合って平和を求めましょう」

教室の中は拍手が沸き起こり、感動で空気が揺れたようだった。報道のカメラがつぎつぎとシャッターを切る音が聞こえた。拍手が鳴り終ると、司会者の田川りえが口を開いた。

「私、泣いたりして、感情的になってごめんなさい。札幌と広島の二人の友が本当によいサゼスチョンを与えて下さいました。お二人のご意見を基に、約二十分間、グループで話し合ってください。あとでまた、ご意見なり感想なりをお願いします」

少人数の話し合いになったため、教室はしだいに活気を取り戻していった。若い女に特有な甲高い声も聞こえるようになった。グループの話し合いが錯綜して、オレの性能のいい耳もいささか機能低下したのではないかと思えるほど、系統だって聴きとることができなくなった。オレはもはや耳をそば立てることは止めて、キムさんや田中さんの言葉を胸の内で反芻していた。

予定の時間がくると田川りえはグループ討議を打ち切り、それぞれのリーダーに話し合った内容を発表させた。最後に発表した札幌組の代表者の言葉は、オレの胸に響いた。

「私たちはヒロシマを事前にある程度学習してきましたが、ゲーム感覚で悲惨探しをしていたのではないかと反省しました。心ない言葉が被爆者の痛みを倍加させるのだということを、みなさんに指摘してもらって本当によかったと思います。近代都市のアスファルトの下に、また高層ビルの背後に、確かにあの日が存在したことを、私たちは想像力によって見える人にならなければいけないと痛感しました。こうして広島に来たことでそれが多少なりとも見えるようになったし、個人差はあるとしても、被爆の痛みを共感できたように思います。そして何よりもヒロシマの痛みはあの日だけでなく、今に続く痛みであることを、少しは理解できるようになりました。だから、あの惨状だけは世界のどこにおいても絶対に繰り返してはならない、広島に来てその気持を一層強めました。またヒロシマ以前の、私たちの国が犯した加害の歴史をきちんと学ばねばならないということも痛感しました。小さな存在である私たちが平和のために何ができるのか。それは限られた、ささやかなことかも知れません。でも、今日のような話し合いをもつことが、そして今感じている問題意識をこれからも持ち続けることが、まずは大切だと改めて思いました。今日は暑い中を私たちのために平和公園を案内し、また何回も準備会をもってくださった広島のみなさん、本当にありがとうございました」

教室に割れんばかりの拍手が鳴った。司会者の田川りえが、交流会を締めくくる言葉を述べた。

「今日はお互いに本音で話し合いができてよかったと思います。私たちもみなさんが遠くから来られるというので一生懸命準備をし、その過程で、実は初めて知ったことが多いのです。そしてまたキムさんをはじめ的確な指摘をしていただき、私たちの方こそ学ぶチャンスを与えられたこと、感謝しています。これからもどこに住もうが、そしてまた国籍は違おうとも、それぞれ自分なりにこうした問題を考え続け、たとえささやかであっても、平和のために何かできる私たちでありたいと思います」

オレは「おお」と思わず声をあげ、潜んでいることも忘れ、手足で地面を打っていた。と言っても、とても二階の田川りえに届きはしないが、オレなりに彼女に激励と連帯のエールを送りたかったのだ。いいやつだ、と思って見てきた生徒が、実は虚像にすぎなかったなんてことがよくあるものだから、今度ばかりは実像ですぞ、お前もなかなか目が高いぜ、とオレは単純にも自画自讃し、悦に入っていた。


その日の夕刻、すべてを終えて安心したのか、山木先生がわが池に立ち寄ってくれた。

「平吉よォ、無事に終って一応ホッとしたところだ。キムさんの言葉も、田中の言葉も、胸に痛いよなあ。四十二年も経つのに政府がきちんと謝罪し、ケリをつけとらんから、戦争を知らない世代までが、こうした問題をずっと引きずって行かにゃあならんよのォ。大人としておれは胸が痛いよ。そう思うにつけても、テレビの取材なんか許して、あれでよかったんかのォ。ま、できた番組を見てみにゃあ判らんけど、取材を受けたことがよかったのか、悪かったのか……」

済んだことなのに、なにをウジウジしとるんだ。ジャーナリズムに自分から売り込んだわけじゃあるまいが。こうした取組みは、平和教育という分野では、やはりよその参考になると思うぜ。それに平和を創り出す運動でもあるとするなら、輪を広げる必要があるんじゃないかな。だとすると、あんたがやったことはちゃんと理に適ってるぜ。オレはそんな気持を伝えるためにわざと手足を派手に動かし、ピシャピシャと音をたてて遊泳した。

「おじさん」

その時、背後でオレを呼ぶターコ嬢の声がした。エッ、オレは驚いて振り向いた。

「おじさん、もう少し静かに泳いでいただけません？　今日は一日中なんだか騒々しかったでしょ。もう頭が痛くって。それに水の音って、私たちの耳には意外に響きますよね。これでも我慢してたんですが、お気づきにならないようだから、言わせてもらいます」

昼間はどこに行っていたのか姿を見かけなかったターコが、ツツジの根元から小生意気なことを言いおった。やっかましい、ナメルナ、と一蹴したいところを、オレの方こそぐっと我慢して「すまんな」と謝っていた。謝った後でオレは口の中で、バカヤロー、アホンダラ、いい加減にせい、と吠えまくっていた。少々吠えまくったぐらいではオレの気持は収まりようもないが、山木先生よ、我ながら、みっともないことこの上なしのお笑い種《ぐさ》だと、自覚してはいるんだぜ。

「ターコよ」

ちょうどその時わが朋友が声をかけた。ターコはその名を呼ばれて、山木先生の方に首を傾げた。

「お前はまだまだ若くて、甲羅も美しい。羨ましいのォ。おれにもそういう時が確かにあったはずなのに、ちょうど戦中戦後でな、生きるのが精一杯だった。恋をする余裕もなく、こればっかりは損をしたような気がするなあ。だが戦争や原爆という大人災で、四十二年前の今日、えらい目に遭った人々のことを思うと、文句など言うたらいかんよのォ。歳月、人を待たず、とはよく言ったもんだ。おれが六十歳だなんて、な。この悲哀感、若いお前に言うても解ってはもらえんよのお」

山木先生は感情を込めて言うとるのに、ターコの方は何の反応も示さず、かと言って先生の言葉を無視しているふうでもなかった。

突然、紫陽花の繁みから彦兵衛じいさんが唸るようなしゃがれ声をあげ、ひょこひょこ出てきた。じいさんは山木先生が大好きらしく、この人が来ると必ず存在のサインを送り、先生もそれにちゃんと応えている。この学校に先生の数は撫で掃くほどおるが、この人みたいにオレたちと気持が通い合う人も滅多にいない。この人があと半年少々でこの学校からいなくなると思うと、オレの気持は暗くなる。彦兵衛じいとて同じ気持だろう。

「彦兵衛じいさんに平吉よ、八・六が終ったから、学校もやっとお休みだ。これから二週間、お前たちとも会えないな。おれは定年退職を節目に、これまで学校新聞や研究紀要などに書いてきた雑文をまとめて、随想集を出そうと思うんだ。地元の出版社が自費出版で引き受けてくれたよ。とても本屋の棚に並ぶような代物じゃないことは重々心得ている。でも、息子や娘におれが生きてきた証として何か形に残してやりたいと、親心が湧いてきたんだな。勿論、彦兵衛じいさんや平吉も登場することになっとる」

そこまで言うと、山木先生は「そうだ、忘れないうちに」とつぶやいて、自転車の篭から紙袋を取り出した。

「今日、あの子たちが札幌からみやげに馬鈴薯でできたお菓子を持って来てくれてな。お前たちにもお裾分けするよ」

山木先生は菓子をちぎっては池に投げてくれた。さすが、長年の朋友だけはある。ちゃんとオレたちのことを覚えていてくれた。オレと彦兵衛じいさんは感激のあまり声を発した（人間にはブーンという音にしか聞こえないらしいが）。折角の朋友の誠意に応えようじゃないかと彦兵衛じいさんがターコも誘うと、しぶしぶ菓子の浮く方向へと泳ぎ始めた。三人、いや三匹の亀がゆっくりと、悠々と、体を前に運ぶ。オレはチラッチラッと横目で彦兵衛じいさんとターコを盗み見しながら、オールの手足を前後に動かす。ご両匹とも優雅なこと、この上なしだ。別に今は格好つける必要がないのだから、これがわれらの本来の姿なのだ。われら亀族には宿命として爬虫類という冠がつくもんだから、一つにはその言葉のもつイメージの悪さと、二つにはわれらの容姿の特異性のために、ややもすると気味悪がられたり、滑稽に見られがちだが、かくも品よく、優雅に遊泳できる動物であることを、オレも今の今まで気づかなかった。

菓子の味は以前食べたことのあるポテトチップスに似ている。彦兵衛じいさんは音をたてて、うまそうに食っている。ターコは黙って口に入れている。

「結構いい味だね、おいしいよ」

オレがそう言うとターコは「私、初めて食べるので、何とも言えませんわ。おじさんの口真似をすることは簡単ですが、心からそう思うのでなきゃあ、自己を偽ることになるでしょ」とぬかしおった。そして、

「大体、おじさんや、彦兵衛じいさんはいつだって先生にひいきされてるわ。本にだって登場させてもらえるんですもの。私はどう考えても差別されてる。さっきだって、私には悲哀感なんて解ら

ないと、偏見に満ちた言い方をしたわ」と、口を尖らした。

「それはヒガミというもんだ。オレや彦兵衛じいさんときみとじゃあ、先生と関わった歳月が違うんだよ。それに、きみにだって先生は随分と優しい眼差しを送っていなさる」

オレはいつになく大きな声を張りあげていた。ターコはまだ何か言いたげな、不服げな顔をしていたが、オレの大きな声に気圧されたのか、黙ってオレを睨みつけていた。

山木先生よ、オレは、あんたが亀の言葉を解らなくてよかった、と今ほど思ったことはないぜ。それにしても、この小娘はどうしてこんなに憎まれ口をたたくんだろうね。育ち方に問題があるのか、それとも一過性の反抗期なのか。先生よォ、そのどっちであれ、オレに免じて許してやってくれよな。

「平吉よお」

不意に山木先生が他のだれかではなく、このオレに呼びかけた。関わりが深い分だけ、やっぱり先生はオレのことを一番気が置けない朋友と思ってくれているのだ。それが判るから、オレはこんな気侭な小娘に神経を逆撫でされながらも、なお我慢ができるのだ。

「あのなあ、明日からはさっき話した随想集の原稿を加筆したり修正したりして、本のタイトルもこれから決めなきゃならんのだ。そんなこんなで、結構時間がかかりそうでね。それに墓参りもあるから、二週間少々、夏休みをとることにした。で、おれは当分学校に来ないけど、三匹で仲よくやってくれよな。この池には、亀はお前たちしかいないんだから、否でも応でも共存共栄していかなきゃならんのだ。いいな。ここは草や微生物など、食べ物だけはたくさんあるから安心だ。けどな、校庭といえども、いつ危険が襲いかかってくるやもしれんので、無防備であってはいかんぞ。くれぐれも各自十分に気をつけて、八月の下旬にはまた元気な姿を見せてくれ。じゃあな」

そう言うと、山木先生は自転車のペダルを踏んだ。彦兵衛じいさんはいつもながら水音をたてることで、朋友にしばしのサヨナラを言っていた。ターコはひたすら黙っている。朋友の自転車の音が段々遠ざかっていく。オレはこの人に月末まで会えないのかと思うと、いささか胸がキューンとした。

「来年の四月からは、山木先生はおりんさらんのだのォ……。寂しゅうなるのォ」

彦兵衛じいさんが終りの言葉をポツンとつぶやいた。それは、明日からの残暑の日々はその寂しさに耐える訓練なのだ、と暗に言っているようで、オレはまた胸が疼いた。まるで静かな池にだれかが小石を投げて、水紋が段々と広がっていくように、オレの胸に寂としたものが広がっていった。

（六）

「お盆を過ぎると、さすがに朝夕は涼しくなったのォ」

朝飯を済ませて、紫陽花の葉陰で休んでいた彦兵衛じいさんがだれにともなく言った。といってもこの池にはオレとターコ嬢しかいないのだから、われら二匹が対象であることは間違いない。チラリとターコを見ると、首を長くして目の前をウロチョロする虫を追っている。それで、年の功からいって、オレが何か反応を示さぬわけにいかなくなった。

「そうですねえ。今日はお盆が済んでちょうど一週間目ですか。それにしては朝晩ちょっと冷えすぎですね。こんな年は秋が足早に過ぎて行くから、今年は冬眠の準備を早めなきゃなりませんね」

オレは自信たっぷりな言い方をした。体感温度に関してだけは、オレたち亀族は超敏感だ。気候に対しても優れた予知能力をもっている。

「そうじゃのォ、わしも長いこと生きて来たけど、こういう夏の締めくくりの時は、秋は短いと相場は決まっとる。まあ何年に一遍あるか、ないかの秋だ。アイツは冬眠は初めての体験じゃろうけ、お前、いろいろと親切に教えたってくれ」

彦兵衛じいさんは、まだ首を左右にして目前をウロチョロする虫を無心に追っているターコ嬢に目をやりながら言った。オレは「ええ、判りました」と応えはしたものの、内心では、やれ、やれ、また厄介なことを背負うてしもうたわと舌打ちしていた。それをカモフラージュするわけではないが、不意に、この際、気懸りだったことを訊いておこうと思いたった。

「彦兵衛さん、さっき長いこと生きてきたと言われたけど、実際には何年ですか？」

オレは彦兵衛じいさんに面と向かっては、決してじいさんとは言わない。ある時、この学校の若い先生が老ガードマンをおじいさんと呼んだため、一悶着起ったことがある。彼はえらい見幕で若い先生を叱りつけていたが、巡回の時間になっても胸の怒りが収まらないらしく、池まで来ると腹立ちまぎれに石を投げ、ベンチに座って愚痴りだしたのだ。

──孫がじいちゃんと呼ぶのは許せるが、赤の他人がおじいさんと呼ぶのは、絶対許さん。ほんまに腹が立ついうたら。わしはきちんと名前を呼んでくれるまでは、だれだろうが返事をしてやらんぞ。

たかがあれしきで怒らんでもよかろうに、とその時は思ったが、その後も別な人の似たような場面にでくわして、オレは老人の微妙な心理を知った。亀の心だって人間と似たようなもんだから、オレはそれ以来、彦兵衛さんと呼ぶようにしている。

それにしても歳を訊いた後で、オレは二十五年も一緒に住みながらそれも知らなんだのかと、わが身の間抜け加減に赤面した。山木先生から教わった諺ではないけれど、〈光陰矢のごとし〉や〈歳月人を待たず〉が、今は本当に身に沁みる。考えてみりゃあ、長寿を看板としてる亀族にとっても、二十五年の歳月は決して短いどころか、やはり長かったはずだ。なのに、アッという間だったと感じるのは、オレが魔術にかかったということなんだろうか。彦兵衛じいさんのことはいつか聞こう、聞こうと思いながら、気がつけば今日に至っていた、というのが正直な感想だ。疾走する〝時〟にはオレも茫然自失した。

「さあ、何年になるかのお。わしがここに来たんは、この国が海の向うの満州いうところで戦争を始めた年じゃけえ……。お前、ちょっと計算してみてくれや」

彦兵衛じいさんの長い首が、空に突き立つように伸びている。その首元から発せられる声はしゃがれていて、なかなか渋い。

オレはこれまで、大きな声じゃあ言えないが、月謝も払わずいろんな授業を盗み聞きしてきた。オレたち亀族は人間のように勤めに出るわけじゃあないので、確かにヒマを持て余している。けど言わして貰うと、オレの向上心が教室から漏れ聞こえてくる先生たちの声に、細心の注意を向けさせるのでもある。話が巧みな先生もいれば、オレさえ眠くなるような下手な先生もいる。質問に答えられなくて、威圧的な声でその場をやりすごす中年の先生もいる。そんな先生は嫌われ者のチャンピオンだ。歴史の先生は概して話上手だ。オレの嫌いな伊羽先生も、悔しいけど授業の運びだけはうまいねえ。生徒ともども大笑いしながら聞いたこともあるし、あの男、話術が巧みだから生徒には意外と受けているらしい。辻先生の授業は若々しくてアカデミックだ。専門はギリシア史だぞうだが、この間ちょっとした余談で、「古代ギリシア人が善しとした均整と調和、つまりバランスを保持しようとする精神を学ぶことで、みんなのオシャレ感覚だってずいぶん向上できるんだよ」などと言って、余談一つにも知性が出ていて、乙女心をぐっと授業に魅きつけていた。

オレは歴史や地理の授業を盗聴することで、さまざまなことを知った。そんなわけで、オレの興味と関心は他の教科よりも歴史や地理に向いたのだった。

「それは確か満州事変でしたよね。えーと」

オレは口ごもりながら記憶の糸を辿っていった。この記憶力だけは、逆立ちしても人間様には及ばない。あれこれ思い出して、頭の中で何度も歳月を計算してみた。元々こうしたことはオレたちの得意分野ではない。時間がかかるのは当たり前だ。

「五十四年、ですか。生まれたのは前の年とみて、ざっと五十五年でしょうか」

「そんなになるかのォ、やれ、やれ、やれ」

オレは彦兵衛じいさんの限りなく溜め息に近いつぶやきを聞きながら、一緒に息を吐き出していた。もう十年以上も昔のことだが、山木先生がオレと彦兵衛じいさんを前にして言ったことを想い出したからだ。

――鶴は千年、亀は万年、なんて言うけどよ、生物の教師をしているおれが、いくら諺とは言え、それを文字通り使うわけにいかんよな。ま、大抵の亀は長く生きてもせいぜい六十年前後だ。

人間よりは、やや短命だな。

オレはその時は「人間てやつはどうして、こんなオーバーな言い方をするんだろう。六十年と万年じゃ、とんでもねえ違いですぜ」と嘲笑っただけだった。けど今、五十五年と声に出してみて、オレは愕然としている。六十年まで、あと幾許もないではないか。

それにしても、彦兵衛じいさんは山木先生のあの言葉を覚えているだろうか。頭の悪いオレでさえ覚えているんだから、じいさんがよもや忘れているとは思えない。ならば天寿を全うしたとして、自分の余命はあと五、六年ぐらいだと知っているのではないか。自覚してるかどうかの確認は、もはやオレの口からは訊けない。オレは彦兵衛じいさんの残された歳月をなまじ知ったために、今日からはタブーを一つ余分に背負う羽目となってしまった。すでに重い甲羅を背負っているというのに……。そもそもオレが訊き出したこととはいえ、人間がよく使う、知らぬが仏、でいればよかったと、今になって苦い思いを噛みしめている。

そんなオレの思いとは関係なく、空は真っ青に染まり、白い夏雲がその色をいっそう引き立てながら海の方角にゆっくりと流れて行く。ターコはと目をやると、もはや虫を追うのは諦めたのか、水に浸かって長い首をまっすぐ天に向けている。尊大さが首筋から頭の線にかけて濃厚に出ているとはいえ、それは若さや自信の表出でもあり、実際、彼女がこうして存在しているだけで、何かこちらに電磁波のようなものが伝わってくる。オレは時々、いや度々、その電磁波に射竦められて言葉を失い、手足が動かなくなる一瞬がある。若いということはほんとに羨ましく、時によっては妬ましくさえ感じる。

何を思ったのか、突然ターコが飛沫をあげて泳ぎ始めた。首をやや斜め前に倒し、夢見るような表情で、ゆっくりと、水の感触を楽しんでいるかのようにして。実に伸びやかな姿だ。恐れを知らない、純粋さそのもの。オレも彦兵衛じいさんもとっくの昔に失ったそれらを、オレは懐かしさと愛しさが入り混じった気持で、目で追った。彦兵衛じいさんも見惚れている様子だ。ターコは自分一人の池のように、だれに気兼ねもなく、縦横無尽に泳いでいる。

校舎側の池の縁から水面にしだれた萩の枝が、微風に揺れている。ターコはその枝と戯れながら、美味そうに葉先を食っている。オレはあまり好きではないが、ターコの口には合うらしい。亀だって個々で好みも違うし、決して一律じゃあない。そのことを人間は知っているだろうか。萩の背後にはすすきが叢をなし、細い葉を折り曲げたり真っ直ぐ立てたりして、まるで講堂への回廊の透かし彫りの装飾みたいだ。

毎年、萩の枝にピンクの小花が鈴なりにぶら下がり、すすきが黄褐色のふわっとした尾花（穂のことをこうも言うと山木先生が教えてくれた）をつける頃、冬眠序曲が鳴り始めるのだ。これを合図に、オレたちは好むと好まざるにかかわらず、遠い昔からの宿命である冬眠へと旅立って行かねばならない。オレは地中に掘り込んで落ち葉を敷きつめた寝座を最終チェックし、首筋を正して、萩の小花やすすきの尾花に向って別れを告げるのだ。

――お前たち、来年もまた花を見せてくれよな、と。

オレは常日頃から亀に生まれたことをよかったと自認しているが、冬眠の間に起るさまざまな出来事を見聞きすることができないことだけは、残念に思う。人間の就寝中を思い出してもらえばいい。人間の場合、寝てる間は脳細胞が機能休止していると聞いたが、オレたちも冬眠中は何もかもお休みだ。しかもその期間も長く、かれこれ半年に渡る。その間は自慢の耳も全くの役立たずだから、唯一の知識と情報の源泉である授業の盗聴も、この期間だけは不可能だ。

それればかりかオレも彦兵衛じいさんも、クリスマスのキリスト降誕劇や卒業式も、一度だって見たことがないし、入学試験や退職する教職員の離任式にも立ち合ったことがない。それらをテープにとったり録画して、後で見聞きするといった高尚なことは、悲しいかな亀の浅知恵ではできない。だからどう足掻《あが》いても、残り半年間の偏った情報と知識しか持ち得ないのだ。オレが亀であるために損をしていると悔しい思いをするのは、この点だ。この悔しさは人間などに解りはすまい。

今はまだ萩も蕾らしきものさえ見せていないし、すすきもまた穂の気配もなく、切れ味のよさそうな長い葉をスッと伸ばしているだけだ。年によって多少のズレはあるものの、例年、九月に入ると急に穂や蕾がふくらんでくるから、不思議だ。やっぱり神様ってお方がいて、〈咲くに時あり〉と、どこかでそれぞれの出番を操作していなさるのだろうか。山木先生の生物の授業でも、この件ばかりは不明のままだ。


夏休み後半のクラブ活動が昨日から始まった。また、遠くの運動場や体育館から、バレー部や剣道部のあの奇声がさざ波のように聞こえてくる。しばらく聴かなかったから、新鮮で、しかも何ともいえぬ懐かしさを感じる。山木先生もそろそろ出て来るころだろう。そう想うだけでオレは幸せな気分に浸れる。

しかしながら、そんな気分はそう長くは続かなかった。裏門の前で大小複数の足音がピタリと止まったからだ。門塀に隠れて姿は見えなかったが、親子連れが何やらヒソヒソと話している。オレはいやな予感がした。数呼吸の後、母親が息子の手を引いて、門の中に一歩踏み込んで来たのだ。息子は片方の手にナイロン袋をぶらさげている。袋の中で何かゴソゴソしている感じだ。

「あっちは工事の人がいるけど、こっちは、だれもいないみたいよ」

母親のその言葉に安心したのか、息子が、「あそこだね」とオレたちの池を指した。ツツジの根元でこの会話に耳を澄ましていたオレは、咄嗟に池に飛び込んだ。そして尾をバタつかせて飛沫をあげ、警戒警報を発令した。くちなしの横の芝生で日光浴をしていたターコと彦兵衛じいさんが、一斉に池に飛び込んだ。あっぱれ！　この敏捷さはお見事としか言いようがない。人間たちがもしこの瞬間を垣間見たなら、あの偏見に満ちた童謡の歌詞（どうしてそんなにのろいのか）は、事実と相当違うとして、書き換えざるを得ないだろう。もしこれが人間自身のことであったなら、問題を指摘した者は手柄顔をするだろう。そして全国版のニュースとして、新聞はおろかテレビにも取りあげられて、お茶の間を賑わすことだろう。

ともあれ我ら三匹は、しなだれる萩の水辺まで泳いで行き、浮草のように浮いている枝葉の陰に隠れた。なぜ水底に潜らなかったのかといえば、異変をきちんとキャッチするにはこの方が確かだからだ。

「こんな大きな池なら、ジャンも喜ぶだろうね。でも、みつかったら、叱られない？」

そう言って息子が心配そうに左右の様子を窺っている。背丈や幼い表情からして、小学校にあがったばかりの年齢だろうか。

「大丈夫よ。この学校は〈博愛〉を唱えてるんだもの」

「ハクアイって？」

「生きとし生けるもの、すべてを愛するってこと。敵をも愛するということなの」

「じゃあ、大丈夫だね」

「そうでなきゃ、この学校は看板に偽りありになっちゃうもの。それに、広い池だからジャン一匹ぐらい、どうってことないわよ」

ちょっと、ちょっと、それは手前勝手な理屈というもんじゃないの。人間にも非常識な奴がいるもんだ。オレは腹立ちを覚えるよりもただ呆れ返って、嗤ってしまった。彦兵衛じいさんは無論のこと、ターコ嬢も目を丸くしている。やがてそれよりか、ジャンとは一体何者かが気になりだした。オレたちと反りが合う動物なのか、どうなのか。獰猛な奴だったらどうしよう。それぞれの胸に同じような不安が宿っているのを、オレは十分感じ取ることができた。

「ママって、捨て場をみつけるのが上手でしょ。パパとジョギングしながら、ここならジャンも伸び伸びできると思ったの。それに女の子の学校だから、意地悪なガキ大将もそういないだろうしね。さあ、貸して」

母親はそう言うと、息子のナイロン袋をもぎ取ろうとした。その時、息子が「待って」と叫んで、袋を持つ手を力一杯握りしめ、哀願するような声を出した。

「ママ、ぼく、やっぱり淋しいよ。お願いだから、うちでジャンを飼っちゃいけない？　ぼくの貯金全部下ろして、もっと大きな水槽を買うから、ジャンをうちで飼ってやって。ぼく、ママのお手伝いもするからさ」

「何度言ったら分るの。狭いマンションでしょ。あれ以上大きな水槽を置く所なんかないわ。ペット屋さんが、なかなかいいペットになりますって勧めたから買ったんだけど、こんなに大きくなっちゃ、処置なしね。こないだから何回も水槽の外に出てしまって、昨夜もトイレに立ったパパが踏んじゃうし、その前はママが踏んだし。そんなふうだから、ジャンだってうちじゃあ、可哀想でしょ。ジャンのためでもあるのだから、諦めなさい」

声は段々と尻あがりに高くなり、頂点に達すると、母親は息子からナイロン袋を有無を言わさずもぎ取って、池に向けて逆さに振った。オレはア、アッと声ならぬ声をあげていた。同族じゃないか……。首も手足もすっかり甲羅の中に仕舞い込んだ、丸っこい、石のような外装を持つ生き物。それはドスンと重量感のある鈍い音をたて、飛沫を飛び散らしながら、水中深くに落下して行った。突然の落下物によってできた水の輪が、次から次へと広がっていった。

「優しげな顔をしていて、ひどいことをするのォ。女じゃいうても、ご覧の通りじゃ。気をつけにゃあ、いかんで。ありゃあ、お前さんに似ているが、イシガメじゃあなくて、クサガメじゃよ。若い頃、あの種と一緒に住んどったことがある」

彦兵衛じいさんが、目を見開いたまま言った。ターコはじいさんの言葉を聞いているのか、いないのか、首を引っこめ、体を強ばらせて、ひたすら黙っていた。

オレはどこにでもいる平凡なイシガメだということだが、残念ながら自分の全身を見たことがない。オレたち亀族は、自然体ではどうあがいても水に映るのは首から上だけだ。人間には鏡という便利なものがあって、それに朝となく夜となく己の姿形を写すらしい。この学校にも正面玄関ホールと講堂の入口横の壁に大きな鏡があるということだが、オレはまだ見たことがない。何せオレたち亀族は棲家を一歩出ると、樹木の葉陰や叢《くさむら》に潜むことを習性としてきたので、そんなものは無用無縁の存在だったのだ。

オレが手の平に載るぐらいの、小さな鏡もあることを知ったのは、この池のほとりだ。オレの目から見ても田川りえのような可愛くてキレイだなと思える生徒たちが、時々、昼休みや放課後やって来て、そこのベンチに座って、手鏡で自分の顔をうっとりと眺めていることがある。鏡は天に向かってキラッキラッと光の筋を走らせ、いっそう華やかな感じを与えていた。その感じからすると、鏡というものはとてもいいものらしく、オレも一度見てみたいと思うようになった。

だが、ある日のことだ。オレが池の中ほどの築山から、向う岸を目指して泳ごうとした時だった。一人の生徒がベンチに座って鏡を取り出し、俯き加減に覗き込んでいた。そこまではよかったのだが、不意に「どうして、こんな顔に生まれたのよ。この世に鏡なんて無ければいいんだ」と絶叫して池に投げつけるや、嗚咽したのだ。鏡は築山の石に当って派手な破砕音をたて、四方に飛び散った。その数片がオレの甲羅をかすめただけなのに、その時は直撃されたかと紛うほど大きなショックを体に感じた。オレは怒り頂点に達して、怒鳴りつけてやりたいほどだったが、その顔を見上げて、絶叫の意味するところがよく判り、もらい泣きしてしまった。

あれ以来、オレは鏡がない方がいいこともあるんだと知って、是が非にも自分の姿を映してみたいとは思わなくなった。それに時折、二階の窓から池に向けてお日様の光を反射させ、オレたちにイタズラをする乙女がいるのには、閉口している。彼女たちにはちょっとしたお遊びでも、こっちは目が眩んでしばらく立ち往生することだってあるのだ。

そんなわけで、オレの鏡に対する関心と情熱は相当低下していたので、イシガメである自分と、闖入者であるクサガメと、どこがどう違うのかさえ判らないでいる。いい歳からげて常識がないと言われるかもしれないが、判らないものは、判らないのだ。彦兵衛じいさんなら違いが判るだろうから尋ねてみようと思った丁度その時、ブクブクと泡が浮き上がってきて、ジャンと呼ばれた闖入者が水面に頭を覗かせた。まだ恐怖に慄いているのか、サッと見廻して深呼吸すると、また水に潜った。

「ママ、見た？　ジャン、ちゃーんと生きてたんだね。よかったァ」

ベソをかいて心配そうに水面をじっと見ていた息子が、嬉しさを隠しきれずに感嘆の声をあげた。

「これで安心したでしょ。さあ、帰りましょう。きっと、ジャンは喜んでるわよ」

そう言って母親は息子の手を無理矢理に引っ張り、裏門へと促した。息子は未練がましく何度も池の方を振り返った。

「酷すぎるわ。亀にとっても、人間の子どもにとっても」

突然、ターコが彼らの後ろ姿に勇敢にも言葉を投げつけた。残念ながら人間にはただブーンという音にしか聞こえないらしいが、オレもターコと同じ気持だった。そして、ターコがこの池に来てから、おそらくこれが初めての心からの共感ではなかったかと思うと、オレはいささか苦笑した。

そうではあったが、気がつけばオレの胸の内は優しい気持で満たされていた。オレは彼女に、共感していることを伝えようと思って言葉をかけた。

「本当に勝手な親だね。きみが言う通りだ。どう考えても、酷すぎるよな。息子にとっても、ジャンにとっても、だ」

「そうですとも。だから私、人間て大嫌い」

ターコはヒステリックと思えるほど、金切り声をあげた。

「まあ、まあ、そんなふうに十把一からげに言っちゃあ、身も蓋もないよ。だって山木先生や田川りえたちのような、善良な人間もいるんだから。人間にもいいヤツもいれば、悪いヤツもいる。亀だって同じことだ」

オレは漢文の授業で仕入れた〈中庸の徳〉という言葉を思い出しながら、幾分得意になって言った。

「さあ……、どうだか。おじさんはあの人たちへの思い入れが激しいですから。いえ、惚れ込み過ぎと言った方が適切でしょうか」

すぐ、これだ。つけあがるなってんだ。強気の言葉を口の中で抑えながら、オレたちはやっぱり水と油なんかなあ、と胸中の悲哀感を噛みしめるのだった。

母親と息子の足音が完全に消えると、彦兵衛じいさんが尾をバタつかせて、池底にいる闖入者に同族としての合図を送った。闖入者は、自分が放り出された所に仲間がいるなんて、おそらくは思ってもみなかったことだろう。彼は水底からしばらくわれらを見あげて観察し、確かに同族であり、しかも危害を加えるものでないと判断がついた時点で、われらの前に出て来たらしい。

「ご難じゃったのォ。じゃが、ここにあんたを連れて来てくれたことだけは、まだあの親子に感謝せにゃあいかんで。ここことて安心は禁物じゃが、それでも何十年も暮らしてみて、街にしちゃあ結構ええ所だと思うよ。あんたにとってもそのうち、住めば都になろうよ」

彦兵衛じいさんが歓迎の言葉を述べた。亀の世界も長幼の序で秩序が保たれている。これまでちょっとした儀式的なことは、いつも彦兵衛じいさんが取り仕切ってきた。そのことをターコとてやがて自覚することだろう。彦兵衛じいさんはオレとターコを簡単に紹介すると、「そう、そう、わしらの保護者である山木先生を忘れちゃあ、いかんよな」と言って、先生の人柄や、先生が来春、オレたちの冬眠中の三月末をもって定年退職することなどをつけ加えた。

「まあ、一遍にあれこれ言うても頭に入らんじゃろうけ、これぐらいにしとく。こうして四匹が同じ池に棲むことになったのも、何かの縁じゃ思うて、うまいことやっていきましょうよの。で、歓迎遊泳というわけでもないが、あの築山の島まで泳いで行って、芝生の上で日光浴でもしましょうや。あそこは日当たりがようて、この池の一等地でさあ」

若い男亀に対して彦兵衛じいさんは年長者としての自覚をいっそう強めたのか、長い首で築山を指し、移動開始を促した。ターコがこの池に来た時は、それこそ簡単な紹介にとどまり、こんなことはしなかった。彦兵衛じいさんはあの歳をしてても、きっと若い女亀には照れと恥じらいを感じて、今日のような態度がとれなかったのだろう。オレにはその気持がよく判る。しかしターコのことだ、女だから差別したんだ、とまたひがむこと間違いなしだ。けど今にして思えば、彼女の時もオレが彦兵衛じいさんを促して、今日のようにしてやればよかったかなと、己の気の利かなさを悔いている。

「そう、そう、あんたの名前のことじゃが、ちょっと気になるのお」

先頭を泳いでいた彦兵衛じいさんが、そう言って後ろを振り返った。

「ジャンでは、いけないのでしょうか？」

闖入者が遠慮がちに尋ねた。

「いけんわけじゃあないが、あんたも知ってのように、わしらは人間の言葉を理解できるが、逆は無理よの。で、山木先生があんたを見たら、きっと名前がないのは可哀想じゃゆうて、あの人流の名前をつけなさると思うけえ、ちぐはぐが起るよのォ……」

「つまり、ぼくが二つの名前を持つということですか」

「そういうこっちゃ。で、どっちで呼んだらええか、わしら戸惑うよの」

「ああ、そういうことですか。どっちでも構いませんよ。ぼくはそんなことにこだわりませんから。ペットショップにいた頃は、ただ三号の水槽の亀と呼ばれていました。ジャンはさっきの飼い主がつけてくれた名前です。響きがいいので嫌いじゃありませんが、親がつけてくれたわけじゃないので、どうと言うことありませんよ。もっとも、ぼくは親の顔さえ知りませんけどね」

淡々と、そして滑らかに言葉を織り成す闖入者に、オレは若いのにそこまで達観するとは偉いやつかもしれん、と感心していた。それと平素は名前のことなど思ってもみなかったので、自分の場合を考えていたら、ついうっかりして口が滑ってしまったのだ。

「オレは本来は野山を彷徨《さまよ》う自然亀だったけど、名前はあったようですよ」

「エーッ、本当？」

ターコと闖入者が驚きの声をあげた。それでオレも、自分のことを多少説明せざるを得なくなったのだ。

オレはありふれたイシガメだから、ペットショップなどにはいなかった。前にも言ったことがあるかも知れんが、野生のオレは、ある雨あがりの朝、山木先生の家の近くの川原に打ち上げられていたらしい。無論、気を失っていた。そのオレを、散歩中の先生が拾って育ててくれたのだ。まだ幼かったから記憶は定かでないが、あの災害に遭う前、オレは母と一緒に川を渡っていたことだけは鮮明に覚えている。大雨で水嵩と勢いを増した流れに気をつけて泳いでいたが、川幅が狭くなった所でアッという間に水の渦に呑み込まれてしまったのだ。あの時、母がオレを「ブーディ、ブーディ」と呼び続けた声は、何十年経っても耳の奥に貼り付いている。オレと母はそれっきり離れ離れになってしまったが、母が運よく生き延びたのか、あるいは運尽きてもはやこの世に亡いのか、知る由もない。

オレはあの水の渦に巻き込まれた時の恐怖と、母と離れ離れになった悲しさを、今も忘れることができない。それ以外のことは、例えばどんな場所に住み、どんな仲間がいて、どんな日常生活を送っていたかは、幼かったというだけでなく、あの時のショックで、オレの記憶から消え失せてしまったらしい。ただ、母の面影だけはオレの脳裏にしかと刻印され、それを思い出す時、オレは胸が痛みながらも優しい気持になれるのだ。そんなことをオレが話し終った時、ちょうど築山の岸辺に到着していた。彦兵衛じいさんが芝生の坂を上がりながら、また話し始めた。

「わしはこの学校の近くにある昔のお殿様の大きな庭で生まれ育った自然亀じゃが、親の記憶がないから、生れ落ちると親はもうおらんかったんじゃろう。他に亀はおったが、わしのことをお若いの、と呼んでいた。だからこの池に来るまでの長い歳月、名前はなかったんじゃ。山本先生がつけてくれた今の名前がオレの肌に合っとる。平吉にしてもターコにしても、山本先生やクラスの生徒がつけてくれた名前なんじゃ。ええ名前よのォ」

いつもは無口の彦兵衛じいさんが、今日は意外な饒舌家になっている。何が彼をこんなに変化させたのだろう。オレはその原因を探りながらふと斜め後ろを振り向いて、ハッとした。それまで全く気づかなかったのだが、闖入者の手と足の間の甲羅が少し欠けていたのだ。そればかりか背中にかけて細くはあるがヒビが入っていた。不意にオレの耳に、あの飼い主の声が蘇ってきたのだった。

――こないだから何回も水槽から出て、昨夜もトイレに立ったパパが踏んじゃったでしょ。その前はママが踏んだし――。

オレは彦兵衛じいさんの後ろを歩きながら、闖入者の若さを思うと、胸が痛んだ。

芝生の上で四匹の亀が日光浴をしている。空は吸い込まれそうなほど青い。太陽はオレたちのためにサンサンと降り注いでくれて、暖かい。まどろみを覚える午後のひと時。いかにも幸せな風景。でも、さっき垣間見た闖入者の甲羅の傷が目の底に残って、オレの心を幾分重くしている。

新しい池とモニュメントの工事の音が今日も朝からしていたが、少し前から静かになった。休憩に入ったのだろうか。空の色を映した水面の白い雲がゆっくりと揺れ動いて、池の端へと消えていく。それを目で追いながら、オレは亀とて四匹いれば四通りの物語があるのだなあと、しみじみと思うのだった。

（七）

今日は朝から人の気配がして、つぎつぎと先生たちがやって来た。もうすぐ夏休みも終って二学期が始まるからだ。この学校の先生たちは春と夏と冬のお休みの終りのころ、いつも新しい学期へ向けて研究会をもっている。真面目なこと、この上なしだ。ここに二十五年間も棲みつくと、新米の先生よりオレの方が学校行事をよく知っていることだってある。

工事の音は今日はしない。事務長が先生たちに、研究会が終る午後から工事が再開されると説明していた。そうした配慮をしなければいけないので、学校の工事を請負った企業も大変だ。

山木先生は朝ちょっと池を覗いて「みんな元気かよォ」と声をかけてくれた。萩の葉陰にいた闖入者を目敏くみつけ、「おや、新参者がいるじゃないか。だれが連れて来たんだい？」と問うた。が、こればかりはオレたちには応えられない。人間が言うことは解るのに、逆はダメだからだ。先生は新参者の甲羅の傷にも気づいたらしく、

「可哀想に……。きっと踏んづけられ、不細工になったので捨てられたんだな。彦兵衛じいさんに、平吉よお、この新参者をよろしゅう頼んだぞ。そう、そう、名前をつけよう。〈ゴウ〉がいいな。障害にめげず強く生きてほしいから、剛健の〈剛〉にしよう」

やっぱり、ね。オレは彦兵衛じいさんの言った通りだとほくそえんだ。

「お若いの、どうする？　ジャンとゴウ、お前さんはどっちがええかのお」

紫陽花の根元で休んでいた彦兵衛じいさんが、声をかけた。

「前にも言ったように、どっちでも構いませんよ。実のところ、ぼくはジャンにどんな意味があるのか、知らないんです。だとすれば、ゴウでもいいように思いますが」

「おい、おい、他人事のように言うじゃないか。自分の名前だぜ」

彦兵衛じいさんがいかにも呆れたような声を出した。そうだよ、自分の名前だぜ。少しは真面目に考えたらどうだ。オレも世代の違いというものをつくづく感じるぜ。

「ええ、まあ名前は大切でないとは言いませんが、一種の符号みたいなもんですから、死守しなきゃならんとも思わんのです。ゴウって、響きもいいじゃありませんか」

「よし、決まった。ゴウでいこう。そいじゃ、ただ今からゴウと呼んでやってくれ」

　そう言うと、彦兵衛じいさんは池をぐるりと見渡した。オレは本心からいい名前だと思った。盗み聴きした英語の授業で、ゴウは確か行くとか進むとかの意味だった。それで、オレはこの名前が〈剛健〉だけでなく、困難をも乗り越えて〈前進する〉意味も込められている、と勝手に解釈して悦に入っていた。

　研究会は、十月十日の百周年の記念行事として催される音楽会や、講演会の確認から始まった。この学校には建学以来の理想主義があるらしく、今日もまた、校長先生がしきりに熱弁を振るっている。

「みなさんも周知のように、平和・人権・国際理解の教育こそが、わが校の三本の柱であります。その上に宗教教育、その下に教科教育が横たわっていることは論を待ちません。そして、十字架に掛かってお亡くなりになったあの方を若い日に覚え、人生の標とすることのできる人間を育てたいものです。そのためには生徒と直に接している私達が常に自己を検証し、せめて反省することのできる教師であることが、何よりも大事です」

　この人の声は本当によく通る。オレはその点だけでもリーダーの資格があると思う。

「ですから、弱者とともに歩むこと、欧米にばかり目がいくのではなく、アジアの一員としての自覚を持つことが肝要です。音楽会では中堅歌手として活躍中の卒業生、大村美佐さんが、アジアの民謡をセミクラシック風に歌ってくれますし、講演会では隣国の著名な歴史学者、この人も本校が女学校時代の最後の卒業生ですが、〈歴史を学ぶとは〉というタイトルで講演してくれることになりました」

こう言って校長先生は一息ついた。

その後、例の詩人気取りの教頭先生からそれぞれの詳細なプログラムの説明があり、先生方の当日の役割が発表されたようだ。こんなことに一時間ぐらい割き、少し休憩があって、いよいよ本格的な研究会が始まった。内容は〈不登校〉に関するものだ。オレがこの言葉を初めて耳にしたのは数年も前だが、そのころは何のことかサッパリ解らず、苦慮した。今も亀の浅知恵では到底理解できない問題だが、それでもアウトラインだけは判るようになった。

そりゃあ学校はテストがあるし、宿題を忘れると叱られたりして、楽しくないこともある。また、決められたスケジュールで束縛され、個性的な生徒には窮屈な場所でもあろう。しかし社会に働きに出て、ちょっとしたミスで上司から怒鳴られることに比べたら、ずいぶんと楽な所でもあろう。オレが二十五年間この池に棲みつき、それなりに観察してみた結果、大抵は楽しそうな笑い声が聞こえる毎日だったし、生徒の側からテスト廃止運動が起きなかったのも、それがないと易きに流れることを自ら知っていたからだろう。オレなんか授業を盗聴してある程度知識はついたが、テストもないので、イマイチ真剣さに欠けていたように思う。

何年か前、朋友のクラスでもテストの日に欠席してそれが引き金となったらしく、その日からずっと登校しなくなった生徒がいた。朋友は根が真面目な人だから、原因をあれこれ考えてなお判らず、ずいぶんと悩んだことがある。結局、幸運なことに、その生徒は欠席日数ギリギリのところでコロッと登校するようになり、メデタシ、メデタシで卒業して行った。が、当時、万策尽き果てて疲れ切っていた朋友は、このベンチに座って、池に向かってよく愚痴ったものだ。

「悩みごとを相談する専門のカウンセラーだってちゃんと置かれてるし、本人も明日は学校に行こうとカバンに授業道具まで入れて寝るんだそうだ。それなのに、朝になったら足が立たんようになるんだとよ。学校に来れない原因は、本人にも皆目判らんということだから、お手上げだ。時期がこないとどうにもならんよのォ」

　オレは黙って朋友の前に身を晒し、ただ聴いてやるばかりだった。今ならオレも多少賢くなっているので、亀の〈冬眠〉程度に思えよと言ってやれる。無論、言葉はダメだから態度で示すのだが。オレたち、冬眠中は無為に過ごしているようでも、これが生きるための摂理だから仕方ない、と受け入れるしかないのだ。不登校の場合はもっと複雑な原因がからまり合っているのだろうが、この生徒は今、冬眠の時期に入ったのだと、教師も親も焦らずに、寛大な心で見守るしかないのだろう。なぜならば冬眠だって春には解けて、活動の時をちゃんと迎えることができるんだから。教師でもないオレが思い出に浸ってそんな理屈をこねていると、いつしか睡魔に襲われて、不覚にも眠ったらしい。

「さっき山木先生が来ましたよ」

だれかがそう言うのを夢の中で聴いたが、ターコだと判って、オレは飛び起きた。

「起こしてくれたらよかったのに」

オレは、恨みがましく言ったらしい。

「起こしましたとも。でも、何度おじさんて呼んでも起きないんだもの」

ターコは口を尖らせ、ゴウと目配せして笑いながら言った。

「でも、明日から二学期が始まるので、毎日出勤するでしょ。また来ますよ」

そうあっさり言われると、オレも二の句が出なかった。

太陽はだいぶ西に傾いてきたが、運動場の黄色い声はまだ止みそうもない。コツコツとハイヒールの音がする。美人の上村先生だ。隣に高校生の女の子がいる。でも、うちの学校の制服と違うので、だれだろうとオレの好奇心が湧く。ハイヒールは池の前でピタリと止まり、腰を屈めて水面を覗き込んだ。辻先生の授業を盗み聞きして得た知識を使えば、まるで美しい顔を池に映したというナルシスみたいだ、ということになるのだろう。

「これ、そこの亀たち、この子が明日から転校して来るから、よろしくね。私のクラスになっちゃったの」

名前は何て言うんだ。紹介をするのを忘れてるぞ。新米の先生はこれだから困るんだ。オレたちの気持も知らでか、

「あそこに汚い亀が二匹いるでしょ。一匹は苔むす石みたいでしょ。キレイなミドリガメもいるん

だけど、見あたらないわね」と声をあげて笑った。失礼な！　彦兵衛じいさんが寛容な亀だからいいようなものの、血気盛んな亀ならばタダでは済まんぞ。オレは上村先生の顔を睨みつけてやった。

「お昼休みや放課後、このベンチに座っておしゃべりする人たちも多く、とっても楽しそうよ。あなたも早くお友達つくってね」

そう言って上村先生と転校生は裏門を後にした。

いよいよ太陽がビルの向うに沈んだ。急に辺りが寂しい風景となり、工事の音もたった今鳴り止んだ。学校が始まると工事は授業の合間を縫ってしか行えないので、関係者は夏休み中を一生懸命頑張ったのだろう。

ターコとゴウは妙に気が合うらしく、この日暮時にも築山の裏側で仲よさそうに泳いでいる。オレは年甲斐もなく、彼らの若さに妬ましさを感じる。

突然、色づき始めた紫陽花の葉の下で、彦兵衛じいさんが脈絡もなく言った。

「不思議だのお。日が沈むと、途端に冷えるわいな。明日から九月じゃけえ、当たり前ではあるがのお。やっぱり今年は秋が早う終ろうて。つまり冬眠がそれだけ早うなるの」

「あのゴウにも、十月に入ったら自分で冬眠用の寝床を作るよう、言いましょう。場所の選び方も教えてやらんと」

そう言いながらオレは、ふっと彦兵衛じいさんがあの世に行ったら、否でも応でも、オレが伝統や慣習を彼らに教え、儀式をとりしきらねばならんのだ、と思った。代々送りとはいうものの、オレにオハチが回ってくるなんて……。それにしても、ずいぶん長いこと生きて来たもんだと、オレは深々と息を吐き出した。

また雨だ。九月に入ってここ二週間、カラッと晴れた日がなく、まるで梅雨みたいだ。運動場でのクラブ活動もこのところお休みか、体育館で基礎訓練だけしているらしい。いつものように威勢のいい掛け声も聞こえず、いささか寂しい毎日だ。

ターコ嬢はもっぱらゴウ君につききりで、オレと彦兵衛じいさんのことは眼中にないらしい。お天気もさることながら、ゴウの闖入によってこの池の生活のリズムが狂ってしまい、煩わされまいと思っても凡亀のオレは、彼らの様子が気に掛って仕方ないのだ。

オレがそんな弱音を吐いている時、田川りえが傘を差して池まで来てくれた。夏に碑巡りをした連中が文化祭にパネルの展示をしようということになり、連日残って地図や説明文を書いているという。

「山木先生がね、本来の生物部の面倒をみるだけでなく、碑巡りグループの臨時顧問になってくれたの。辻先生も大学院のゼミがない日はいろいろと協力してくれるのよ。林田伸子さんも、このごろとても真面目だわ。私も辻先生が大好き。憧れの人だわ。だから、先生と同じ大学の同じ学科を受けようと思うの」

そう言う田川りえの顔は、本当に優しく、輝いている。彼女もまた、恋する乙女なのだ。こんな愛らしい乙女から好かれ、憧れられるなんて、辻先生って人は男冥利、いや、教師冥利に尽きるじゃないか。オレは男としてジェラシーさえ感じる。この頃オレは、モテない男の気持が、痛いほど分るんだ。

「あのねェ、平吉、こないだ停留所でバスを待ってて、偶然、転校生と知り合ったの。でね、聞いてみたら、長崎から来たんだって。あっちでも平和学習があったそうで、こうした問題に関心持ってるんだって。それで意気投合して、昨日の放課後、小雨の中を一緒に平和公園に行ったの。いろいろ説明してあげると、とても喜んでくれたわ。文化祭でも、先輩のお手伝いをしますって言うのよ。可愛いでしょう」

へーえ、こないだの転校生が田川りえと知り合いになったのか。中高合わせて在校生千五百人もいるというのに、偶然とはいえ二人が出会ったことがオレには不思議で、神秘的な出来事に思えるのだった。

「ねえ、林田伸子さんて、辻先生に大変なお熱の上げようよ。このところ、休憩時間には先生にプレゼントするんだってマフラー編んでるし、日曜日にはケーキを焼いて宅急便で送ったんですって。私は好きでも、あんなに正直に自分を晒け出せないわ。あのストレートなパワーには負けるけど、その分だけ、私は秘かに、忍んで、深く愛してる。こんなこと話せるのは、平吉だけよ」

嬉しいこと言ってくれるじゃないか。けど、オレだけに話したつもりでも、彦兵衛じいさんも夕ーコ嬢もゴウ君も、みんな聴いてますぜ。ま、あの連中は言葉の点で必然的に秘密厳守してくれるからいいようなものの、田川りえよ、恋は胸の内、語らぬが花なのかもしれないよ。それにしても、秘めたる恋、忍ぶ恋、オレもどちらかというと、そんな恋を求めるタイプだな。たとえその恋は実らなくても、無償で愛することのできる対象をもてたことが、ステキなことではあるまいか。

雨はさっきから狂ったように降っている。まるで夜空を横切る天の川の堤防が、決壊したかのような降り方だ。ここ数日、しとどに雨が降っている。だから気温も低く、オレたちには嫌味の雨としか言いようがない。梅雨時はまだ暖かいだけ過ごし易いが、九月から十月にかけて降る雨は、ぐずつきだしたらこの通りだ。気温が下がるのが、オレたちには大敵だ。なぜならば、体の機能が低下していくからだ。つまり、冬眠への序曲が鳴り始めたということなのだ。

早いもので、雨に祟られているうちに十月に入った。百周年と文化祭まであと一週間だというのに、天候が危ぶまれている状況だ。すでに新しい池とモニュメントは完成している。モニュメントの方は百周年の式典のその日まで、目隠しのビニールが覆ってある。

新しい池には、だれもいなくなった夜、庭園灯を頼りに四匹で出かけてみた。七月末に校長先生が言っていたように、とてもモダンな感じの出来ばえだ。噴水もあるし、列柱がこの地方にはどこにもないデザインらしい。オレはその柱を見上げながら、これがローマ風というものか、と感心した。池の底には大理石が敷かれ、美しいことこの上なしだ。しかし残念なことに、オレたちはここでは生活できない。まだ水草も生えていなければ、水中動物もいない。あまりにキレイすぎて、生きものの匂いがしないのだ。

「言っとくがの、ここには当分の間、棲めやせんぞ」

彦兵衛じいさんが語調を強めた。

「当分って、どれくらいですの？」

ターコが不満げに訊いた。

「二、三年はダメじゃの。こんな明け透けな所におったら、長寿の亀も数ヵ月も生きられやせんぞ。獰猛な動物や、たちの悪い人間に、自分の方からのろしを上げて存在を知らせるようなもんだ」

またもや彦兵衛じいさんは威圧するような言い方をした。さすがにターコ嬢も逆らえないらしく、口をつぐんでしまった。

以上のような顚末で、われら四匹は当分の間、腐れ縁というか、棲み慣れた池で共同生活を続けることになった。

雨は上がった。式典の三日前に。しかしどんよりと曇っていて、不安は消えない。田川りえたちはまたテルテル坊主をぶらさげている。

「ねえ、ゴウ君、人間の若い女って、結構バカだねえ。テルテル坊主なんかぶら下げようとぶら下げまいと関係ないのに、あんなに熱心になれるなんて、ね。理科を習ってるんだから、お天とう様のことは、どうしようもないってことぐらい判らないのかしら？　私の予知能力によると、明日は怪しいわ」

ターコが勝ち誇ったように言った。

「確かにお天とう様のことは、どうしようもないね。ターちゃんの言う通りだ。でも、ぼくたちより賢い人間が、たまには度を外してバカになるのも、いいんじゃないの。この分のバカは可愛いものよ」

ゴウは何事に対してもクールだ。オレのように感情の起伏が激しくない。よく言えば冷静、悪く言えば、ひと筋の信念に貫かれていない、曖昧な性格だ。人間にもこの種の若者が増えてきたと、いつか山木先生が言っていたけど、ゴウを見ていると、生きとし生けるものはみな同じサイクルで動いているのかも知れないと思う。

それにしても、ターちゃんとは何だい。ここに来てまだ一ヵ月と少々なのに、愛称で呼ぶとは隅に置けぬヤツだ。

頭に水滴を感じて見上げると、空が黒紫になって、大つぶの雨がまた落ちてきた。神様ってお方よ、テルテル坊主が見えませんか。田川りえたちにとっては、二度とない百周年なんですぜ。お願いだから体育祭の時のように、晴天を下さいませ。今降るのはガマンしましょう。けど、式典の日だけは勘弁してやってくんなさい。

亀にとって、普通の雨はどうということはない。しかし雨つぶが大きいと、これが甲羅に当たって結構ウルサイ。こういう時ばかりは、聴覚機能のよさがかえってアダとなる。この時期、紫陽花もツツジも、萩もくちなしも、葉が段々と落ちてしまい、雨宿りには少々不適になりつつある。

そこでオレたちは肩を寄せあって、と言ってもオレは彦兵衛じいさんとだが、椿の木の下で雨を避けている。ターコ嬢とゴウ君は山茶花の木陰だ。仲睦まじい光景を見るのは、微笑ましいと言いたいところだが、オレの胸の傷はじくじくと疼いている。今しばらく耐えさえすれば、オレも若い二人を心からとは言えないまでも、祝福してやろうと思うようになるだろう。

「平吉、天気予報だと、百周年の明日からの二日間は、晴れること間違いなしだって。きっとまた、お前が祈ってくれたのね。ありがとうよ」

田川りえと林田伸子が、わざわざ池までお礼を言いに来てくれた。若いのにこの律儀さは、オレの方が気恥ずかしくなるほどだ。しかし、恋敵《こいがたき》でも一緒に並んで歩き、にこやかに言葉が交わせるものか……、とオレは軽いショックを受けた。いい歳をして、オレはゴウに対して、あれほどにこやかにはできない。それでも百周年の式典が終ると、彦兵衛じいさんから言われたように、あの若い二人にオレは冬眠の準備を教えてやらねばならない。そう思うだけで、もうそれが苦になり始めている。であるが故に、仲よく手を取り合って校舎に消えた田川りえと林田伸子が、オレにはとても偉い人に見えるのだ。

（八）

百周年、百周年とあれほど言ってきて、終ってみると、やはり空しい。当日は、オレたちは姿を完全に隠した。と言うのは、この日がオープンスクールであったため、同窓生だけでなく、男子校の生徒たちもわんさと押し寄せてきたからだ。毎年の文化祭でもそれを経験しているが、今年は大がかりの記念すべき年だから、来校者の数はケタ違いに多いに違いない。学校と無縁な一般の市民も含めて、六千人は下らないだろうといわれた。

それはもう、オーバーに言えば足の踏み場もないほどで、運動場の一部を駐車場として提供しなければならないほどだった。そんな中を亀がひょこひょこ歩いたり、泳いだりしていると、どんな目に遭うかも知れないから、オレたちは話し合って潜んでいることにしたのだ。ターコも段々と現実が判ってきたらしく、それにゴウに気を遣うようになると、生命に関わる無謀なことはあまりしなくなった。そんなわけで皮肉なことに、テルテル坊主の晴天を神様ってお方にお願いしたり、わくわくして待った割には、百周年の二日間はオレたちにとってはいつもより不自由で、つまらない生活を余儀なくされたといえる。

でも、一つだけよかったと思えることがある。それは一日目の、在校生を対象とする記念講演で、同窓生でもある隣国の歴史学者のそれが聞けたことだった。オレは用心のため池の縁の萩の繁みに潜んで、ともかくも耳を傾けていた。残念ながら距離が遠いので途切れ途切れではあったが、締めくくりはとくに心に残るものだった。

――歴史を学ぶということは、終局的には己を知り、己を生かし、他者をも生かすことです。自分たちにとってどんなに目を背けたくても、また忘れたい事柄であっても、事実はきちんと明らかにし、罪は償わなければなりません。その上に立って、痛みを内在させる側の人間もそろそろ怨みを乗り越え、未来に向って友好を築く努力をこそしなければならないと思うのです。私はただこのことのために、この母校の百周年を祝う記念講演をお引き受けしたのです。

私の後輩たちである若いみなさん、これからは民間人としてお互いに交流を深めましょう。そして、新しい、真の意味でのよい関係を、今度こそ未来の人々から敬意を払われるような、友好の歴史を築いていこうではありませんか。

断片を拾い合わせてつないでみると、ざっとこんな話だった。

百周年が終ると、待ち構えていたように雨が降った。風もかなり冷たい。水も夏の日のそれとは違う。これからは、オレたちの体の機能がすべて低下していくのだ。

今日は代休なのに、山木先生がレインコートに大きめの麦わら帽子を被って、池のそばで鍬を打っている。脇目も振らず地面を深く掘っていたが、やっと植え終ったのか、オレたちの方に顔を向けた。

「平吉よォ、リラを植えたぞ。この学校には大抵の木はあるが、これが無かったんだ。紫と白の二本にした。お前たちが冬眠から目覚めてくるころ、鼻先にいい薫りが届くようにと考えて、この位置に決めたんだ。来年からおれはこの学校にいないけど、この花が咲くころ、おトロさんの教師がいたなあと思い出してくれよな。そう、そう、中国残留孤児の件なあ、カミさんが多少軟化してきたよ。もう一息、いや、もう一波乱あるかのォ」

機能低下でやや眠くなっていたオレは、それでも一生懸命、朋友の言葉を聴いた。そして「思い出すとも。忘れるなんて、絶対にあるはずがない」とオレたちの言葉で声を振り絞って応えていた。

そして彦兵衛じいさんを目で探した。じいさんは、自分が寄せ集めた落ち葉の山の中から首だけ出して、山木先生の方をじっと見ていた。ターコとゴウは山茶花の下で体を寄せ合い、手も足も首も甲羅の中に仕舞い込んでいた。オレは段々とおぼろげになる意識を引きたてて、よっしゃ、これからターコとゴウに冬眠の準備をさせなきゃあ、と口の中で繰り返していた。

あとがき

今夏は在所でも三十五度に至る猛暑が続き、冷房をつけていても気力がアップせず、出版の準備も遅れる始末。庭の花木も水やりを忘れると枯死寸前となり、実際、数本あるリラの木は二本が枯れてしまった。朝晩の散水に結構時間をとられ、地球温暖化を改めて認識したほどだ。しかし長引く残暑も十月に入りやっと秋めいてきて、シュウメイギクや菊の花が咲き、ハナミズキも紅葉して、我が家の庭も彩り豊かになってきた。季節が巡って来ることで私たちはずいぶん癒される。

それにしてもここ三年余り、パンデミックをはじめ世界史的に不幸な事柄が続発した。ミャンマの軍事クーデターやアフガンのタリバン政権復活、自由を失くした香港の人々。そして昨年二月末にプーチンのウクライナ侵攻が始まり、心を痛めているところへ、この十月にはガザのハマスがイスラエルを急襲し、それへのイスラエルの過剰とも思える反撃など……。

人類は二度の世界大戦の惨禍を経て恒久平和を願い、国際連合を設立したのではなかったのか。紛争は国連の場で話し合いによって解決しようと理想を掲げたのではなかったのか。そんな歴史を振り返ると、愚かしい現状に悲しくなる。国連の常任理事国が恥も外聞もなく他国を堂々と侵略し、拒否権を発動しては審議を不能にし、国連は機能不全に陥っているとしか言いようがない。

そんなある秋の夜長、衛星テレビで『映像の世紀』（パリは燃えているか）を見た。フランスを占領したナチス・ドイツ軍が勝者としてパリを闊歩し、そのハーゲンクロイツ（かぎ十字）と権力の権化《ごんげ》のようなヒトラーの顔が何度も映像に映しだされる。一方、ロンドンから亡命政府のド・ゴールが徹底抗戦を呼びかけ、市民のレジスタンスも浸透していく。連合国側の猛反撃により敗色が濃くなるとヒトラーは「パリを敵に渡すぐらいなら燃やして灰燼と化せ」とパリを治める軍司令官に命じる。ヒトラーは何度も「パリは燃えているか」と催促するが、司令官は命令に背いてこの文化都市を守り抜く。モノトーンの映像と加古隆のメインテーマ曲が心に沁みて、人間も捨てたもんでもないと思いつつも、今なお独裁国家が他国を侵略し、戦争による甚大な人的物的被害が出ていることを思うと、何故に人間は同じ罪を繰り返し犯してしまうのか、と気持が沈んでいく。

振り返って八十年前の我が国を民主的な世界から眺めると、モンスター、ならず者国家に見えたことだろう。この地球上に生きるものとして、市井の一個人であれ国家であれ、他者の人権や他国の主権を侵してはならないという鉄則が、遍く人の心の奥深くに根付くことを祈るばかりだ。

これまで長い年月をかけて文明文化を形成してきた私達人間は《文字と言葉》で己を表現し、異論の人々とも話し合いを重ねることで、よりステージの高い域に到達できたのだ。それなのに武力による暴力で抑圧され、踏みにじられる女性や子供達……。すべての弱者のことが頭をよぎって心痛む日々だが、しこしことキーボードを打つことしかできない自分が悔しくもあり残念でもある。

巻末を借りて鳥影社社長の百瀬精一様、編集長の北澤晋一郎様、校正担当の萩原なつき様、装幀担当の野村美枝子様、帯を書いてくださった文芸評論家の勝又浩先生に心から感謝申し上げたい。

二〇二三年十二月八日

葉山　弥世

初出一覧

華やぎと哀しみと　「水流」29号（2021年5月）
マイ　レスト　タイム　「水流」26号（2018年3月）
オレの歳月　――親愛なる人間たちへ　「水流」6号（1995年6月）

〈著者紹介〉

葉山　弥世（はやま　みよ）

1941 年　台湾花蓮市生まれ

1964 年　広島大学文学部史学科卒業

1964 年より 2 年間、福山暁の星女子高校勤務

1967 年より広島女学院中・高等学校勤務

1985 年　中国新聞主催「第 17 回新人登壇」入賞

1986 年　北日本新聞主催「第 20 回北日本文学賞」選奨入賞

1996 年　作品「遥かなるサザンクロス」が中央公論社主催、
　　　　平成 8 年度女流新人賞の候補作となる。

2000 年　広島女学院中・高等学校退職

「水流」同人（広島市）「広島文藝派」同人（広島県廿日市市）

日本文藝家協会会員

著　書：『赴任地の夏』（1991 年）『愛するに時あり』（1994 年）
　　　『追想のジェベル・ムーサ』（1997 年）『風を捕える』（1999 年）
　　　『春の嵐』（2001 年）『幾たびの春』（2003 年）
　　　『パープルカラーの夜明け』（2006 年）『城塞の島にて』（2009 年）
　　　『たそがれの虹』（2011 年）『夢のあした』（2013 年）
　　　『かりそめの日々』（2015 年）〈以上、近代文藝社刊〉
　　　『花笑み』（2017 年）『ストラスブールは霧の中』（2019 年）
　　　『タヒチからの手紙』（2021 年）『シャラの花咲く家』（2022 年）
　　　『華やぎと哀しみと』（2024 年）
　　　〈以上、鳥影社刊〉

華やぎと哀しみと

2024年1月31日初版第1刷発行

著　者　葉山弥世

発行者　百瀬精一

発行所　鳥影社 (choeisha.com)

〒160-0023 東京都新宿区西新宿3-5-12トーカン新宿7F

電話 03-5948-6470, FAX 0120-586-771

〒392-0012 長野県諏訪市四賀229-1(本社・編集室)

電話 0266-53-2903, FAX 0266-58-6771

印刷・製本　モリモト印刷

ISBN978-4-86782-066-7　C0093